FRANCI RABINEK EPSTEIN

DIE ELEKTRIKERIN

INHALT

MIT FREUNDLICHER UNTERSTÜTZUNG
ZEIT-STIFTUNG EBELIN UND GERD BUCERIUS
RUDOLF AUGSTEIN STIFTUNG

Editorial

»Außergewöhnlich« ist das erste Wort, das mir einfällt, wenn ich über dieses Buch nachdenke. Es gibt mittlerweile eine Vielzahl von Berichten, Büchern und Interviews von und mit Holocaust-Überlebenden. Was macht die Aufzeichnungen von Frances Epstein – oder Franci, wie ihre Kinder sie nennen – so besonders? Ich meine, es ist vor allem die tabulose Offenheit, mit der die Autorin ihre Verfolgungsgeschichte und ihr Überleben schildert, ihre kompromisslos ehrlichen Beobachtungen ihrer Umgebung, aber auch ihrer eigenen Person und ihrer ganz eigenen Überlebensstrategien. Selten hat jemand in einer solchen Deutlichkeit, so eingehend und nachvollziehbar beschrieben, was es bedeutet hat, den Holocaust zu überleben.

»Lange Jahre war es in einer Art Kasten tief in mir vergraben. Ich wußte, daß ich – verborgen in diesem Kasten – schwer zu erfassende Dinge mit mir herumtrug.« Mit diesen Worten begann Francis Tochter Helen Epstein 1979 ihr bahnbrechendes und bis heute aktuelles Buch »Die Kinder des Holocaust: Gespräche mit Söhnen und Töchtern von Überlebenden«. Darin gelang es ihr, Worte für die enorme emotionale Last zu finden, an der die Folgegeneration des Holocaust trug und trägt und die heute gemeinhin als transgenerationelle Traumatisierung bezeichnet wird. Durch dieses Buch war mir Helen Epstein seit meiner Jugend ein Begriff, und ich staunte nicht schlecht, als sich die Autorin im Jahre 2019 mit einem freundlichen *»Hello from Boston«* per E-Mail bei mir meldete, um mit mir über das Manuskript ihrer Mutter zu sprechen.

Während Helen sich damals mit Kindern von Holocaust-Überlebenden zusammenfand, um mit den Methoden feministischer Consciousness-Raising-Gruppen die Auswirkung der elterlichen Verfolgungsgeschichte auf ihr eigenes Leben zu ergründen, brachte Frances Epstein ihre Erinnerungen an ihre Deportation aus Prag zu Papier. Sie beschrieb ihre Erfahrungen unter der deutschen Besatzung, unter der sie plötzlich als Jüdin galt, obgleich das Judentum ihrer Großeltern für sie nicht mehr war als eine vage Erinnerung. Sie wehrte sich auf ihre Weise, ließ sich die Nase richten, um gängigen Klischeevorstellungen weniger zu entsprechen, und verdeckte den verhassten Judenstern mit strategisch platzierten Umhängetaschen. Sie schilderte ihre Deportation in das Ghetto Theresienstadt und von dort in das KZ Auschwitz-Birkenau. Der Ermordung in diesem Vernichtungslager entging sie durch eine Selektion für die Zwangsarbeit in Hamburg. Dort durchlief sie drei Außenlager des KZ Neuengamme: zunächst das Außenlager Hamburg-Veddel am Dessauer Ufer, dann die Lager Hamburg-Neugraben und Hamburg-Tiefstack. Sie beschrieb ihre Befreiung im KZ Bergen-Belsen, die Wochen ihrer Erholung im britisch besetzten Celle und die ersten Monate nach ihrer Rückkehr nach Prag. Sie war vierundfünfzig Jahre alt, als sie 1974 ihr Manuskript fertigstellte, fand dafür dann aber keinen Verleger.

Ihre Verfolgungsgeschichte hatte sie nicht zuletzt für ihre Tochter Helen aufgeschrieben, der sie das Manuskript danach zur freien Verfügung überließ. Helen Epstein tat sich jedoch lange schwer mit diesen Aufzeichnungen, wie sie im Nachwort berichtet: »*Erst als ich selbst ein Jahrzehnt Psychotherapie hinter mich gebracht hatte* […], *fühlte ich mich Francis Text gewachsen.*« Zwischenzeitlich nutzte sie Teile des Manuskripts für eigene Veröffentlichungen, zuletzt in ihrem Buch »Dreifach heimatlos: Die Suche einer Tochter nach der verlorenen Welt der Mutter«.

Nach dem Tod von Frances Epstein im Jahr 1989 vergingen noch fast dreißig Jahre, bevor ihre Tochter erkannte, was für ein außergewöhnliches, offenes, detailliertes und unkonventionelles Dokument das Manuskript ihrer Mutter ist, und sich entschied, es als eigenständiges Buch zu publizieren. Dazu mag beigetragen haben, dass sich beide Autorinnen auf ihre jeweils eigene Weise mit Themen befassen, die ihrer beider Leben in unterschiedlichem Maße prägten: Selbstbehauptung und Trauma.

Beide Themen ziehen sich wie ein roter Faden durch Frances Epsteins Erinnerungen. Auf den Schock, den sie bei der Ankunft im Vernichtungslager Auschwitz-Birkenau erlitt, reagierte sie mit einer Abspaltung eines Teils ihrer Persönlichkeit. Literarisch veranschaulicht sie dies durch einen Wechsel der Erzählperspektive: Fortan bezeichnet sie sich bis zu ihrer Befreiung nur noch mit ihrer eintätowierten Häftlingsnummer als A-4116 und spricht von sich selbst in der dritten Person. Auch weitere Überlebensstrategien bezeichnet sie deutlich. So beschreibt sie ohne Scham ihre Tagträume, mit deren Hilfe sie der Lagerrealität entflieht und die sich ebenso mit Fluchtplänen wie mit sexuellen Phantasien befassten.

Insgesamt nimmt die Autorin bei der Beschreibung des Lageralltags kein Blatt vor den Mund. Sexualität und sexuellen Tauschhandel spart sie eben so wenig aus wie Diebstähle im Lager oder ihre eigenen Vorbehalte gegenüber Mithäftlingen. Ohne Rücksicht auf Konventionen beschreibt sie, dass ihr die jüdischen Strenggläubigen im Ghetto nicht weniger befremdlich vorkamen als die dort heimlich agierenden Zionisten und Kommunisten. Ihren polnischen Mithäftlingen in Auschwitz bescheinigt sie gar eine *»natürliche Tendenz zum Antisemitismus«* und rechtfertigt damit das Misstrauen, das sie ihnen entgegenbrachte. Ähnlich offen setzt sie sich mit dem von der SS im Konzentrationslager installierten perfiden System der »Häftlingsselbstverwaltung« auseinander. Sie thematisiert die erzwungene Kollaboration des »Ältestenrats« im Ghetto Theresienstadt, dessen Protektion sie eine Zeit lang für sich nutzen konnte. Im KZ-Außenlager Neugraben wurde sie selbst zum Funktionshäftling und verschweigt nicht, dass sie in dieser Funktion keine besonders gute Figur abgab. Zugleich vermittelt sie nachvollziehbar, dass die Gefangenen beim Versuch, sich selbst zu behaupten und ihr Überleben zu sichern, jeden Strohhalm nutzten oder auch nutzen mussten, der sich ihnen bot. Dass es ihr dabei um Aufrichtigkeit und nicht um Denunziation geht, zeigt sich nicht zuletzt in ihrer umfassenden Verwendung von Pseudonymen, mit denen sie nicht nur die meisten der Häftlinge, sondern auch SS-Angehörige bezeichnet.

Vermutlich waren es gerade Frances Epsteins erfrischende Direktheit und ihre augenscheinliche Immunität gegenüber Tabuthemen, die ihr zu Lebzeiten den Erfolg als Schriftstellerin verwehrten. Ihre Kinder haben nun entschieden, ihr Buch posthum zu veröffentlichen, und zwar unter dem Namen, den Frances Epstein nach deren Verständnis für sich selbst als angemessen betrachtet hätte: Der Name Franci Rabinek Epstein ist an ihren Mädchennamen Františka Rabinková angelehnt und erinnert damit auch an die Eltern der Autorin, die im Gegensatz zu ihr den Holocaust nicht überlebten. Zum Zeitpunkt ihrer Deportation trug die Autorin keinen dieser Namen: Damals lautete ihr Nachname Solarová, nach ihrem ersten Ehemann Josef (Joe) Solar.

Die Deportation der Autorin von Auschwitz nach Hamburg stellt einen Wendepunkt in ihrer Verfolgungsgeschichte dar, der vielleicht erklärungsbedürftig ist. 1944 befand sich das Deutsche Reich im Ausnahmezustand. Angesichts massiver Kriegszerstörungen und Millionen gefallener deutscher Soldaten ging das NS-Regime dazu über, auch Jüdinnen und Juden, die ursprünglich zur Ermordung vorgesehen waren, wieder verstärkt zur Zwangsarbeit heranzuziehen. Zwei Jahre zuvor hatten die Lagerkommandanten der Konzentrationslager im Reichsgebiet der SS-Führung nicht ohne Stolz gemeldet, ihre Lager seien nun – durch den Abtransport jüdischer Häftlinge nach Auschwitz – »judenfrei«. Im vorletzten Kriegsjahr stellte die SS-Führung dann Tausende jüdische KZ-Häftlinge zur Sklavenarbeit im Reichsgebiet zur Verfügung.

In Hamburg trafen Anfang Juli die ersten 1.000 Häftlinge aus Auschwitz ein. Es waren junge Tschechinnen und Ungarinnen, unter ihnen auch die damals vierundzwanzigjährige Franci. Die Frauen sollten in Hamburg Behelfsunterkünfte für die ausgebombte Zivilbevölkerung bauen. Aber auch der für die Instandsetzung der bombardierten Mineralölindustrie verantwortliche »Geilenberg-Stab« erhob Anspruch auf die Arbeitskraft dieser KZ-Häftlinge. So kam es, dass die Frauen in Hamburg zunächst Aufräumarbeiten in den Raffinerien leisten mussten, bevor sie nach Neugraben zum Behelfsheimbau verlegt wurden.

Franci Rabinek Epstein hatte sich bei der Selektion in Auschwitz in der Hoffnung auf bessere Überlebenschancen als Elektrikerin ausgegeben. Diese spontane Entscheidung verschaffte ihr in den Hamburger Außenlagern des KZ Neuengamme eine Sonderstellung. Im KZ-Außenlager Neugraben fungierte sie zunächst als Hausmeisterin und dann auch als Blockälteste. Sie hatte dadurch Umgang mit dem Lagerkommandanten, größere Bewegungsfreiheit und mehr Einblicke in das Lagergeschehen als die meisten ihrer Mitgefangenen. Entsprechend anschaulich ist ihr Bericht über die drei Hamburger KZ-Außenlager, in denen sie inhaftiert war.

Diese drei Lager haben in Hamburg in sehr unterschiedlichem Maße topographische Spuren hinterlassen. Das auf privatem Firmengelände errichtete Barackenlager am Tiefstack ist heute vollständig verschwunden. Das ehemalige Lagergelände des KZ-Außenlagers Neugraben befindet sich heute in einem öffentlichen Naturschutzgebiet. Dort sind noch einige Fundamentreste der Baracken erkennbar. Das größte Frauenaußenlager des KZ Neuengamme war das Außenlager Veddel am Dessauer Ufer. Das von Franci Rabinek Epstein anschaulich beschriebene Lagerhaus G, in dem die KZ-Häftlinge des KZ-Außenlagers Veddel untergebracht waren, hat den Krieg überdauert. Das denkmalgeschützte Gebäude ist in privatem Besitz und wird noch heute als Lagerhaus genutzt. Es gibt verschiedene Initiativen, dort eine Gedenkstätte einzurichten. Die Zukunft des eindrucksvollen Gebäudes wird sich anhand der erinnerungspolitischen Aushandlungsprozesse entscheiden, die aktuell geführt werden. Die Erinnerungen von Franci Rabinek Epstein werden sicher dazu beitragen, die historische Bedeutung dieses Ortes noch stärker im öffentlichen Bewusstsein zu verankern.

Franci Rabinek Epsteins Aufzeichnungen enden nicht mit ihrer Befreiung in Bergen-Belsen. Mit der ihr eigenen Offenheit beschreibt sie ihre Rekonvaleszenz in Celle und die bewusst hinausgezögerte Rückkehr nach Prag, die sich dann in der Tat in vielerlei Hinsicht als bittere Erfahrung erweist. Sie muss nicht nur die Ermordung ihrer Eltern und ihres Ehemanns verkraften, sondern auch erfahren, dass sich nichtjüdische Freunde zwischenzeitlich den bei ihnen eingelagerten Familienbesitz angeeignet haben: *»Dort servierte man mir das Abendessen auf meinem eigenen*

Tischtuch. Wir tranken aus den Gläsern meiner Mutter, ohne dass sie auch nur ansatzweise erkennen ließen, dass mir das möglicherweise seltsam vorkommen könnte. Ich schämte mich so sehr für sie, dass ich nichts sagte«, beschreibt die Autorin das versteckte antisemitische Erbe der deutschen Besatzung, das ihr im privaten Bereich ebenso begegnet wie im öffentlichen Leben. Zudem fühlt sie sich als Freiwild. Bekannte machen der einsamen jungen Frau deutlich, dass sie für gemeinsame Abendessen oder Theaterbesuche sexuelles Entgegenkommen erwarten. Ende 1945 ist Franci so verzweifelt, dass sie einen Selbstmord in Erwägung zieht, findet dann aber am Jahreswechsel doch zu ihrer Lebensfreude zurück. Damit endet das Buch. Über das weitere Leben von Franci Rabinek Epstein gibt das einfühlsame Nachwort ihrer Tochter Helen ausführlich Auskunft.

Helen Epstein und ihren Brüdern Tom und David Epstein ist es zu verdanken, dass das zunächst vom Verlagswesen verschmähte und in Vergessenheit geratene Manuskript von Franci Rabinek Epstein mittlerweile in mehrere Sprachen übersetzt und in zahlreichen Ländern auf drei Kontinenten erschienen ist. Nur in Deutschland fand sich lange kein Verlag, der das Buch herausbringen wollte. Umso mehr haben wir uns gefreut, dass sich der Dölling und Galitz Verlag für dieses Buch eingesetzt und uns die Herausgeberschaft angeboten hat. Die Stiftung Hamburger Gedenkstätten und Lernorte zur Erinnerung an die Opfer der NS-Verbrechen dankt der ZEIT-Stiftung Ebelin und Gerd Bucerius, der Rudolf Augstein Stiftung, dem Dölling und Galitz Verlag, dort namentlich Sabine Niemann und Dr. Robert Galitz, deren Engagement nun die deutsche Publikation dieses wichtigen Buches ermöglicht hat.

Alyn Beßmann
Für die Stiftung Hamburger Gedenkstätten und Lernorte
zur Erinnerung an die Opfer der NS-Verbrechen

1

Es war ein heißer Tag im September 1942, der Prager Industriepalast[1] wimmelte vor Menschen. Die meisten hockten auf losem Stroh am Boden; andere wanderten benommen umher. Verschwunden war die glitzernde Pracht tschechoslowakischer Industrieprodukte, die dem Ort die Aura eines fröhlichen Jahrmarkts verliehen hatte.

Als Kind hatte ich die Ausstellungshalle oft besucht, weil die Elektrotechnikfirma meines Vaters, Korálek & Rabinek, hier einen Stand hatte. Das war jedes Mal ein Riesenvergnügen. Ich kam nach Hause mit Gratisproben, Ballons und stapelweise Hochglanzkatalogen. Dieses Mal würde ich nicht wieder zurückkehren, denn der Industriepalast war infolge der »Nürnberger Gesetze« umfunktioniert worden zu einer Sammelstelle für die Deportation Unerwünschter, von Juden.

Niemand von uns hätte überrascht sein dürfen. Seit drei Jahren schon zog sich die Schlinge immer enger zu, aber systematische Erniedrigung und Gehirnwäsche waren schrittweise erfolgt und auch nicht immer voll wirksam. Noch war unsere Menschlichkeit unberührt. Irgendwie hatten wir unsere Situation noch nicht wirklich erfasst. Darum war es ein ziemlicher Schock, plötzlich wie Vieh behandelt zu werden.

1 Der 1891 im Jugendstil errichtete Industriepalast bildet den Mittelpunkt des Ausstellungsgeländes Prag (Výstaviště Praha). Er dient bis heute als Ausstellungshalle für Messen und Kulturveranstaltungen. [Alle Anmerkungen wurden von der Redaktion zum besseren Verständnis hinzugefügt.]

Ich war zweiundzwanzig und lag da wie betäubt, mit dem Kopf im Schoß meiner Mutter. Man hatte mir vor Kurzem die Mandeln entfernt, und ich hatte deshalb seit ein paar Tagen nichts gegessen. In der vom Stroh staubigen Luft fiel mir das Atmen schwer. Meine Mutter streichelte mein Haar und versuchte, mich dazu zu bringen, einen Schluck Wasser zu trinken. Mein Vater lief von einem Bekannten zum anderen, um herauszufinden, was wir zu erwarten hätten. SS-Leute stürmten in Trupps rein und raus, schrien Befehle und trieben Gruppen von jüdischen Männern zum Reinigen der Latrinen zusammen. Sie machten sich einen Spaß daraus, dafür die Älteren aus der Menge herauszufischen, die, die am distinguiertesten aussahen, Männer mit Brille. Mein Vater war einer von ihnen.

Als man mir im Krankenhaus erzählte, dass meine Eltern und ich für den Transport vorgesehen waren, sagte die Krankenschwester, eine Freundin der Familie, zu mir: *»Wir können dir helfen, wegen deiner Operation.«* Ich überlegte ein paar Minuten lang und sagte dann: *»Ich lasse sie nicht alleine gehen. Sie sind zu alt, und sie haben niemanden sonst.«* Meine Mutter war sechzig, mein Vater fünfundsechzig. Ich konnte mir überhaupt nicht vorstellen, wie sie irgendwohin alleine gehen sollten. Und dann war da noch diese kleine egoistische Regung: Mein Mann war schon weg, und ich würde ganz allein zurückbleiben. Außerdem war ich der Restriktionen in Prag im September 1942 schon derart müde, dass ich jeden Ortswechsel für eine Erleichterung hielt – egal, was am Ende auf mich warten würde. So war ich schon immer. Leider.

2

Hitler besetzte die Tschechoslowakei am 15. März 1939, gut zwei Wochen nach meinem neunzehnten Geburtstag. Für Politik interessierte ich mich überhaupt nicht, und mir war nur vage bewusst, dass meine Großeltern beide jüdisch waren. Ein Jahr zuvor hatte ich den Haute-Couture-Salon meiner Mutter übernommen. Ich war sorglos, verwöhnt und in erster Linie an Tanzen, meinem Geschäft, Flirten und Skifahren interessiert. In dieser Reihenfolge.

Mein Vater, Emil Rabinek, wurde 1878 als Jude in Wien geboren. Er war der jüngste Sohn einer Familie österreichischer Beamter, und er glaubte fest an die Assimilation. Mit zwanzig war er zum Katholizismus konvertiert, um den *Numerus clausus* – die »Judenquote« – an der Universität Berlin zu umgehen. Emil Rabinek hatte mit wenig Enthusiasmus im Ersten Weltkrieg in der österreichischen Armee gekämpft und 1918 die Ausrufung des tschechoslowakischen Staates freudig begrüßt. Er hatte lange Jahre in Prag gelebt. Obwohl er gefühlsmäßig und kulturell Österreicher blieb, verstand er die Gründung der Tschechoslowakischen Republik als modernes sozialdemokratisches Experiment, als eine Art Schweiz inmitten von Europa, mit gleichen Rechten für alle Minderheiten. Also entschloss er sich, tschechoslowakischer Staatsbürger zu werden.

Die darauffolgenden zwanzig Jahre bestärkten ihn in seiner Entscheidung. Mein Vater war Mitglied der deutschsprachigen Gemeinde in Prag und ein häufiger Gast in den deutschen Clubs, Theatern und Konzertsälen. Einer seiner liebsten Kommentare war: *»Ich bin ein tschechoslowakischer Staatsbürger deutscher Nationalität.«* Nie lernte er richtig Tschechisch. Unsere umfassende Bibliothek bestand fast nur aus deutschsprachigen Büchern, inklusive Übersetzungen französischer, englischer und russischer Literatur. Bis ich im Teenageralter war und selbst einkaufen gehen konnte, gab es kein einziges tschechischsprachiges Buch bei uns zu Hause.

Obwohl mein Vater zahllose Warnungen vor dem Nationalsozialismus erhalten hatte, tat er die Nachrichten, die aus Deutschland kamen, als Propaganda ab. Er glaubte an deutschen Anstand, deutsche Gerechtigkeit, Ehre und Kultur. Und er war vollkommen überzeugt, dass die Tschechoslowakei ein starkes Land sei, dessen Souveränität durch seine französischen und britischen Verbündeten abgesichert wäre. Nicht mal die Besetzung Österreichs im März 1938 brachte seine Überzeugung ins Wanken; seine Cousins, die aus Wien flohen, hielt er für Feiglinge. Seine älteste Schwester, Gisela Rabinek Kremer, und ein Teil ihrer Kinder waren dort geblieben. Das war ihm ein weiterer Beleg dafür, dass es ein Fehler wäre, in Panik zu geraten und zu fliehen.

Hinzu kamen finanzielle Überlegungen. Als ich geboren wurde, im Februar 1920, war mein Vater ein reicher Mann – Miteigentümer einer Werft und eines Großhandels für Elektrotechnik. Infolge des amerikanischen Börsenkrachs 1929 und der anschließenden Depression schrumpfte sein Wohlstand. Wir hatten immer noch unsere wunderschöne Wohnung, all die Bücher und Gemälde, wir lebten in aller Bequemlichkeit. Aber zu dem Zeitpunkt, als die Deutschen die Tschechoslowakei okkupierten, waren wir vor allem von dem abhängig, was Mutters und mein Haute-Couture-Salon abwarf. Den Salon hatte mein Vater früher für die Laune einer emanzipierten Karrierefrau gehalten. Jetzt führte er ihr die Bücher. Das Geschäft lief gut, aber fast unser ganzes Kapital steckte darin und war darum nicht frei verfügbar, um auf dem Schwarzmarkt in ausländische Währung getauscht zu werden. Mein Vater sagte immer wieder: *»In unserem Alter emigriert man nicht ohne Kapital.«*

Ohne dass ich etwas davon wusste und seine vollmundigen Worte Lügen strafend, schrieb mein Vater an seinen Cousin in

England mit dem Ziel, mich aus dem Land zu bringen. Es wurde nichts daraus. Rund fünfundzwanzig Jahre später erzählte mir dieser Verwandte voller Schuldgefühle, dass mein Vater ihn angefleht hatte, etwas zu unternehmen, irgendetwas, um mich zu retten. Meine Mutter, die der Meinung war, dass eine entsetzliche Katastrophe die gesamte tschechische Nation und unsere Familie im Besonderen heimsuchte, muss meinen Vater unter Druck gesetzt haben.

Meine Mutter, Josefa »Pepi« Sachsel, sprach ausgezeichnet Tschechisch und fühlte sich dem tschechischen Volk eng verbunden, obwohl auch sie geborene Wienerin war. Ihre Elten starben, als sie neun Jahre alt war. Sie und ihre beiden älteren Brüder wurden von Tante Rosa, der Schwester ihres Vaters, aufgenommen; sie zogen dann in die tschechische Stadt Kolín.

Rosalia Sachsel Lustfeld war, nach Auskunft meiner Mutter, hoffnungslos arm und tiefreligiös. Sie besuchte regelmäßig die Synagoge von Kolín und diskutierte lieber mit umherziehenden Chassidim über den Talmud, als ihren Laden für gebrauchte Kleidung zu führen. Die Brüder liefen weg: Emil Sachsel schloss sich der Österreichisch-Ungarischen Marine an, und letztendlich ließ er sich in Bratislava nieder. Rudolf Sachsel betätigte sich als Krämer und wurde später ein reicher Großhändler in Prag. Pepi, das neunjährige Mädchen, blieb in Kolín, lernte Tschechisch, besuchte die Oberschule und war ansonsten Tante Rosas überwältigender Liebe, ihrem religiösen Eifer und ihrer Unnachgiebigkeit ausgeliefert. Diese Kombination führte über die Jahre dazu, dass die Beziehung meiner Mutter zum orthodoxen Judentum litt und sie zur Agnostikerin wurde.

Der Fall Hilsner tat sein Übriges. 1899, als Pepi siebzehn war, wurde während des Pessachfestes eine tschechische katholische Näherin tot in ihrem Blut liegend aufgefunden. Ein jüdischer Landstreicher namens Leopold Hilsner war der Hauptverdächtige, er wurde wegen Ritualmordes angeklagt. Meine Mutter erzählte mir, überall im Land hätte es damals Pogrome gegeben, auch in Kolín. Und noch ein weiterer Grund für ihre Abkehr vom Judentum kam hinzu: Ihre erste Liebe war ein reicher jüdischer junger Mann in Kolín gewesen, dessen Eltern ihn per Schiff außer Landes schafften, um seine Heirat mit einer armen Waise – Pepi – zu verhindern.

Tante Rosa hatte ihrer Nichte Nähen und das Ändern von gebrauchter Kleidung beigebracht. Mit zwanzig tat Pepi es ihren Brüdern gleich und verließ Kolín. Sie zog zu ihrem Bruder Rudolf nach Prag und fand eine Anstellung in einem der bekanntesten Bekleidungsläden, bei Moritz Schiller. Zwei Jahre später war sie *Directrice* und Einkäuferin. Meine Mutter verspürte eigentlich wenig Lust auf die Ehe, aber um Tante Rosas Sorge um ihre Tugend in der großen Stadt zu zerstreuen, heiratete sie einen früheren Schulkameraden aus Kolín – und wurde zu Frau Oskar Weigert.

Zwischen 1900 und 1910 reiste Pepi jedes Jahr einmal nach Paris; sie entwickelte sich zu einer raffinierten Geschäftsfrau. Aber ihre Ehe erwies sich als unglücklich, weil Oskar Syphilis hatte, damals eine unheilbare Krankheit. 1908 erlitt Pepi einen Nervenzusammenbruch. Ihr Chef besprach sich mit Tante Rosa und Pepis erfolgreichen Brüdern, und mit der Begründung, die Ehe sei nie vollzogen worden, schafften sie es, sie annullieren zu lassen. Josefa Weigert zog in eine Pension, wo sie auf den Elektroingenieur Emil Rabinek traf. Nach einer rund zehn Jahre dauernden Affäre und dem Ableben sowohl Tante Rosas wie auch seiner Mutter, Fanny Rabinek, heirateten sie im Dezemer 1918.

Emil Rabinek hatte an sich nichts gegen Pepis Berufstätigkeit, aber er wollte nicht, dass sie für andere arbeitete. Also eröffnete sie ihren eigenen Haute-Couture-Salon, Salon Weigert, direkt neben ihrer Wohnung in der Spálená 53 in Prag. Meine Mutter mochte ihre tschechischen und deutschen Kundinnen gleichermaßen, vielleicht die tschechischen ein kleines bisschen lieber. Viele von den Kundinnen verehrten sie, und nicht wenige waren ihr Freundin und Kundin zugleich. Mit den tschechischen Angestellten verband sie ein ausgezeichnetes Verhältnis. In den Jahren nach meiner Geburt, also nach Februar 1920, glich sie die Germanophilie meines Vaters recht gut aus.

Meine eigene Loyalität galt ganz der Tschechoslowakischen Republik. Ich war letztendlich ein Kind dieser Rebublik, nur zwei Jahre jünger als diese und betrachtete mich als tschechoslowakische Bürgerin. Meine Eltern hingegen versuchten, mich als Weltbürgerin zu erziehen. Zu Hause sprachen wir Deutsch, sonst Tschechisch; ich besuchte die Französische Schule in Prag, wurde katholisch getauft, ging in die Kirche, legte die Beichte ab. Ich wusste von unseren jüdischen Vorfahren, weil ich einmal im Jahr mit Mutti zusammen Tante Rosas Grab auf dem Jüdischen Friedhof besuchte. Aber Religion interessierte mich wenig. Mit dreizehn begann ich, den Katholizismus in Frage zu stellen, und nicht bald danach bat ich meinen Vater, meine Papiere auf »ohne Religionszugehörigkeit« ändern zu lassen.

Solche Juden waren wir, als die Deutschen Prag besetzten, am 15. März 1939.

3

Im April stand ein großer rotblonder Mann mit preußischem Bürstenhaarschnitt vor unserer Tür und wies sich höflich als der vom Reichsprotektor für die »Arisierung« unseres jüdischen Geschäfts beauftragte kommissarische Verwalter aus. Nachdem er unsere Bücher inspiziert und sich die Abläufe in der Werkstatt angesehen hatte, muss er zu dem Schluss gelangt sein, dass unser Salon ganz vom guten Geschmack und der Arbeitsleistung seiner Eigentümer sowie von ihren Kundenbeziehungen abhing – keine potenzielle Goldgrube in seinen Augen. Er winkte heftig mit dem Zaunpfahl, seine Gattin würde neue Kleider benötigen, und empfahl uns diskret, das Geschäft an eine unserer Angestellten zu verkaufen, *pro forma*, und selbst vielleicht als Hilfskraft im Laden zu verbleiben. Als er weg war, besprachen Mutti und ich die Situation mit der Belegschaft, hinten in der Werkstatt. Unsere Schneiderinnen und der eine Schneider waren alle noch unter dreißig. Aber unser Glaube an ihre Loyalität war so stark, dass wir keinerlei Befürchtungen hatten, sie könnten etwas von den Vorkehrungen durchsickern lassen, die wir im Begriff waren zu treffen.

Sie schienen auch keineswegs überrascht. Solche Dinge passierten gerade überall in Prag, aber irgendwie hatte keiner von uns so bald damit gerechnet. Eine lebhafte Diskussion entbrannte, wer die *Pro-forma*-Eigentümerschaft antreten solle. Wir beschlossen, die Sache erst mal zu überschlafen. Meine Eltern hatten Bedenken, unsere Existenzgrundlage in die Hände eines Angestellten zu geben – egal, wie loyal dieser oder diese auch sein möge. Ich fand die Idee einfach genial. Wir hatten sowieso keine Wahl. Wir hätten das Geschäft nur komplett schließen können, aber das hätte bedeutet, eine unbestimmte Zeit lang von Ersparnissen leben zu müssen. Außerdem hätten mehr als ein Dutzend Menschen ihren Job verloren.

Am nächsten Tag bot Marie, die am längsten bei uns war, ihre Hilfe bei der Transaktion an. Ein geheimer Vertrag wurde von einem vertrauenswürdigen Anwalt aufgesetzt, er war Mitglied des tschechischen[2] Untergrunds und erfahren mit solchen Transfers. Marie und ich würden das gleiche Gehalt beziehen und den Gewinn durch zwei teilen. Um die Vereinbarung plausibler zu gestalten, lieh der Anwalt Marie Geld, damit sie uns auszahlen konnte. Wir erstatteten ihm dann die Summe. Der Vertrag wurde auf dem Grundstück des anwaltlichen Landsitzes vergraben. Und ein Schildermaler änderte den Namen über dem Eingang unseres Geschäfts.

Danach lief das Leben erst einmal unverändert weiter, abgesehen davon, dass die Belegschaft Marie nun mit *»Fräulein Marie«* ansprach statt nur mit dem Vornamen. Unsere Kundinnen, einschließlich der deutschen, akzeptierten die Situation so gut wie kommentarlos. Ein paar erkundigten sich, ob meine Mutter denn auch einen fairen Anteil erhalte.

Dann begannen die systematischen Schikanen von Tschechen und insbesondere von Juden. Am Anfang stand die Definition, wer überhaupt als Jude galt: jeder mit mindestens zwei jüdischen Großelternteilen. Ich stellte fest, dass ich vier hatte. Dann wurden Juden der öffentlichen Plätze verwiesen und entsprechende Schilder an Restaurants, Kaffeehäusern, Spielplätzen, Schwimmbädern, Theatern, Konzertsälen und so weiter angebracht: »Juden unerwünscht«. Nur der Fluss unterlag noch keiner Zugangsbeschränkung.

2 Vermutlich wählte die Autorin hier und teils auch im Folgenden die Bezeichnung »tschechisch« nicht als nationale Zuschreibung, sondern zur Verortung im »Protektorat Böhmen und Mähren«. Unter dieser Bezeichnung wurde ein Großteil der tschechischen Gebiete nach dem deutschen Einmarsch in der Tschechoslowakei an das Deutsche Reich angeschlossen.

Aus allen Universitäten wurden Juden entlassen; jüdische Ärzte durften nur noch Juden behandeln, ihre Praxen wurden eine nach der anderen geschlossen. Schließlich wurden alle jüdischen Geschäfte »arisiert«, und die Anwaltskammer schloss sämtliche jüdischen Anwälte aus. Einige wenige tschechische Organisationen und Geschäfte zögerten; die Tschechische Philharmonie hielt am längsten durch, fast ein ganzes Jahr lang. Der tschechische Turnerverband *Sokol* knickte ein, aber viele seiner kleineren Regionalgruppen hießen ihre jüdischen Mitglieder immer noch willkommen und ließen sie das unter der Hand wissen.

Wir mussten einen gelben Stern tragen, in seiner Mitte das Wort »Jude«. Er musste auf der linken Seite jedes zuoberst getragenen Kleidungsstückes aufgenäht sein, über dem Herzen. Wer dagegen verstieß, wurde sofort verhaftet. Mein Vater und ich empfanden dies als die schlimmste Kränkung; Mutti nahm es gelassener, vielleicht sah sie es auch als Bestrafung für unsere Geringschätzung unserer Vorfahren.

Als Nächstes wurde aller Schmuck konfisziert, er musste persönlich zu festgelegten Abgabestellen gebracht werden. Dann kamen die Radiogeräte. Dann durften Juden nur noch im letzten Waggon der Straßenbahn fahren und nur dann einen Sitzplatz belegen, wenn kein »Arier« mehr stand. Im nächsten Jahr durften nur noch Juden, die eine Arbeitsstelle hatten und einen speziellen Ausweis besaßen, mit der Straßenbahn fahren. Die anderen mussten überallhin zu Fuß hingehen.

Sicher gab es einige Tschechen, die mit den Deutschen sympathisierten und die nicht unglücklich über die Judenverfolgung waren. Aber die Mehrzahl der Tschechen, denen ich begegnete, lehnte die Verordnungen ab. Einige boten ihren Platz in der Straßenbahn ostentativ jüdischen Frauen an. Diese gut gemeinten Gesten führten immer wieder zu unangenehmen Situationen, denn Prag wimmelte von Deutschen in Zivilkleidung. Nicht selten kam es zu Auseinandersetzungen, die in Prügeleien endeten, wenn nur Tschechen involviert waren, aber durchaus schlimm ausgehen konnten, wenn Deutsche anwesend waren. Inzwischen versuchten die Unterdrückten, sich zur Wehr zu setzen, so gut es ging. Nicht versicherter Schmuck wurde »arischen« Freunden zur Aufbewahrung gegeben. Große Radiogeräte siedelten in die Häuser nichtjüdischer Nachbarn und Freunde über, im Tausch gegen kleinere und ältere. Manch ein gelber Stern wurde auf der Straße von einem strategisch platzierten Buch oder einer Handtasche verdeckt oder sogar gar nicht getragen.

Ich handhabte das lange so. Zur Absicherung ließ ich mir »die Nase richten«. Mein Vater und einige meiner jüdischen Freunde hatten mich immer wegen meiner sogenannten »jüdischen Nase« geneckt. Als begeisterte Kinogängerin traf mich das Verbot für Juden, Filmtheater zu besuchen, ganz besonders hart. Mit einer anderen Nasenform und ohne Stern, dachte ich mir, würde ich ohne großes Risiko die Eingangskontrolle passieren können. Also ließ ich den Eingriff vornehmen, und siehe da, nach vier Wochen Kopfschmerzen sah ich aus wie meine Mutter mit ihrer leichten, aber geraden Stupsnase. Ins Kino bin ich dann doch nicht mehr gegangen, weil sie jedes Mal außer sich geriet, wenn ich auch nur davon sprach.

4

Im Juni 1939 wurden meine Eltern und ich von der Gestapo verhaftet – schuld war der Schmuck der Mutter meines Freundes Pepik »Joe« Solar. Seine Mutter hatte einen Teil ihres Schmucks bei einem Major Z. untergebracht; er war Joes Kommandeur in der tschechoslowakischen Armee gewesen. Und weil die Gestapo auf der Suche nach Joe war, gerieten wir in ihre Fänge.

Das war meine erste Begegnung mit der Gestapo. Sie verhafteten zuerst meine Eltern, ohne ihnen einen Grund zu nennen; ich war ein paar Stunden später dran, als ich von Erledigungen nach Hause kam. Sie befragten uns getrennt, zwölf Stunden lang, meine Eltern waren sich weiter vollkommen im Unklaren über die Gründe. Verglichen mit dem, was mir später in Kriegszeiten widerfahren sollte, hatte ich während dieser langen Stunden keine wirkliche Misshandlung auszustehen. Man bot mir sogar Schokolade und Zigaretten an, allerdings im Wechsel mit der Drohung, mich oder meine Eltern zu erschießen, wenn ich nicht den Mund aufmachen würde. Noch in der Nacht wurde ich zusammen mit meinen Eltern und zwei Gestapo-Beamten in ein Auto verfrachtet und ins Pankrác-Gefängnis überstellt. Dort mussten wir uns in einer Reihe vor einer Wand aufstellen, zusammen mit rund fünfzig anderen Menschen.

Meine Eltern standen links und rechts neben mir. Hinter unserem Rücken marschierten die Wachen auf und ab. Nach einer Weile drehte sich mein Vater zu mir und sah mich fragend an – sofort wurde er von einer Wache niedergeschlagen, seine Brille flog in hohem Bogen weg. Spontan bückte ich mich, um ihm zu helfen, aber ein gebellter Befehl hielt mich zurück, und ich sah ein, dass es besser war, mich still zu verhalten. Gegen Mitternacht wurden wir in verschiedene Zellen gebracht. Ich wurde mit zwei Frauen mittleren Alters zusammengelegt, denen ich sogleich erklärte, dass dies alles ein großer Irrtum sei und ich am nächsten Morgen bestimmt nach Hause gehen könne. Eine von den beiden schien meine Bemerkung lustig zu finden, während die andere nur abwinkte, zu niedergeschlagen, um mit mir zu diskutieren.

Die erste Frau hieß Marianne Golz. Sie war eine attraktive Erscheinung, mit flammend rotem Haar und dem selbstbewussten Auftreten einer Schauspielerin, die sie auch war, wie sich herausstellte. Die andere hieß Ludmila; sie war die Ehefau eines hohen Offiziers der tschechoslowakischen Armee und *Sokol*-Funktionärs, der das Land verlassen hatte, um sich im Ausland der tschechoslowakischen Exilarmee anzuschließen. Ludmila war seit drei Monaten inhaftiert und wurde immer wieder zu dem Netzwerk befragt, das es tschechischen Männern wie ihrem Ehemann ermöglichte, das Land vor den Augen der Deutschen zu verlassen.

Meine beiden Zellengenossinnen hätten nicht unterschiedlicher sein können – die eine schrill und witzig, die andere würdevoll und still. Während die moralischen Standards der einen zumindest zur Diskussion standen, war die andere ihrem Ehemann in fünfundzwanzigjähriger felsenfester Hingabe und Liebe verbunden. Diese beiden hatten jedoch mehr gemeinsam, als ich zuerst dachte. Beide fühlten sich von Beginn an für meinen Schutz zuständig und übernahmen es, mir Verhaltensregeln für die Zeit der Inhaftierung bei den Deutschen zu vermitteln.

Die erste Regel lautete: Lass die verhörenden Beamten nichts wissen, was sie nicht ohnehin schon wissen. Nichts zugeben, sagten sie, und schon gar nicht die Wahrheit. Gib keinerlei Informationen preis, egal, was man dir dafür verspricht.

In meinen neunzehnjährigen Augen war Marianne eine Abenteurerin, eine Figur der Halbwelt von hoher Sensibilität und mit viel Empathie für andere und eine heldenhafte Draufgängerin. Ludmilas Mut trat eher als passiver Widerstand gegenüber ihren Bewachern zutage. Ich schätze, dass keine von beiden während der gesamten Zeit ihrer Gefangenschaft auch nur einen einzigen Namen preisgab. Ich erfuhr, dass Marianne eine sehr frühe Gegnerin der Nazis gewesen war; sie war als Christin mit einem jüdischen Journalisten in Wien verheiratet gewesen. Er war schon im März 1938 aus Österreich geflohen. Marianne war in Wien geblieben, hatte eine schnelle Scheidung aus »rassischen« Gründen bewirkt und sich dann sofort darangemacht, ihren Freunden zu helfen.

Sie hatte ihr Geld und ihren Schmuck in die Schweiz geschmuggelt, unter dem Schutz ihrer Affäre mit einem SS-Offizier in Wien. Diese Beziehung erlaubte ihr, Spuren zu verwischen und nicht wenige nützliche Verbindungen zu höheren SS-Chargen innerhalb und außerhalb Österreichs aufzubauen. Es war alles bestens gelaufen, bis zu dem Tag, als der Gentleman auf einen anderen – höheren – Posten befördert wurde. Marianne beschloss mit Weitsicht, ihre Aktivitäten nach Prag zu verlegen. Hier engagierte sie sich im tschechischen Widerstand. Unglücklicherweise hatte eine Verhaftung zur nächsten geführt, jemand hatte zu viel geredet, und schon fand Marianne sich als Ludmilas Zellengenossin wieder. Trotz ihrer Verbindungen zur SS gelang es ihr nicht, eine Nachricht zu übermitteln, dass sie im Pankrác-Gefängnis festgehalten wurde.

Ich war fasziniert von Mariannes Geschichten und ihrer Persönlichkeit, hing an ihren Lippen, wenn sie von den Juden in Österreich und den Nazimethoden erzählte. Tag um Tag verging, ohne dass wir zum Verhör gerufen wurden, wir hatten endlos Zeit und nichts zu tun. Marianne erklärte mir das komplizierte System aus Beschlagnahmung, Erniedrigung und – am Ende – Deportation. In Wien hatten die Deportationen bereits eingesetzt.

Marianne wusste nicht genau, wohin die Menschen gebracht wurden, aber sie wusste, dass ihr Gepäck auf fünfzig Kilo beschränkt war und dass aller übriger Besitz zurückbleiben musste. Sie versuchte mich davon zu überzeugen, zu fliehen, sollte ich freikommen. Und sie überzeugte mich wirklich davon, dass es dumm war, in einer Wohnung zu leben, die gleich neben dem Geschäft lag, in dem ich angestellt war, nicht nur, weil Marie dadurch in Gefahr gebracht wurde, sondern auch, weil unsere große und moderne Wohnung früher oder später konfisziert werden würde. Und in dem Fall würden wir alle zusammen ein Zimmer in einem »Judenhaus« zugewiesen bekommen.

Diese ganzen wirklich nützlichen Informationen waren gespickt mit schier unglaublichen Geschichten aus ihrem Leben, von denen einige Ludmila die Schamesröte ins Gesicht trieben. Sie fand sie unpassend für die Ohren eines neunzehnjährigen Mädchens. Aber beide Frauen waren sich vollkommen einig, dass die Nazis Monster waren, die, egal wo und wie, bekämpft werden mussten. Ich glaubte ihnen jedes Wort. Währenddessen hielt ich in den zwanzig Minuten unserer täglichen Hofgänge Ausschau nach meiner Mutter und bekam sie doch nie zu sehen.

Zwei Wochen später holte man mich zum Verhör, und eine halbe Stunde später wurde ich entlassen. Viele Jahre später erfuhr ich, dass Marianne ein paar Wochen nach mir freigelassen worden war, weil einer ihrer SS-Freunde sie nach seiner Rückkehr von einer Reise nicht zu Hause antraf. 1943 wurde sie erneut verhaftet. Ihre Glückssträhne war jetzt gerissen, und sie wurde noch im gleichen Jahr im Pankrác-Gefängnis enthauptet. Was aus Ludmila wurde, habe ich nie erfahren.

5

Ich kehrte zurück in eine leere Wohnung. Mein erster Weg führte mich zum Schreibtisch meines Vaters. Zu meiner Bestürzung fand ich dort eine Liste mit dem Schmuck *meiner* Mutter und der Adresse von Major Z. Außerdem entdeckte ich ein verdächtig aussehendes Röhrchen ohne Etikett, das kleine Tabletten enthielt. Es klingelte an der Tür, und ich steckte das Röhrchen in die Tasche. Es war mein Freund Joe, der mich darüber informieren wollte, was während meiner Abwesenheit alles passiert war.

Joe hatte einen tschechischen Anwalt mit Zugang zur Gestapo kontakiert, um herauszufinden, warum wir verhaftet worden waren. Von ihm erfuhr er, dass sein Bruder Paul unter Verdacht stand, mit Devisen zu handeln, und dass zwei Gestapo-Beamte seine Wohnung durchsucht hatten. Dort hatten sie einen Zettel mit Major Z.s Namen und Adresse sowie Informationen über irgendwelchen Schmuck gefunden. Sie sperrten die Familie seines Bruders ein. Dann verhörten sie Pauls Mutter und fragten, wo Joe sei. Sie erzählte ihnen, dass Joe vermutlich zu Besuch bei seiner Freundin wäre, also bei mir. Also verhafteten sie uns und konfrontierten Major Z. mit den Vorwürfen. Ihn ließen sie mit der Ermahnung gehen, er solle aufhören, sich wie ein »Judenfreund« zu benehmen. Wir wurden dann gegen Zahlung einer Summe von 20.000 tschechischen Kronen aus dem Pankrác-Gefängnis entlassen; das Lösegeld wurde in einem einfachen Umschlag übergeben, der in einer Ausgabe von »Mein Kampf« lag. Tatsächlich kamen meine Eltern nur wenige Stunden nach mir frei.

Wir reagierten alle sehr unterschiedlich auf diese erste Verhaftung: Mein Vater war wütend auf meinen Freund und tobte wegen der Listen, die Namen Unbeteiligter enthüllen würden. Er hörte erst auf, als ich ihm die Liste zeigte, die ich in *seinem* Schreibtisch gefunden hatte. Joe zog für sich die Schlussfolgerung, dass die Deutschen bestechlich waren und dass diese neue Verbindung zur Gestapo sich in Zukunft noch als nützlich erweisen würde. Mutti war einfach nur froh, mich gesund anzutreffen, und bereit, alles und jedem zu vergeben.

Ich erzählte ihnen, was ich von meiner Zellengenossin Marianne erfahren hatte. Sie hörten zu, hielten mich aber für naiv: Marianne sei vielleicht als *Agent provocateur* zu uns in die Zelle gelegt worden, um uns Informationen zu entlocken. Ich bestand weiterhin darauf, Mariannes Ratschlag in Erwägung zu ziehen, unsere große, im Zentrum von Prag gelegene Mietwohnung aufzugeben, das Ladengeschäft von der Wohnung zu trennen und uns nach einer kleineren Unterkunft in weniger attraktiven Stadtvierteln umzusehen, dort, wo eine Beschlagnahmung durch die Deutschen weniger wahrscheinlich wäre. Ich dachte daran, in einen Vorort zu ziehen, weit vom Stadtzentrum entfernt, wo Razzien und andere böse Überraschungen nicht zu erwarten wären. Es brauchte Monate, meine Eltern von der Idee zu überzeugen, aber ich blieb standhaft, und schließlich machten wir es so.

Als der Zweite Weltkrieg am 1. September 1939 ausbrach, zog mein Vater sich in seine eigene Traumwelt zurück, in der keinerlei Zweifel an einem Sieg der Alliierten existierten. Jeden Tag ging er fast zehn Kilometer zu Fuß, um bei einem unserer Angestellten, bei dem wir unser Radio untergestellt hatten, *BBC* zu hören. Er hatte überall in der Wohnung Landkarten, auf denen Fähnchen die Position der deutschen Truppen markierten, so, wie sie die Deutschen darstellten, und so, wie die *BBC* sie berichtete. Die Lage schien hoffnungslos, aber mit Kriegsbeginn entwickelte mein Vater einen überschwänglichen Optimismus.

Zu Weihnachten schenkte Joe mir ein Hündchen. Tommy wurde schnell zum Mittelpunkt der Familie und zu einem treuen Begleiter für meinen Vater auf seinen langen Erkundungsspaziergängen.

Anfang 1940, als der Krieg in vollem Gange war, beteiligte sich Joe als Mitglied der Widerstandsbewegung daran, ehemalige tschechoslowakische Soldaten außer Landes zu schleusen, um die antinazistischen Kräfte im Ausland zu unterstützen. Joe war erst kurz vor der Besetzung aus der Armee entlassen worden. Als Soldat war er ein echter Strahlemann gewesen, der den Militärdienst auf die leichte Schulter nahm. Nach dem deutschen Einmarsch hatte sich seine Einstellung komplett geändert. Er hatte Schuldgefühle, andere Männer in den Widerstand zu schicken, und so beschloss er Ende April, sich der wachsenden Zahl Freiwilliger anzuschließen.

Die Fluchtroute war gründlich getestet worden und galt als weitgehend sicher. Ein patriotisch eingesteller Förster führte Gruppen von fünf bis zehn Männern quer durch die Wälder über die Grenze nach Ungarn. Von dort gingen die Männer nach Jugoslawien und weiter nach Palästina und England, wo sich eine tschechoslowakische Exilregierung gebildet hatte. Es war ein langer, tränenreicher Abschied, als Joe uns verließ, selbst mein Vater war zu Tränen gerührt. Joe hatte sogar noch daran gedacht, zwei Blumengestecke für Mutti und mich zu bestellen, sie wurden am nächsten Tag geliefert.

Nach drei Tagen ohne Nachricht dachten wir, er sei gut durchgekommen, wir waren glücklich und stolz auf ihn. Als ich eine Woche später von der Arbeit nach Hause kam, sagte Mutti, im Esszimmer sei ein Besucher für mich. Und da stand Joe, mit Bartstoppeln, nach Schweiß und Gülle riechend, das Elend in Person. Irgendetwas war schiefgelaufen, und seine Gruppe war von einer deutschen Patrouille abgefangen worden. Einige von ihnen waren gefangen genommen worden, andere erschossen. Joe und einer seiner Freunde hatten entkommen können und hatten sich zu Fuß nach Prag durchgeschlagen; mitleidige Bauern hatten ihnen etwas zu essen gegeben oder sie ein Stück mitgenommen. Sie waren über sechshundert Kilometer weit auf Landstraßen und Feldern unterwegs gewesen, ohne zu wissen, ob die Deutschen nach ihnen suchten. Zu seiner Mutter zu gehen, wäre zu gefährlich gewesen, auch hier bei mir war es das. Er war sogar für seine eigenen Leute im Widerstand eine Gefahr.

Die nächsten Wochen über versteckte er sich in verschiedenen Berghütten, die Freunden von ihm gehörten, er wechselte immer wieder den Aufenthaltsort. Bevor er ging, beschlossen wir zu heiraten. Joe tat mir unendlich leid, und außerdem war er in meinen Augen jetzt so etwas wie ein Held. Ich hatte ihn immer wegen seines fabelhaften Humors gemocht. Egal, wie schlimm die Lage war, Joe konnte mich immer zum Lachen bringen, er war mein liebster Kamerad. Außerdem galt für Juden inzwischen nach acht Uhr abends eine Ausgangssperre, und meine Eltern und der Hund waren wirklich keine hinreichende Gesellschaft für die zweiundzwanzigjährige Frau, die ich jetzt war.

6

Als ich die Neuigkeit meinen Eltern überbrachte, tobte mein Vater und beschuldigte Joe, mich ihm wegzunehmen. Mutti hingegen fand die Idee mit der Heirat ganz gut, weil ich in diesen schwierigen Zeiten einen anderen jungen Menschen an meiner Seite hätte. Nachdem Joe aus seinem Versteck nach Prag zurückgekehrt war, beschlossen wir nun endlich auch, die Innenstadt zu verlassen. Unser Vermieter war entzückt, weil er die Wohnung jetzt ohne großes Aufsehen an Tschechen vermieten konnte.

Wir fanden eine winzige Wohnung am Stadtrand, zwei Zimmer mit Küche, ohne Zentralheizung, neben den Filmstudios in Barrandov gelegen. Es war das Ende der Welt, aber ringsum gab es Felder und Wälder zum Spazierengehen. Für ein junges Ehepaar wäre es an sich ganz schön gewesen, aber wir zogen ja zusammen mit meinen Eltern ein, um uns nicht dem Vorwurf aussetzen zu müssen, zu viel Raum zu belegen. Ein Teil unserer Möbel wurde verkauft, der Rest in die neue Wohnung gepfercht. Das Ladengeschäft wurde an eine andere Adresse im Zentrum Prags verlegt.

Am 20. August 1940 heirateten wir. Jüdische Hochzeiten durften nicht mehr in Prags wundervollem Rathaus stattfinden, nur noch in einem kleinen Bezirksrathaus am Stadtrand. Wir durften kein Taxi nehmen, und mit dem riesigen Strauß weißer Rosen, den Joe mir überreicht hatte, weigerte ich mich, mit der Straßenbahn zu fahren. Wir lösten das Problem, indem eine unserer jungen Auszubildenden den Strauß in ihrer Einkaufstasche transportierte.

Angesichts der schwierigen Zeiten hatte ich beschlossen, in einem einfachen schwarzen Kleid zu heiraten, aber ich besaß einen ziemlich albernen hellblauen Hut, den ich in einer Papiertragetüte bei mir trug und fürs Foto im Warteraum aufsetzte. Das kleine Bezirksamtsbüro war voll mit meinen Angestellten und Freunden, und hinterher gab es einen Mittagsimbiss bei »Père Louis«, einem Restaurant, das wir in unserer Kennenlernzeit oft besucht hatten und dessen Besitzer die antijüdischen Verordnungen umging, indem er einfach »wegen Krankheit« schloss.

Unsere vier Tage dauernden Flitterwochen fanden in Zlín statt, einer hässlichen Industriestadt, in der der Bat'a-Konzern ansässig war. Die Wahl fiel nur deshalb auf Zlín, weil es im ganzen Land nur noch dort ein Hotel gab, das jüdische Gäste aufnahm. Und selbst hier mussten wir auf dem Zimmer essen, weil der Speisesaal *off limits* für uns war. Nach diesen vier Tagen waren Flitterwochen und Privatsphäre für uns vorüber. Wir kehrten zurück in die kleine Familienwohnung, wo ich immer noch »das Kind« war und mein Ehemann wie ein adoptiertes Geschwisterchen behandelt wurde.

Inzwischen war ich die Einzige in der Familie, die noch ein Gehalt bezog. Unsere ehemalige Angestellte Marie hatte sich im Laufe des Jahres nach und nach verändert. Inhaberin eines florierenden Geschäftes zu sein, verlieh ihr einen Status, den sie zuvor höchstens in ihren Träumen für möglich gehalten hätte. Die pausenlose antisemitische Propaganda der Besatzer ließ diesem einfachen Mädchen langsam aufgehen, welches Risiko sie einging, indem sie meine Mutter und mich weiterhin beschäftigte. Vielleicht ließen sich unsere vertauschten Rollen in ihren Augen damit auch rechtfertigen. Bisher waren die Deutschen dabei, den Krieg zu gewinnen, und es sah keineswegs so aus, als würde sich das Blatt jemals wenden.

Nachdem wir raus nach Barrandov gezogen waren, beschloss Marie, *eine* Rabinek sei genug, um die alten Kundinnen bei der Stange zu halten. Damit waren meine Eltern arbeitslos. Mein frischgebackener Ehemann ging schon seit Beginn der Besatzung durch die Deutschen keiner regelmäßigen Arbeit mehr nach. Die Lage war also zunehmend heikel. Unsere Ersparnisse schmolzen nach und nach dahin, weil wir Lebensmittel und andere notwendige Dinge zu Wucherpreisen auf dem Schwarzmarkt kaufen mussten. Die Tschechoslowakei, früher ein Exportland für landwirtschaftliche Erzeugnisse und Fleisch, ernährte sich nun von Lebensmittelkarten, weil die Besatzer alles Mögliche fürs »Reich« abzapften. Jüdische Lebensmittelkarten hatten ein großes »J« eingestempelt, und die Einkaufsmöglichkeiten waren auf zwei Stunden am Nachmittag begrenzt, wenn es in den Läden nicht mehr viel zu kaufen gab.

Die tschechische Währung erlitt täglich Wertverluste. Das traf, wegen des Überangebots, genauso auf Schmuck und Kunstwerke zu. Hingegen stieg der Wert ausländischer Währung drastisch an. Morgens fuhr ich mit dem Fahrrad zur Arbeit, eine Umhängetasche über der Schulter und über meinem gelben Stern. Dort angekommen, prüfte ich als Erstes Maries Gesichtsausdruck, um ihre Stimmung auszuloten. Würde sie mich heute rauswerfen? Morgen? Nächste Woche? Wann?

Dann, sechs Wochen nachdem Joe und ich geheiratet hatten, merkte ich, dass ich schwanger war. Eigentlich war es meine Mutter, die die Diagnose stellte, weil sie einen veränderten Gesichtsausdruck bei mir festzustellen meinte. Ein Arztbesuch gab ihr recht. Mein Vater war der Meinung, dass es in diesen Zeiten unverantwortlich sei, ein Kind zu bekommen, und verlangte eine sofortige Abtreibung. Ausnahmsweise musste ich ihm recht geben. Ich wollte kein Kind. Ich war zwanzig Jahre alt, trug die Verantwortung für vier Menschen und wollte unbedingt noch so viel vom Leben haben, wie das in diesen stark eingeschränkten Zeiten möglich war. Hinzu kam, dass mein Mann wirklich ein Kindskopf war, den ich mir beim besten Willen nicht als Vater vorstellen konnte.

Joe war natürlich begeistert über die Neuigkeit der Schwangerschaft und wollte nichts von meinen Gegenargumenten hören. Mutti wurde sentimental: Ein Enkelkind zu haben, klang verlockend, aber selbst sie hatte Bedenken wegen des Zeitpunkts. Abtreibungen waren in der Tschechoslowakei schon immer illegal gewesen, aber das Gesetz wurde immer wieder unterlaufen. Jetzt stand ich allerdings vor dem Problem, dass jüdische Ärzte keine

Praxen mehr hatten und es den christlichen untersagt war, jüdische Patientinnen zu behandeln. Joe fand über einen Freund aus der Armee einen jungen tschechischen Gynäkologen für den Eingriff. Er musste an einem Samstag und mit wenig Betäubungsmittel vorgenommen werden. Seine Frau assistierte.

In der Nacht vor der Abtreibung starb Joes Mutter an einem Herzinfarkt. Trotzdem begleitete Joe mich zu dem Arzt und bat mich bis zum letzten Moment, es mir anders zu überlegen. Hinterher wurde ich in das Auto eines Freundes verfrachtet und nach Hause gebracht, wo Mutti einen Riesenwirbel veranstaltete und rund um die Uhr meine Temperatur kontrollierte. Joe war durch das alles ziemlich mitgenommen, aber ich war einfach zu sehr mit mir selbst beschäftigt, um zu merken, wie erschüttert er war. Zwischen meiner Schwiegermutter und mir hatte es nie viel Zuneigung gegeben. Sie hatte immer missbilligt, dass ich mich mehr für meinen Laden als für Joes Hemden oder den Haushalt interessierte. Und nie konnte ich die Dummheit verzeihen, durch die meine Eltern in die Fänge der Gestapo geraten waren. Um den Schein zu wahren, musste ich zwei Tage später zu ihrer Beerdigung gehen und sah dort so niedergeschlagen und krank aus, dass alle überrascht waren, wie tief ich ihren Tod betrauerte.

7

Unsere Lage stabilisierte sich ein wenig, und ein Jahr lang führten wir ein sehr ruhiges Leben, weit entfernt von den Verwerfungen und Gerüchten, die die Prager Innenstadt beherrschten. Meine Eltern machten lange Spaziergänge mit meinem Hund Tommy, bis an die Stadtgrenze, weiter durften Juden nicht. Mein Vater und Joe spielten Schach und aktualisierten ihre militärischen Landkarten. Der Fluss war immer noch zugänglich für uns, und wir badeten oft in diesem Sommer. Es gab ein Café für Juden, in dem auch eine kleine Band auftrat, und an Samstagnachmittagen konnten wir dort tanzen gehen. Irgendwie fingen wir an, uns an das stark eingeschränkte Leben zu gewöhnen. Den Silvesterabend 1940 verbrachten wir mit unseren jüdischen Nachbarn, zwei jungen Paaren, die noch in ihrem eigenen Haus wohnten. Wir stießen auf ein baldiges Kriegsende an.

Nächtliche Besuche wie dieser waren selten und nicht ohne Risiko, denn schräg gegenüber wohnte ein Sudetendeutscher, ein Kollaborateur namens Lachmann. Er verbrachte viel Zeit am Fenster, um das Treiben der vier jüdischen Familien in seiner Straße zu beobachten. Wegen der Ausgangssperre und um seine Aufmerksamkeit nicht zu erregen, mussten wir warten, bis es dunkel war, um dann in Pantoffeln über die Straße zu huschen. Dieser selbst ernannte Wächter verfolgte uns Tag und Nacht. Er passte auf, dass wir uns an die für Juden geltenden Zeiten beim Lebensmitteleinkauf hielten. Unser kleiner Hund war ihm ein besonderer Dorn im Auge, er ließ die ganze Nachbarschaft wissen, dass es Juden nicht erlaubt sein sollte, Hunde zum Vergnügen zu halten.

Im Oktober 1941 hörten wir von den ersten Judendeportationen. Es waren nur die wohlhabendsten Familien, die verhaftet und nach Łódź ins besetzte Polen geschickt wurden. Und es dauerte auch nicht lange, bis die Nachricht eintraf, dass es ihnen gut gehe. Deshalb schien uns in dem Moment ihr Schicksal nicht das allerschlimmste zu sein, abgesehen von den damit verbundenen Unannehmlichkeiten. Für die in Prag verbliebenen Juden schien es nicht viel anders zu sein, als von den Nazis in das frühere Ghetto zwangsumgesiedelt zu werden, dorthin, wo inzwischen die meisten jüdischen Familien in einem Zimmer zusammenlebten. In der Abgeschiedenheit von Barrandov waren wir aber immer noch sicher.

Nur zur Sicherheit, für den Fall der Fälle, fingen die jüdischen Hausfrauen an, Kekse zu backen, Zucker und Fett zu horten. Überall machte man sich daran, das Bettzeug dunkel zu färben, um in einer ungewissen Zukunft Waschmittel sparen zu können. Wir alle schafften uns zu Schwarzmarktpreisen geräumige See- und Rucksäcke an, die sich im Notfall innerhalb eines Tages packen ließen. Beim Verlassen des Hauses nahm jedes Familienmitglied jedes Mal unter aller Vorsicht ein Päckchen mit, in dem sich ein wertvoller Besitz befand – ein Stück Porzellan, ein kleiner Teppich oder ein aus dem Rahmen geschnittenes Gemälde –, und übergab es einem vertrauenswürdigen christlichen Freund zur sicheren Aufbewahrung. So verlagerten Joe und ich unsere gesamte Bibliothek, Buch für Buch. Es war eine gute Möglichkeit, sich zu beschäftigen und vom Grübeln abzuhalten.

Erstaunlicherweise arbeitete ich immer noch, mit einem Lächeln auf den Lippen für unsere treuen Kundinnen hörte ich den wiederholten Beteuerungen der deutschen Kundschaft zu, sie hätten persönlich absolut nichts gegen mich oder meine Mutter. Sie vergaßen nie, sie grüßen zu lassen. Unsere tschechischen Kundinnen, die uns ihre Hilfe nach Kräften anboten, waren für uns wie die wärmende Sonne. Manch ein altes Erbstück fand seinen Weg aus unserem Haus in eines der ihren. Sie machten Marie mit Nachdruck klar, dass sie nur meinetwegen weiter in den Salon kamen. Sie und meine Schul- und Sportkameraden waren es, die mich den Glauben an die Menschheit nicht verlieren ließen.

Von der Tatsache frustriert, dass ich allein den Haushalt finanzierte, und um selbst etwas Geld mit nach Hause zu bringen, hatte Joe sich mit einer Gruppe junger Männer eingelassen, die auf dem Schwarzmarkt mit ausländischer Währung handelten. Der anfängliche Erfolg führte zu Sorglosigkeit, und im Februar 1942 wurden sie allesamt verhaftet und zu fünf Monaten Gefängnis verurteilt. Das war an sich schon schlimm, wurde aber noch verschärft durch die Ermordung des Reichsprotektors Reinhard Heydrich.

Im Juni, nach diesem Erfolg der tschechischen Widerstandsbewegung, drehten die Nazis durch. Sie terrorisierten die Bevölkerung, durchkämmten die Stadt nach den Schuldigen, verhafteten Hunderte und wählten jeden Tags auf Neue willkürlich Gefangene aus, die sie in den Gefängnishöfen erschossen.

Joe hatte es gleich zu Beginn seiner Haft mit Hilfe eines tschechischen Wachmanns hingekriegt, mir Nachrichten zukommen zu lassen. Der Mann erwies sich als so zuverlässig, dass ich zu meinem zweiundzwanzigsten Geburtstag Ende Februar sogar einen ein Meter hohen weißen Fliederstrauß geschickt bekam. Zu der Zeit konnte ich Joe noch einmal die Woche im Gefängnis besuchen und ihm etwas zu essen und frische Kleidung bringen. Jetzt flehte er mich an, ihn da rauszuholen. Mein Vater strafte diese verzweifelten Bitten mit Verachtung; er nannte es »unmännlich«, eine Frau in so einer gefährlichen Situation um Hilfe anzuflehen. In seinen Augen hatte Joe nur bekommen, was er sich selbst durch seine Schwarzmarktgeschäfte eingehandelt hatte.

Zu meinem gleichbleibenden Erstaunen akzeptierte mein Vater die deutschen Regeln und Anordnungen als geltendes Recht, wenn auch nicht als gerecht. Aber wir alle wurden nach und nach darauf konditioniert, die zahllosen absurden Vorschriften als Teil unseres Lebens zu akzeptieren. Nicht einmal die Juden erwiesen sich im unaufhörlichen Trommelfeuer der Nazipropagandamaschine als immun.

Nachdem die Nazis ganz Lidice als Vergeltung für die Ermordung Heydrichs zerstört hatten, war es nicht mehr so einfach, jemanden zu bestechen. Ich jedenfalls konnte im Juni des Jahres 1942 niemanden mehr auftreiben, der bereit gewesen wäre, seinen Kopf für Joe hinzuhalten. Die wiederholten Auseinandersetzungen mit meinem Vater zerrten an meinen Nerven, und zum ersten Mal in meinem Leben begann ich, mich gegen seine oft ungerechte Kritik zu wehren. Mutti hatte alle Hände voll zu tun, die Harmonie in der Famile aufrechtzuerhalten, und diente uns beiden nicht selten als Blitzableiter. Und zu allem Überfluss informierte mich Marie, dass ich angesichts der brenzligen Situation nicht mehr im Geschäft auftauchen solle. Ich war so in meinem Stolz verletzt, dass ich sie nicht mal um einen kleinen Geldbetrag bat.

Ich wusste nicht, was ich mit der ganzen freien Zeit anfangen sollte, und fing an, das ganze Haus zu putzen, alles Greifbare zu wienern und auf Hochglanz zu polieren. Ich lernte sogar, ein bisschen zu kochen, soweit das unsere bescheidenen Vorräte – vor allem Gemüse – zuließen. Nie wieder im Leben will ich einen Karottenkuchen, ein Kartoffelgulasch oder eine der anderen Kreationen jener Zeit essen müssen.

Als ich mal wieder nichts zu tun hatte, brachte ich einen Davidstern an Tommys Hundehalsband an und erklärte ihm, dass auch er ein Jude sei. Aber bevor wir zu unserem Spaziergang aufbrechen konnten, rief Mutti hinter mir her, ich solle diesen Stern von dem Hund entfernen. Auf dem Feld ließ ich ihn von der Leine, und es dauerte nicht lange, bis er verschwand, um Kaninchen zu jagen. Nachdem ich lange nach ihm gerufen und gepfiffen hatte, kehrte ich ohne ihn nach Hause zurück. Ich war nicht weiter beunruhigt, weil er öfter mal frei rumlief und immer wiederkam. Aber als er bei Anbruch der Dunkelheit immer noch nicht zurück war, bekamen wir es alle drei mit der Angst zu tun, mussten aber wegen der Ausgangssperre bis zum Morgen warten, um nach ihm zu suchen. Wir schwärmten in verschiedene Richtungen aus. Bei unserer Rückkehr saß Mutti weinend auf der Türschwelle. Lachmann hatte den Hund entdeckt, ihn angeblich für ein Kaninchen gehalten und erschossen. Es klingt herzlos, aber wir trauerten um diesen Hund mehr als um meine Schwiegermutter, und der Verlust verstärkte mein Gefühl drohenden Unheils. Allmählich wünschte ich mir, etwas möge geschehen, irgendetwas, Hauptsache, es änderte sich etwas.

8

Es passierte schneller als erwartet. Mitte Juli hatte Joe seine Haftstrafe abgesessen, und er wurde aus dem Gefängnis entlassen. Zwei Wochen später wurde uns der gefürchtete schmale blaue Zettel zugestellt, der ihn für einen Transport nach Terezín aufrief. Dieser Transport umfasste nur junge Männer. Sie sollten ein Verlängerungsgleis bauen – von der bereits existierenden Bahnstation in Bohušovice bis nach Terezín, der alten Garnisonsstadt, errichtet vom Habsburger Kaiser Joseph II. im 18. Jahrhundert und zu Ehren seiner Mutter, Kaiserin Maria Theresia, Theresienstadt genannt.

Wir wussten um die laufenden Transporte, und nach Joes Deportation war klar, dass unsere Tage zu Hause gezählt waren. Aber dann hörten die Transporte merkwürdigerweise plötzlich auf, und wir nahmen das zum Anlass, mir endlich, nach langem Zögern, die Mandeln entfernen zu lassen. Das hatte ich aus Angst seit Jahren aufgeschoben.

Vater ging in die Stadt zum jüdischen Gemeindebüro, von wo aus die Transportaufrufe ausgeteilt wurden, um herauszufinden, ob in den nächsten zwei, drei Wochen irgendwelche Transporte geplant seien. Weil das nicht der Fall zu sein schien, ging ich am frühen Morgen in das einzige jüdische Krankenhaus in Prag und wurde um acht Uhr morgens unter örtlicher Betäubung operiert. Der Arzt stieß auf ein paar Probleme, und so dauerte dieser an sich kleine Eingriff fast zwei Stunden. Ich schlief noch, als am Nachmittag ein Freund von Joe, der als Krankenpfleger arbeitete, betreten zu mir ans Bett kam. Nachdem er eine Weile herumgedruckst hatte, erzählte er mir, dass im Laufe des Tages ein Transportaufruf erfolgt sei und dass meine Eltern und ich auf der Liste stünden.

Er erklärte auch, dass ich aufgrund meines Eingriffs vom Transport ausgenommen sei. Ich dachte darüber nach, aber, ehrlich gesagt, da gab es nicht viel zu bedenken. Ich gehörte zu meinen Eltern. Ich hatte eine Veränderung gewollt, und was um alles in der Welt sollte ich alleine in Prag? Ich erinnerte mich, wie ich mir während meiner Teenagerzeit oft gewünscht hatte, meine Eltern los zu sein, aber jetzt merkte ich plötzlich, wie nah wir uns standen und wie wir aufeinander angewiesen waren. Außerdem fühlte ich mich für sie verantwortlich, so, als seien sie während der letzten Jahre zu *meinen* Schützlingen geworden. Die Vorstellung, sie müssten dem, was auch immer sie in Terezín erwartete, alleine begegnen, war unerträglicher als meine Halsschmerzen. Am nächsten Morgen verließ ich das Krankenhaus, gegen den Rat der Ärzte und bevor meine Eltern zu Besuch kamen, und war rechtzeitig zu Hause zum Packen.

Zwei Tage später fuhren wir mit der Straßenbahn zum Industriepalast. Für diese letzte Fahrt durch unsere schöne Stadt wurde eine Ausnahme gemacht. Wir fuhren am Fluss entlang, vorbei an den Spielplätzen meiner Kindheit, dem Nationaltheater und der Prager Burg, über der TGM[3] immer noch wachte, auch wenn über ihr jetzt die Hakenkreuzfahne wehte. Vorbei an der Karlsbrücke, auf der mir jeder einzelne Heilige ein guter alter Freund war. Bis jetzt war mir nicht klar gewesen, wie sehr ich meine Stadt liebte. Wir alle schwiegen während dieser letzten Fahrt durch Prag – isoliert und doch miteinander verbunden durch unsere ganz persönlichen Erinnerungen.

3 Tomáš Garrigue Masaryk (1850–1937), häufig abgekürzt zu TGM, war Mitbegründer der Tschechoslowakischen Republik und von 1918 bis 1935 deren Staatspräsident.

9

Ich war wohl eingeschlafen, denn Mutti rüttelte mich sanft und sagte, es sei Zeit aufzustehen, sich zum Zählen aufzustellen und danach zum Zug zu gehen.

Um vier Uhr morgens liefen wir, immer fünf nebeneinander, durch die schlafenden Straßen, zum Güterbahnhof, der außer Sichtweite der übrigen Bevölkerung lag. Alt und Jung waren mit Nummern versehen, die auf Karten an Bändern um unseren Hals hingen. Mit unseren Habseligkeiten beladen wie Packesel, kamen wir nur im Schneckentempo voran, sehr zum Ärger der SS-Männer, die die Kolonnen eskortierten, Stockstöße austeilten und *»Schneller, schneller, Saujuden, Bewegung!«* riefen. Ein unglaubliches Chaos am Zug. Koffer sollten in einen Extrawaggon geladen werden, wir durften nur Handgepäck bei uns behalten, aber niemand wollte sich von irgendwas trennen. Kinder gingen verloren, wurden wiedergefunden, weinten, aber am Ende wurde die gesamte menschliche Fracht tatsächlich in den wartenden Zug gepfercht und die Türen verschlossen. Nach noch mehr Gebrüll und Warterei begann die Reise. Terezín lag nur achtzig Kilometer entfernt, aber wir erreichten es erst um die Mittagszeit.

Als der Zug in Bohušovice hielt, sahen wir eine Kompanie Wache haltender tschechischer Gendarme, ungefähr zwei oder drei Dutzend SS-Leute, die die Gendarmen – oder uns – bewachten, und eine große Zahl Häftlinge, deren Aufgabe es war, das Ausladen und alles andere zu organisieren. Viele von ihnen waren Freunde oder Verwandte der Deportierten. Einer von ihnen sagte mir rasch, ich solle mir so viel greifen wie möglich, es wäre ungewiss, ob wir unser großes Gepäck je wiedersähen. Er sagte auch, dass Joe mich im Ghetto erwarten würde.

Die Spätsommersonne stand hoch am Himmel, und wir alle waren wie für Sibirien angezogen, denn wir hatten so viel Kleidung wie möglich mitnehmen wollen. Unter der Last der Rucksäcke und dem, was wir zusätzlich in der Lage waren zu tragen, machten wir uns auf den gefühlt längsten Marsch meines Lebens. Wir kamen nur äußerst mühsam voran, Nachzügler wurden immer wieder zurück in eine der mehr oder weniger geordneten Kolonnen gescheucht. Die Sonne brannte erbarmungslos vom Himmel auf die schattenlose Straße.

Die Menschen fingen an zu schwanken und zu stürzen und wurden von Verwandten oder den jungen Männern aus dem Ghetto wieder hochgezogen. Es war die absolute Hölle; nur noch der nächste Schritt zählte. Mein Hals brannte nach der Mandeloperation wie Feuer, aber vor allem erstickte ich fast vor Mitleid mit meinem Vater, an dessen Hals die Adern sichtbar pochten, und mit meiner Mutter, die unter ihrer Last immer kleiner zu werden schien. Nie habe ich die Deutschen mehr gehasst als in diesem Moment, weder vorher noch später. Das Gebrüll hatte aufgehört, und die Prozession bewegte sich in unheimlicher Stille. Nach einer gefühlten Ewigkeit erreichten wir die Tore des Ghettos.

Terezín ist eine Festung, die zu Zeiten Maria Theresias für eine Garnison von 3.500 Mann erbaut worden war. Zu Zeiten der Tschechoslowakischen Republik waren hier genau so viele Soldaten stationiert gewesen, hinzu kamen damals 1.500 Zivilisten, vor allem Ladenbesitzer, Gastwirte und ihre Familien. Im Sommer 1942 waren hier 35.000 Juden interniert.

Wir wurden die Hauptstraße des Ghettos hinuntergeführt zu einer am Rand gelegenen Böschung und in gewölbeartige Ställe mit schmutzigem Stroh auf dem Boden. Das war unser Quarantänelager. Quarantäne weswegen? Ich hielt auf dem Weg nach Joe Ausschau, konnte ihn aber nicht entdecken. Enttäuscht und erschöpft ließ ich mich auf den Boden fallen und weigerte mich, zu reden oder auch nur die Augen zu öffnen.

Mutti hingegen begab sich auf die Suche nach Trinkwasser, versuchte, meinen Vater zu überreden, etwas zu essen und mich aus meiner Lethargie herauszuholen. Seit Beginn der deutschen Besatzung hatte sie im gleichen Maße an Mut und Stehvermögen zugelegt, wie sich unsere Not verschärfte. Solange ich mich erinnern konnte, war sie immer ziemlich fragil gewesen und neigte zu realen wie auch psychosomatischen Erkrankungen. Jetzt aber fühlte sie sich stark und gut und ließ kein Wort der Klage über ihre Lippen kommen. Nur nach und nach erreichten ihre Worte mein umnebeltes Gehirn und ergaben Sinn. Im Wissen um Joes Einfallsreichtum vermutete sie, dass er schon einen Weg gefunden hatte, uns zu treffen. Und wo wäre das leichter gewesen als bei den Latrinen, wo jeder von uns irgendwann hinmusste?

Und sie hatte recht. Als wir uns der übel riechenden Grube näherten, war Joe schon da, verborgen hinter einer hölzernen Trennwand. Soweit er wusste, war unser Transport als Transit vorgesehen; man würde leichte Veränderungen an seiner Zusammensetzung vornehmen und ihn in achtundvierzig Stunden mit unbekanntem Ziel wieder losschicken. Aber Joe beschwor uns, keine Angst zu haben: Wir würden nicht auf dem Transport sein, weil seine Arbeit – der Gleisbau vom Bahnhof Bohušovice zum Ghetto – als zu wichtig angesehen wurde und die Familien der Gleisbauer vor weiteren Deportationen geschützt waren. Was er nicht erwähnte, vermutlich in bester Absicht, war, dass nur die Ehefrau als direkte Familie angesehen wurde, keineswegs aber die Schwiegereltern.

Joe informierte uns auch darüber, dass das Leben in Terezín einigermaßen erträglich sei, auch wenn die Verhältnisse sehr beengt seien. Nach der Quarantäne würden wir festen Quartieren zugewiesen und uns bestimmt an die neue Umgebung gewöhnen. Noch nicht vollends beruhigt, gingen wir zurück zu unserem Platz in den Ställen, wo wir meinen verzweifelten Vater im Schneidersitz am Boden sitzend vorfanden. Während wir fort waren, hatte sich in Windeseile das Gerücht verbreitet, dass Terezín nur der erste Halt auf einer viel längeren Reise sei. Neue rosafarbene Transportbefehle waren verteilt worden, und damit war klar: die Gerüchte stimmten.

Nur sehr wenige Menschen – ich gehörte zu ihnen – erhielten einen weißen Zettel, der einen Verbleib in Terezín bedeutete. Ich versuchte, meine Eltern damit zu beruhigen, dass das sicher ein Versehen sei und dass Joe schon einen Weg finden würde, alles in Ordnung zu bringen. Aber ihr Optimismus war dahin. Ich glaube, dass mein Vater in diesem Moment starb, obwohl er danach noch einige Tage am Leben blieb.

Dieser große Gentleman, Offizier der Kaiserlich-Königlichen Armee und Schöngeist, saß hier im Schneidersitz auf dem Boden im schmutzigen Stroh. Tränen strömten ihm über das Gesicht, während er versuchte, mir all das zu sagen, was ihm sein Stolz und seine Hemmungen zweiundzwanzig Jahre lang verboten hatten. Er sagte, seine Tochter sei der Mittelpunkt seiner Welt, wie sehr er sie liebe und dass er ohne sie nicht weiterleben könne. Mutti und ich waren bestürzt angesichts dieses völlig unkontrollierten Ausbruchs. Beide hatten wir, jede auf ihre eigene Weise, geglaubt, ihn zu kennen, aber nie hatten wir auch nur einen annähernd ähnlichen Gefühlsausbruch bei ihm erlebt. Der Vater, den ich kannte, gab mir höchstens einen Abschiedskuss auf die Stirn, wenn er auf Reisen ging.

In einer Aufwallung von Willenskraft erklärte er, nicht darauf warten zu wollen, dass die Nazis ihn und meine Mutter ermordeten. Mit einem merkwürdigen Gesichtsausdruck klopfte er sich auf die Brusttasche und eröffnete uns, er habe Mittel und Wege, sich um sie beide zu kümmern, bevor die Lage unerträglich würde: ein Röhrchen mit Gift.

Ich hätte schweigen sollen, aber ich tat es nicht. Ich gestand, dass ich das Röhrchen nach unserer Verhaftung in Prag durch die Gestapo gefunden und den Inhalt in einer Apotheke hatte untersuchen lassen, um mich zu vergewissern. Als ich wusste, worum es sich bei den Tabletten handelte, hatte ich sie gegen Saccharin-Tabletten ausgetauscht. Es war das letzte Mal, dass ich einen der vertrauten Wutanfälle meines Vater miterlebte; er tobte, dass eine Göre wie ich kein Recht habe, sich in seine Angelegenheiten zu mischen.

Ich war am Boden zerstört. Mutti war kreidebleich, und langsam dämmerte mir, dass sie von Vaters geheimem Ausweg gewusst hatte und sich nun genauso hilflos fühlte wie er. Das ganze Ausmaß meiner Tat wurde mir plötzlich bewusst. Anstatt ihn zu beschützen, hatte ich meinen Vater der letzten Möglichkeit beraubt, über sein Schicksal als freier Mann bestimmen zu können. Ich wollte es erklären, wollte ihnen sagen, dass ich die Tabletten nur ausgetauscht hatte, weil ich den Gedanken nicht ertrug, ohne sie zurückzubleiben. Ich wollte ihnen sagen, wie sehr ich sie liebte, bekam aber kein Wort heraus.

Ich ging zur jüdischen Verwaltung, um gegen meine Freistellung zu protestieren, und bat sie, mich zusammen mit meinen Eltern auf den Transport zu schicken. Sie antworteten, man könne nicht mit der Kommandantur verhandeln und ob ich im Übrigen nicht ganz bei Trost wäre.

Wir sprachen sehr wenig während der nächsten Stunden, die sich endlos hinzogen und doch wie im Fluge vergingen. Gegen jede Vernunft hoffte ich, Joe habe recht gehabt und ein Wunder würde zwei weiße Zettel hervorzaubern und meine Eltern retten. Der Tag verging mit weiteren Transportumstellungen, neue Menschen trafen ein, um die in Terezín Verbleibenden auf dem Transport zu ersetzen. Mit einer unheilschwangeren Entschlossenheit entschied Mutti, dass es sinnlos wäre, sich mit viel Gepäck zu belasten, zog warme Sachen an und nahm nur eine kleine Tasche mit etwas Essen mit auf die Fahrt. Alles andere sollte bei mir in Terezín zurückbleiben.

Nachdem sie diese praktischen Dinge geregelt hatte, sagte sie ganz ruhig zu mir: »*Versuch zu vergessen, was dein Vater gestern Abend gesagt hat. Ich verstehe, warum du es getan hast. Noch vor drei Jahren hätte ich wahrscheinlich genauso gehandelt. Du bist jetzt eine erwachsene Frau, und dein Platz ist an der Seite deines Mannes. Dein Vater und ich hatten unser Leben, wundervolle Jahre voller Freude und Stolz auf dich. Dem, was nun kommt, müssen wir zusammen, aber ohne dich, begegnen. Du bist noch so jung, und deine einzige Pflicht uns gegenüber besteht darin, am Leben zu bleiben. Dein Leben liegt vor dir. Ich weiß, dass du mutig und stark bist, und du wirst erleben, dass diese schlechten Menschen bestraft werden. Gott schütze dich, mein kleines Mädchen.*«

Dann erfolgte der Aufruf zum Aufstellen für den Marsch zurück nach Bohušovice.

Stumm küssten wir uns zum Abschied, und ich begleitete sie bis zum Tor, wo ich mich weigerte, sie gehen zu lassen. Ich weinte und bettelte, ich wolle mitgehen, hörte aber nur ein festes und ruhiges »*Nein!*« von Mutti. Die jungen Männer aus dem Ghetto hielten mich von beiden Seiten fest, um die Aufmerksamkeit der im Hof anwesenden Deutschen nicht auf die Szene zu lenken. Meine Eltern entfernten sich von mir, sie umfassten jeder einen Henkel ihrer kleinen Proviantasche. Sie drehten sich kein einziges Mal um. Ein entsetzlicher Schmerz durchfuhr meinen Körper. Ich hockte mich auf den Boden und konnte nicht mehr aufhören zu weinen.

10

Als der Transport mit meinen Eltern losfuhr, wurden wir Zurückgebliebenen wieder in das Ghetto geführt und unterschiedlichen Kasernen zugewiesen. Am Anfang wurde ich auf dem Dachboden einer sehr großen Kaserne einquartiert, der Hamburger Kaserne, wo alle eine eigene Matratze zugeteilt bekamen. Ich legte sie oben auf meine beiden Koffer, die wie durch ein Wunder – wohl eher durch die Hilfe von Joes Freunden – wiederaufgetaucht waren. Nachteil dieses Arrangements war, dass ich – ich war ja keine zehn mehr – entweder mit dem Kopf oder mit den Füßen den Boden berührte. Es wäre einfacher gewesen, direkt auf dem Boden zu schlafen, aber so konnte ich meinen Besitz mit meinem Körper schützen.

Später am selben Tag tauchten die Leute aus der Arbeitszentrale auf. Terezín stand unter jüdischer Selbstverwaltung, wenn auch genauestens überwacht und kontrolliert durch die deutsche Kommandantur. Es existierten ein jüdischer Ältestenrat und eine ganz eigene Hierarchie. Neuankömmlinge mussten hundert Tage lang die schlimmsten und schmutzigsten Arbeiten verrichten.

Während meiner ersten hundert Tage war ich eingeteilt als Schwesternhelferin in einer Kaserne, die hoffnungslos überbelegt war mit Alten, Kranken und Dementen. Als ich am nächsten Abend meine erste Zwölf-Stunden-Nachtschicht antrat, immer noch weinend und unter Schock, traf ich auf eine einzige nicht ausgebildete Schwester, zuständig für das ganze Stockwerk. Sie war seit über sechs Monaten in Terezín, hatte sich inzwischen an die trostlose Umgebung gewöhnt und sich eine Härte zugelegt, die unabdingbar war, um nicht den Verstand zu verlieren. Geübt und überlastet, wie sie war, ging ihr jegliches Verständnis für Leute wie mich ab.

Die Kaserne war dunkel bis auf wenige nackte Glühbirnen in den langen Korridoren. Alle Fenster waren geschlossen und aus Luftschutzgründen verdunkelt. Für eine Einweisung war keine Zeit – nur für im Laufschritt gebrüllte Anweisungen: Bring Wasser zu dem Patienten oder Bring die Bettpfanne zu diesem. Ungefähr einhundert gespensterähnliche Menschen lagen apathisch auf ihren Pritschen oder wanderten umher auf der Suche nach etwas Ess- oder Trinkbarem. Zwei Epidemien grassierten: die Ruhr und der Typhus. Die Sterberaten waren hoch, und die noch Lebenden sahen aus wie Skelette. Viele litten unter hohem Fieber und rissen sich immer wieder die Kleidung vom Leib, sodass sie splitternackt durch die Korridore wankten. Jedes Mal, wenn ich einem dieser Menschen in die Augen blickte, verwandelte sich sein Gesicht in das meiner Mutter oder meines Vaters. Der Gestank war überwältigend, und ich wusste nicht, welchem Hilferuf ich zuerst folgen sollte.

Bis Mitternacht war ich davon überzeugt, dass einige von ihnen bereits tot waren und versuchten, mich mit hinunter in den Abgrund zu ziehen. Meine Vorgesetzte fand mich, als ich mich gerade in einer Ecke übergab, und bemerkte sarkastisch, das sei genau die Art Hilfe, die sie brauchen könne. Dann drehte sie sich angewidert um. Mir war klar, dass sie allen Grund hatte, aufgebracht zu sein, ich wäre am liebsten im Erdboden versunken und für immer verschwunden. Irgendwie überstand ich diese Nacht und auch die weiteren, die folgten. Die Lawine aus Erlebnissen und Empfindungen war jedoch mehr, als ich verkraften konnte, und ich war nicht in der Lage, die endlose Flut meiner Tränen einzudämmen.

Nach ein paar Tagen auf dem Dachboden wurde mir ein dauerhafter Schlafplatz im zweiten Stock der Hamburger Kaserne zugewiesen. Ich betrat einen großen Raum, belegt mit zweiundsiebzig Frauen in dreistöckigen Etagenbetten. Eine Stubenälteste hatte das Kommando, sie zeigte mir meinen Platz im Zentrum des Raums, eine Pritsche auf der mittleren Ebene. Ein hübsches junges Gesicht unter einem Heiligenschein aus schneeweißem Haar tauchte lächelnd neben mir auf.

Sie stellte sich als Margot aus Breslau, Deutschland, vor und meinte: »*Ich helf dir, dich einzuleben. Ist alles nicht so schlimm. Wart's ab.*« Wir verstauten meine Sachen hinter der Kopfseite des Bettes auf einem Regalbrett und packten meine Decken und grünen Laken aus. Währenddessen erklärte Margot, dass sie als Näherin im Kinderheim arbeite und dass ihr Mann mit Joe zusammen die Eisenbahnstrecke ausbaue. Nach nur fünf Wochen im Ghetto hatte sie sich schon eine Art Routine zugelegt und schien tatsächlich ganz zufrieden.

Von Margots Wärme und Fürsorge bewegt, erzählte ich ihr die schreckliche Geschichte meiner letzten zehn Tage. Sie versuchte nicht, mich mit frommen Sprüchen zu trösten. Mit dem ihr, wie ich noch erfahren sollte, ganz eigenen Taktgefühl nahm Margot mich einfach in den Arm und hielt mich fest. Ich wusste da schon, dass wir Freundinnen fürs Leben werden sollten.

Der Abend brach herein, und mit ihm kehrten meine anderen Hausgenossinnen von der Arbeit zurück. Meine Nachbarin über mir war Frau T., sie war ein leuchtendes Beispiel für die im Ghetto existierenden krassen Widersprüche. Als Ehefrau eines wohlhabenden Prager Juweliers war sie, tiefgläubig, zum Katholizismus konvertiert, nie ließ sie auch nur ein Gebet aus; sie hielt sich für eine Art neuzeitliche Heilige, von Gott auserwählt, ihre Inhaftierung zu ertragen wie Stigmata. Das Bett unter mir war von der sechzehn Jahre alten Enkelin des Oberrabbiners von Böhmen belegt. Ihre Mutter war die Stubenälteste, beide waren liebenswerte und sanfte Menschen.

Im Bett unter Margot war eine enorm dicke und lustige alte Dame aus Frankfurt untergebracht, die dort Hof hielt. Sie war wirklich die geborene Komikerin und unterhielt die ganze Etage mit ihrem derben Humor, meistens auf ihre eigenen Kosten. Über Margot residierte Frau G., eine Kundin meiner Mutter, die unaufhörlich über Pelze, Kleidung, Schmuck und andere wertvolle Besitztümer schwadronierte, die sie in ihrer noblen Villa in Prag hatte zurücklassen müssen. Sie war ein Parvenue *par excellence*; ihr einstudierter Upperclass-Ton verschwand allerdings, sobald sie mit ihrer unter der Knute stehenden, unscheinbaren Tochter stritt.

Abends nach sechs Uhr kamen die Männer. Sie durften uns bis acht besuchen, und dann war der Raum erfüllt von Stimmengewirr und Gelächter. Es war das erste Mal seit meiner Ankunft, dass ich Joe ohne Hass ins Gesicht blicken konnte. Er war in Begleitung von Margots Mann Arthur. Die letzten Tage waren hart für Joe gewesen, denn er wusste, dass ich ihn dafür verantwortlich machte, meine Eltern verloren zu haben, auch wenn er mein Leben vermutlich gerettet hatte. Er versuchte, mich so gut wie möglich zu trösten, zauberte ein Päckchen Zigaretten hervor und bot mir ein paar Züge an, in der Hoffnung, das würde mich entspannen und meine Tränen zum Versiegen bringen.

Rauchen war in Terezín streng und unter Androhung von Deportation verboten. Und trotzdem rauchte jeder. Zigaretten waren die dort gültige Währung. Sie wurden ins Ghetto und zu Joe hineingeschmuggelt; er hatte leichten Zugang, weil er draußen arbeitete und täglich in Kontakt mit den tschechischen Gleisarbeitern kam. Über einen von ihnen hatte er bereits eine dauerhafte Verbindung zu seinen christlichen Freunden in Prag aufgebaut und hielt einen regen – illegalen – Postverkehr für sich und seine Freunde, die draußen Verwandte oder Partner hatten, am Laufen.

Am schwungvollsten wurde der Tabakhandel natürlich von den Deutschen selbst betrieben. Sie verkauften die Zigaretten zu exorbitant hohen Preisen und hielten den Kurs mittels Terror und Razzien hoch. Mit Zigaretten ließ sich alles kaufen, von Nikotinsüchtigen sogar ihre kargen Brotrationen. Schon bald sollte ich zu ihnen gehören.

Im Gespräch mit Margot und Arthur erfuhr ich, dass Arthur nicht in den Genuss der Vorzüge kam, die es sonst mit sich brachte, außerhalb des Ghettos zu arbeiten. Er war ein junger Anwalt aus Berlin, der in die Tschechoslowakei geflohen war, wo Margot und er sich bei Verwandten kennengelernt hatten. Margot erzählte mir erst viel später, dass es Liebe auf den ersten Blick gewesen war. Sie heirateten und blieben in Prag. All ihre Anstrengungen zu emigrieren waren erfolglos geblieben.

Sie hatten ein paar Brocken Tschechisch gelernt, der Stadt und ihren Menschen zuliebe, und waren schließlich mit einem tschechischen Transport nach Terezín deportiert worden. In seinem Arbeitstrupp blieb Arthur ein Fremdkörper, obwohl er genauso jüdisch wie alle anderen war. Seine gelegentliche preußische Förmlichkeit und die Sprachunkenntnis gerieten ihm deutlich zum Nachteil. Margot, die für andere nähte und es schaffte, den Koch des Kinderheims dazu zu überreden, für sie ein paar Extrarationen Lebensmittel abzuzweigen, konnte ihre Ernährungslage nachhaltiger verbessern als Arthur, der die Gelegenheit dazu gehabt hätte, aber nicht das Geschick.

Die jungen tschechischen Juden waren so was wie die Elite im Ghetto. Ohne Zweifel hatten sie es durch ihre Verbindungen nach draußen wesentlich leichter als Häftlinge aus Österreich, Deutschland und – später – Holland und Dänemark. Auch bei Arbeiten innerhalb des Ghettos waren unsere direkten Bewacher, die tschechischen Gendarmen, im Großen und Ganzen mitfühlend und hilfreich, wenn es darum ging, Kontakte zur Welt draußen herzustellen. Viele von ihnen hatten Seite an Seite mit unseren Jungs in der Armee gedient. Es stimmt schon, dass sie im Laufe der Zeit nicht unerheblich an der Sache verdienten, aber das schmälert nicht den Wert ihrer Hilfe.

Tschechische Juden hatten immer die Möglichkeit, in der Küche oder bei einer Ausgabestelle zu arbeiten, oder hatten dort einen Freund oder Verwandten, denn die Mehrheit dieser Posten wurde an einheimische Juden vergeben. Aus anderen Ländern stammende ältere Menschen ohne Familienangehörige im Ghetto waren im Nachteil. Sie waren gezwungen, ihr mühsam gerettetes Hab und Gut Stück für Stück gegen Essen einzutauschen. Es existierte zum Beispiel eine große Nachfrage nach den karierten Wollplaids, die die Deutschen in der Annahme mitgebracht hatten, sie würden nach »Bad Theresienstadt« reisen, in ein Kurbad, wie die deutschen Behörden es sie hatten glauben lassen. Der Umstand war ein indirekter Glücksfall für mich: Ich verdiente mir einige Scheiben Salami und Brot hinzu, indem ich die Decken für die bessergestellten Frauen oder Freundinnen unserer Köche und Quartiersleute zu Röcken umarbeitete.

11

Das Ghetto war in der Tat ein Mikrokosmos der außerhalb seiner Mauern existierenden Gesellschaft, in der ganzen Bandbreite all ihrer menschlichen Eigenschaften, seien sie gut oder schlecht, nur verstärkt. Soziale Hierarchien wurden von den Deutschen bewusst gefördert, indem sie Leute mit mehr oder weniger Macht ausstatteten, zum Beispiel bei der Zusammensetzung der Transporte oder der Zuteilung von Essen oder Arbeit. In der Regel legte die Kommandantur für die Transporte nur die Anzahl der Personen, ihr Alter und ihre Nationalität fest. Im Alltag des Lagers beschränkte sich die deutsche Einmischung weitgehend auf unangemeldete Kontrollen und die Forderung nach täglichen Berichten durch den Ältestenrat.

Mein Mann hatte das schnell begriffen, sich darauf eingerichtet und machte das Beste daraus. Joe war hier sicherlich glücklicher als während seines letzten Jahres in Prag. Er fühlte sich gebraucht, von mir und von seinen Freunden. Das Gefühl, die Nazis jederzeit austricksen zu können, stärkte sein angeschlagenes Ego enorm. Am 26. Februar 1943, meinem dreiundzwanzigsten und ersten in Gefangenschaft verbrachten Geburtstag, überreichte Joe mir voller Stolz ein Fläschchen französisches Parfum und ein paar Schweinekoteletts, die er in seinen Schulterpolstern versteckt ins Lager geschmuggelt hatte.

Ich brauchte etwas länger, um mich in Terezín einzugewöhnen. Aber nach ein paar Wochen begegnete ich auf der Straße Frau W., und von da an lief es besser für mich. Frau W. war eine ehemalige Konkurrentin meiner Mutter, die mich noch aus

Kindheitstagen kannte. Sie erkundigte sich nach meinen Eltern und wollte wissen, welcher Arbeit ich im Ghetto nachging.

Als ich ihr von meinen unbeholfenen Versuchen als Krankenschwester erzählte, brachte sie mich zur Magdeburger Kaserne, wo sich die Verwaltung befand. Dort forderte sie, mich aus dem hunderttägigen Pflichtdienst zu entlassen, damit ich in der von ihr für die Kommandantur geleiteten Schneiderwerkstatt arbeiten konnte, wo billige Baumwollkleider für die Deutschen gefertigt wurden. Von den rund hundert dort Tätigen war nur eine Handvoll als Schneider oder Schneiderin ausgebildet, und die Produktion hinkte hinterher. Später, als die Werkstatt die Quote immer noch nicht erfüllte, wurde Frau W. als Vorarbeiterin entlassen, und das Ganze wurde umfunktioniert zu einem Reparaturbetrieb für deutsche Uniformen. Aber zum jetzigen Zeitpunkt galt ihr Wort noch, weil sie gute Argumente hatte, vermutlich aber vor allem, weil sie eine Cousine zweiten oder dritten Grades von jemand Wichtigem in der Textilproduktion des Ghettos war.

Auf diese Weise kehrte so etwas wie Normalität in mein Leben zurück. Am Tag zehn Stunden lang eine Arbeit zu verrichten, die mir vertraut war, fiel mir nicht allzu schwer. Die kurzen Ruhepausen am Abend zusammen mit Freunden halfen zusätzlich, sodass ich nach Monaten das erste Mal wieder nachts schlafen konnte. Mein Selbsterhaltungstrieb übernahm wieder das Ruder und mit ihm die Erkenntnis, dass mein Schicksal keineswegs einzigartig war. Wichtiger noch, mein Interesse an anderen Menschen erwachte wieder, und nach und nach ließ ich die maßlose Ichbezogenheit des Einzelkindes hinter mir.

Meine Ehe, die von Beginn an auf einem wenig soliden Fundament geruht hatte, war schwer beschädigt. Joe und ich hatten nie Gelegenheit gehabt, uns wirklich kennezulernen, und auch jetzt hatten wir keinerlei Privatsphäre. Was seine Heldentaten anbetraf, hatte ich ambivalente Gefühle. Ich fand, er ginge zu hohe Risiken ein, und teilte seine Begeisterung über die Resultate nicht, dennoch profitierte ich mit Freude von den Vorteilen, die sie mit sich brachten. Mir war nicht wohl bei seinen täglichen Eskapaden, und ich konnte mir bis zum Schluss nicht erklären, warum er so unnötige Wagnisse einging. Ich beneidete Margot und Arthur, sie waren offenbar sehr verliebt, und ich nahm es mir selbst übel, dass ich meinem Mann nicht einmal ein Minimum an Liebe und Wertschätzung entgegenbringen konnte. Andere junge Ehen scheiterten hier, weil die Zukunft so unsicher und der Lebenshunger der Menschen so groß waren.

Die Bedrängnisse des Ghettolebens und die permanent ankommenden und abgehenden Transporte machten die Menschen und ihre Beziehungen unberechenbar. Die erdrückende neue Lebenssituation brachte es manchmal mit sich, dass alte Freundschaften nicht mehr trugen und im Gegenzug Fremde zu Freunden fürs Leben wurden. Ganz neue Verhaltensmuster bildeten sich heraus, selbstlose und noble, aber genauso oft auch egoistische und ehrlose. Zum zweiten Mal in meinem Leben faszinierte mich der Glaube. Als Kind war ich von den geheimnisvollen Ritualen des Katholizismus wie gebannt gewesen; jetzt betrachtete ich mit Argwohn, wie Frau T. und die anderen Konvertiten es schafften, ihren Glauben inmitten all der Absurdität aufrechtzuerhalten.

Meine Freundin (und Joes Cousine) Vava war von Geburt an eigentlich Katholikin. Ihre Eltern aber waren – wie meine – Agnostiker. Jetzt machte Vava eine komplette Kehrtwende: Unter dem Einfluss eines mit ihr befreundeten Wiener Rabbiners wandte sie sich dem Judentum zu. Ich selbst konnte weder mit dem jüdischen Glauben noch mit dem katholischen etwas anfangen. Weil ich mich alleine fühlte, hatte ich an meinem ersten Weihnachtsabend im Lager die Mitternachtsmesse besucht, die auf einem der vielen Dachböden heimlich abgehalten wurde. Um die fünfzig Menschen allen Alters waren da gewesen, um an den traditionellen Ritualen teilzunehmen. Ich fand das merkwürdig. Ohne das Fundament eines echten Glaubens fühlte ich nichts, keinen Trost, keine Gegenwart Gottes.

Einige Zeit später begleitete ich Vava zu einem Schabbatgottesdienst in die älteste und tristeste Kaserne ganz Terezíns. Ich sah sich wiegende alte Männer mit Gebetsschal, Teil einer Welt, die ich nicht betreten, ja noch nicht einmal ansatzweise verstehen konnte. Ich verließ den Gottesdienst verwirrt. Vava meinte, ich müsse mich diesen Menschen verbunden fühlen, doch ich fühlte mich wie eine Fremde, nicht berührt von dem Geschehen.

Ich wollte etwas Handfesteres tun, etwas, das unserer Existenz mehr Grund verlieh, als zu einem Gott zu beten, der uns so offensichtlich verlassen hatte. Aber auch die sehr aktiven, heimlich agierenden Gruppen der Zionisten und Kommunisten in Terezín fand ich befremdlich.

Zu der Zeit war eine Initiative ins Leben gerufen worden, die jungen Paare wie Joe und mir, denen es im Verhältnis zu anderen im Lager etwas besser ging, inoffiziell ermöglichte, Kinder zu adoptieren, Kinder, die allein in Terezín lebten, weil ihre Eltern tot oder in einem anderen Lager inhaftiert waren. Die Idee war, ihnen so etwas wie einen Familienersatz zu bieten und ihrer Gesundheit etwas Gutes zu tun, indem wir den kleinen Überschuss an Lebensmitteln, den wir hatten, mit ihnen teilten.

Die offiziellen Lebensmittelrationen waren winzig. Eine typische Tagesration bestand aus einem vielleicht sieben Zentimeter breiten Stück Schwarzbrot, zwei Tassen schwarzem Kaffee – der echtem Kaffee rein zufällig ähnelte –, einer Portion Erbsen- oder Linsensuppe (im trüben Wasser dümpelten etwa ein Dutzend helle Kugeln), drei oder vier Pellkartoffeln und einer Kelle Tomaten- oder Senfsauce, alternativ einem Stück Steckrübe. Fleisch wurde nur wenig ausgegeben und dann als Gulasch deklariert: braune Soße mit ein paar Würfeln Pferdefleisch. Zur Verteilung kam nur Fleisch, das vorher von der Lebensmittelabteilung als »nicht geeignet für den menschlichen Verzehr« deklariert worden war. Hie und da gab es einen Bonus: eine zwei Zentimeter dicke Scheibe Salami, ein Drittel einer kleinen Dose Leberwurst, einen drei mal drei Zentimeter großen Würfel Margarine oder einen Esslöffel Pflaumenmus. Kinder erhielten etwas mehr, in erster Linie, weil ihr Essen separat vorbereitet wurde, aber die Ernährungslage war für ihr Wachstum in keiner Weise förderlich.

Joe und ich gingen ins Kinderheim, um ein Kind für die Adoption auszusuchen. Die Auswahl war groß, und die zuständige Dame meinte, dass in Anbetracht meines Alters ein Kind von drei bis fünf Jahren für beide Seiten am geeignetsten wäre. Während wir noch darüber sprachen, bemerkte ich ein dunkelhaariges, etwa neun Jahre altes Mädchen, das alleine in einer Ecke stand und uns aus großen braunen Augen beobachtete. Trotz der Bedenken unserer Beraterin bestand ich darauf, Gisa zu adoptieren. Wie sich herausstellte, war sie zwölf. Sie sagte kein Wort zu unserem Vorschlag, erklärte sich aber bereit, uns auf einem Spaziergang kennenzulernen. Laut ihrer Akte waren Gisas Eltern im Zuge der Annexion des Sudetenlands verschleppt worden, man hat nie wieder etwas von ihnen gehört. Sie und ihr älterer Bruder waren in einem Waisenheim in Karlsbad untergebracht worden und kamen nach der Besatzung in ein anderes Heim in Prag. Vier Jahre später war die Einrichtung komplett nach Terezín verlegt worden.

Gisas Bruder war schon sechzehn und musste arbeiten. Er lebte in einer der Männerkasernen und traf sie nur selten. Wie eine kleine Maus war sie misstrauisch gegenüber allem und jedem; ich brauchte Wochen, um ihr ein Lächeln zu entlocken. Obwohl sie offensichtlich permanent hungrig war, knabberte sie nur an dem, was wir ihr anboten, und schob sich den größten Teil vorsichtig in die Tasche, um ihn später zu essen oder vielleicht mit ihrem Bruder zu teilen – das fand ich nie heraus. Als wir ihr ein Stück Schokolade gaben, stellte sich heraus, dass sie noch nie Schokolade gesehen oder gegessen hatte.

Gisa taute auf, als ich eines Tages ein paar Brocken Englisch in meine Unterhaltung mit Joe einfließen ließ. »*Du sprichst Englisch!*«, brach es aus ihr heraus. »*Bringst du's mir bei?*« Von da an waren wir Freundinnen. Ich unterrichtete sie eine Stunde am Tag, improvisierte, wenn nötig. Sie saugte alles auf wie ein Schwamm, und glücklicherweise begann sie, etwas mehr zu essen, sie nahm auch ein bisschen zu. Ich änderte ein paar meiner Sachen für sie, weil sie in ihrer Kleidung, aus der sie herausgewachsen war, noch zerbrechlicher aussah, als sie sowieso schon war. Sie wurde ein wenig gesprächiger und zeigte sogar Anflüge von Eitelkeit, nachdem sie auf der Straße ihr Spiegelbild in einer Fensterscheibe entdeckt hatte.

Sie sprach von ihren Eltern, und nach und nach erzählte sie mir von ihren Erinnerungen an die Zeit, in der sie noch zusammen gewesen waren. Sie weinte nie und hielt überhaupt eine gewisse sehr erwachsene Distanz aufrecht. Sie akzeptierte mich offenbar als Freundin, aber sie ließ keinen Zweifel daran, dass ich ihre Mutter nie würde ersetzen können.

12

Das Jahr 1943 über fühlte sich mein Leben einigermaßen stabil an, trotz der unaufhörlich eintreffenden und abgehenden Transporte. Abgehende Transporte führten immer zu Panikausbrüchen und vorher zu einem unentwegten Hin und Her, wer gehen und wer bleiben würde. Manchmal waren es nur junge, arbeitsfähige Menschen, das nächste Mal wieder nur Alte und Kranke. Das Bahngleis von Bohušovice war noch lange nicht fertiggestellt, deshalb sorgten Joe und ich uns nicht allzu sehr. Die Gerüchteküche brodelte: Das würde der letzte Transport sein, der Krieg wäre morgen zu Ende oder nächste Woche oder spätestens in drei Monaten …

Kein Wunder, dass Margot und ich in dieser Atmosphäre beschlossen, eine Handleserin aufzusuchen. Wir hatten von der alten Dame aus Deutschland gehört und besuchten sie eines Abends in einer der Unterkünfte der Alten. Wir saßen mit ihr zusammen am Fenster, und ich betrachtete ihr immer noch schönes Gesicht, während sie meine Hand zwischen ihren runzligen Fingern hielt. Nach längerem Schweigen sah sie mich an und sagte dann: »*Kind, du hast einen jungen, gut aussehenden Ehemann, aber ich sehe dich als Witwe. Was er tut, wird ihn das Leben kosten. Du wirst überleben und einen Mann heiraten, den du noch aus Kindertagen kennst. Du wirst Europa verlassen und mit ihm über den großen Ozean fahren, um eine neue Familie zu gründen.*«

Ich wollte wissen, was meinen Eltern geschehen war, aber sie weigerte sich, mir etwas über sie zu sagen, und wandte sich Margot zu. Sie schüttelte den Kopf und murmelte: *»Zu viele Witwen, zu viele Witwen.«* Nachdem sie Margot zu deren Erstaunen einige zutreffende Details aus ihrer Vergangenheit erzählt hatte, versicherte sie ihr, dass auch sie überleben würde, ihr Mann jedoch nicht. Wir verließen sie ziemlich verunsichert und versuchten, das Ganze ins Lächerliche zu ziehen, konnten ihre Worte aber nicht vergessen.

Trotz all dem konnte das Leben auch angenehm, manchmal sogar amüsant sein. Es gab Kammermusikkonzerte, Gesang mit Akkordeonbegleitung, Oper- und Theateraufführungen und Lyriklesungen, alle Aufführungen unter immens schwierigen Bedingungen. Die Kulissen wurden aus Brettern – gestohlen aus dem Holzlager, wo viele Häftlinge arbeiteten –, aus Lumpen und leeren Kartoffelsäcken gestaltet. Noten wurden per Hand kopiert, Musik aus der Erinnerung aufgeschrieben oder neu komponiert. Nie wieder habe ich eine berührendere Aufführung von Verdis »Requiem« erlebt; vor allem das »Libera me«, gesungen von einer brillanten jungen Sopranistin aus Berlin, erhielt in Terezín eine ganz eigene Bedeutung. Drei Wochen später wurde sie *»in den Osten«* deportiert.

Das Potenzial an Talent, das sich an diesem gottverlassenen Ort versammelte, war wirklich bemerkenswert, und es ließ sich nicht kleinkriegen. Künstler malten, zeichneten und schrieben auf jedem kleinsten Fetzen Papier, dessen sie habhaft werden konnten. Man führte Diskussionen, Debatten und endlose Gespräche. Wenn ein Kunstprojekt wegen eines Transports zum Erliegen gebracht wurde, übernahmen andere Künstler die Rolle derer, die gehen mussten. Aber der Nachschub an talentierten Menschen war natürlich nicht unerschöpflich, und bei Kriegsende hatte nur ein kläglicher Rest überlebt.

Jeden Samstagnachmittag gab es ein Fußballspiel, vorausgesetzt, das Wetter spielte mit. Gespielt wurde im Hof der Dresdner Kaserne, die rundherum offene, loggiaähnliche Korridore hatte, der perfekte Ort für einen Stierkampf. Tatsächlich kamen sehr viele Besucher zu den Spielen. Alle trugen ihre beste Kleidung und feuerten ihr Team nach Kräften an, und ein paar Stunden lang konnten wir die Realität des Lagers verdrängen.

Die älteren Frauen, die Mütter und Großmütter waren die bemerkenswertesten Bewohner unseres Ameisenhügels. Sie bewiesen weit mehr Kraft und Einfallsreichtum als ihre Männer und schafften es noch nach einem langen Arbeitstag, die paar Kartoffeln unserer Tagesration in etwas Schmackhaftes und ihre Kojen in Miniaturheime zu verwandeln. Selten hörte man sie klagen. Selbst wenn bei einer der unvermeidlichen Auseinandersetzungen lautstark Schuldzuweisungen oder Vorwürfe vorgebracht wurden, hielten die Damen an ihrem guten Benehmen fest und sprachen sich gegenseitig mit dem Titel des Ehemanns an. Ihr einziges Vergnügen bestand darin, sich mit Wehmut an das Zurückgelassene zu erinnern, und diese früheren Besitztümer schienen von Mal zu Mal mehr zu werden, bis man am Ende hätte glauben können, dass wir alle früher reiche Juden gewesen wären. Ich empfand das als harmlos, amüsant und nur selten als bösartig.

Nachdem ich eine Zeit lang mit der Ausbesserung beschädigter Uniformen beschäftigt gewesen war, bemerkte ich eines Tages beim Haarekämmen kleine Krabbeltiere auf meinem Kamm. Einen Moment lang war ich wie versteinert, dann rannte ich mit einem *»LÄUSE!«*-Schrei in den Schlafsaal, wo ich verkündete, sie bestimmt nie, nie wieder loszuwerden und dass Margot sie bestimmt auch habe, wir teilten ja ein Stockbett …

Margot war dann deutlich weniger echauffiert als ich und meinte, ich sei nicht die Erste, die entlaust werden müsse. Sie »organisierte« (stahl) irgendwo einen großen Kanister Kerosin, und die nächsten drei Tage lang tränkten wir unsere Haare in Kerosin, bis wir Ausschlag bekamen. Unser nächstes Problem bestand darin, das Zeug nur mit Hilfe von kaltem Wasser wieder aus den Haaren zu bekommen. Aber am Ende waren wir erfolgreich und konnten uns wieder unserer üblichen nächtlichen Jagd auf Flöhe zuwenden. Unsere Methode bestand darin, mit dem Kopf unter der Decke eine Kerze anzuzünden. Brandgefahr? Sicher, aber mit der Zeit entwickelten wir wahres Expertentum beim Aufspüren der Quälgeister.

Bald nach diesem Vorfall erkrankte ich an Mumps, nicht wie normalerweise üblich, sondern – vermutlich wegen der ständigen kalten Kopfduschen – mit ernstem Verlauf. Ich verwandelte mich in eine überdimensionale Birne, nur die Stirn sah noch einigermaßen normal aus, sehr zur Belustigung meiner Zimmergenossinnen und des Arztes, der sogar seine Kollegen mitbrachte, um dieses seltene Exemplar einer Patientin vorzuführen. Natürlich fand ich die Situation alles andere als komisch, und als sogar Joe und Margot bei meinem Anblick lachen mussten, wurde ich richtig wütend. Kinderkrankheiten verbreiteten sich stark im Ghetto, und jeder, der sie nicht als Kind durchgemacht hatte, steckte sich an.

Als ich in Terezín ankam, konnte ich Kitty, meine beste Kindheitsfreundin, nicht treffen, weil sie mit Scharlach in Quarantäne war. Das war schlimm für uns beide. Kitty und ich waren seit der Kindheit unzertrennlich; sie war meine Cousine zweiten Grades und seit ihrer Geburt zwei Jahre nach mir so was wie mein *Alter Ego*. Wir hatten im gleichen Block gewohnt, und als Einzelkinder waren wir praktisch wie Geschwister aufgewachsen. Kitty war im Dezemer 1941 mit einem der ersten Transporte nach Terezín gekommen, und in den acht Monaten der Trennung seitdem hatten wir uns stark vermisst. Ihre Eltern waren auch im Ghetto. Ihr Vater war Hausältester und als prominentes Mitglied der Gemeinde vor einem Weitertransport geschützt. Nachdem sie das Krankenhaus verlassen hatte, war sie überglücklich, mich treffen zu dürfen. Sie steckte voller lustiger Geschichten über Ärzte und Krankenschwestern.

Kitty hatte in Terezín einen Freund namens Bubi, der sich schnell mit Joe anfreundete. Dass sie daheim in Prag einen christlichen Verlobten hatte, störte sie fürs Erste wenig. Das konnte man alles erklären, wenn es so weit war. Wie viele der tschechischen »Oldtimer« wohnte sie relativ komfortabel mit drei anderen Mädchen zusammen in einem kleinen Raum, der vom Flur meiner Kaserne abging.

Mit der ihr eigenen Großzügigkeit und gepaart mit einem Zwinkern, bot sie Joe und mir sofort an, den Raum für ein paar Stunden als Liebesnest nutzen zu dürfen. Die vier Mädchen hatten einen ausgeklügelten Plan entworfen, um ihre drei Affären und eine Ehe unter einen Hut zu bringen. Abends besuchte ich sie immer, das Unterhaltungsprogramm bei ihnen war großartig. Abgesehen von ihrer guten Laune trug oft auch einer ihrer Verehrer dazu bei, ein professioneller Nachtklubmusiker, der sich wie durch Zauberhand auch nach Ausgangssperre in die Frauenunterkünfte schmuggelte. Oft wurde bis spät in die Nacht gesungen und musiziert, er auf seinem Akkordeon.

Kittys Freund Bubi war bei der Ghettowache. Das war eine ziemlich verrückte Truppe, die eigentlich für Ordnung sorgen sollte, aber stattdessen Gendarme und Nazis mit allem möglichen Unfug zum Narren hielt, zumindest diejenigen, die mit Humor ausgestattet waren.

Im darauffolgenden Jahr bauten Bubi, Joe und ein weiterer Ghettowachmann namens Honza einen sogenannten *kumbál*, eine kleine, nach oben hin offene Hütte, von der mehrere auf den Dachböden der ehemaligen Wohnhäuser in Terezín aufgestellt wurden. Unser *kumbál* war knapp drei mal fünf Meter groß und wurde aus »organisiertem« Holz gezimmert, das gegen Zigaretten und anderes Schmuggelgut eingetauscht wurde, war ausgestattet mit drei Pritschen und ein paar Regalbrettern sowie unseren Miniatur-Wochenendhäuschen und bot ein Stück seltener Privatsphäre, zumal die Jungs alle in verschiedenen Schichten arbeiteten.

Auf jeden Fall gab es keinen Streit über den richtigen Zeitpunkt, wenn zwei Bewohner sich mal zurückziehen wollten. Das Schönste war, dass wir nun einen eigenen Ort hatten, um an den Sonntagnachmittagen Freunde zu treffen, um eine Tasse richtigen Kaffee zu trinken – ohne unter Beobachtung des ganzen Schlafsaals zu stehen – oder um sich einfach mal zu unterhalten, in der Illusion, alles sei ganz normal.

Natürlich war es genau das, eine Illusion, denn die Transporte rissen nie ab, Freunde verschwanden von einem Tag auf den anderen, und unter den alten Menschen war die Sterberate extrem hoch. Nie werde ich die altmodischen Karren vergessen, die, von Menschen gezogen, die Straßen auf und ab rumpelten, um im Wechsel Leichen aus dem Ghetto hinaus und halb verfaulte Kartoffeln hinein zu transportieren. Und das befremdliche Gemisch aus Gerüchen, das über allem hing.

Ich stand nacheinander unter der Verwaltung von drei Judenältesten. Anfangs stand Jakob Edelstein, ein Zionist polnischer Herkunft, dem Ältestenrat vor. Er war ein fähiger Mann, der der Kommandantur unerschrocken gegenübertrat. Er wurde ersetzt durch Paul Eppstein aus Berlin, der deutlich weniger mutig war und dazu neigte, seine Landsleute zu bevorzugen. Er zitterte vor den Deutschen und katzbuckelte vor ihnen ohne Not. Der Dritte war Benjamin Murmelstein, ein Rabbiner aus Wien.

Diese Männer und der Ältestenrat hatten Macht und Privilegien, aber ihre Situation war wirklich nicht einfach, und sie hatten auch nur beschränkte Möglichkeiten. Was sie aber *hatten*, waren hochwertigere und mehr Lebensmittel, bessere Unterkünfte, das Privileg, mit ihren Frauen zusammenzuleben, die Macht, Arbeit zuzuteilen und darüber zu entscheiden, wer wann Terezín zu verlassen hatte. Solange diese Männer – und sie waren auch nur Menschen – sich nur von ihrer Überzeugung leiten ließen, wer es wert war, gerettet zu werden, waren ihre Entscheidungen nicht zu beanstanden. Aber sobald sie sich von der Rücksichtnahme auf Freunde oder Freunde von Freunden oder Cousins dritten oder vierten Grades oder, wie es in einigen Fällen vorkam, durch schlichte Bestechung lenken ließen, sah die Sache ganz anders aus.

Das System reichte wie eine Spirale bis hinunter in die untersten Ränge der Ghettoverwaltung und war Teil eines perfiden Plans, den einen Häftling gegen den anderen auszuspielen. Die jüdische Zivilpolizei funktionierte durch Spitzelei und Denunziantentum in den eigenen Reihen. Die Methode war zwar nicht immer erfolgreich, spielte aber doch in zu vielen Fällen irgendeiner machttrunkenen oder sadistischen Person in die Hände. Je länger ich in Terezín war, desto klarer wurde mir, dass es schwer war, hier ein moralisches Wertesystem aufrechtzuerhalten – wenn man überhaupt reif genug war, eines zu haben.

13

Am 15. und 18. Dezember 1943 verließen zwei Transporte mit insgesamt 5.007 jungen Menschen Terezín. Man erzählte uns, der Grund sei eine Überbelegung im Ghetto und dass die Leute gebraucht würden, um an einem anderem Ort ein neues Lager zu errichten. Ich bin relativ sicher, dass der Ältestenrat mehr Informationen über das Ziel des Transports hatte, als er uns wissen ließ, aber schwieg, weil man bei einer eventuellen Massenflucht oder einem Aufstand um die eigene Haut fürchtete.

Die Ereignisse vom 11. November waren allen noch gut im Gedächtnis. An dem Tag hatte man die gesamte Bevölkerung des Ghettos – über vierzigtausend Menschen – auf einem abgeernteten Feld antreten lassen. Da standen wir, den ganzen Tag lang im Nieselregen, umringt von tschechischen Gendarmen mit Maschinenpistolen, und wurden wieder und wieder von der SS gezählt. Zitternd und verängstigt, wie wir waren, glaubten viele nicht daran, jemals lebendig ins Ghetto zurückzukommen. Das Ergebnis der Zählung blieb fraglich – einige Leute fehlten –, und gegen Mitternacht ließ man uns zurück zu unseren Baracken marschieren, hungrig und erschöpft.

Nach diesem Vorfall erwarteten Joe und ich, Teil eines der Dezembertransporte zu sein. Die Gleisverbindung nach Bohušovice war fast fertig, und Joe sorgte sich ziemlich, weil es bald keinen Grund mehr geben würde, ihn von den Transporten zurückzustellen. Als Rückversicherung kam er auf die brillante Idee, ich solle mich mit Scharlach infizieren, so wären wir doppelt abgesichert.

Unser Freund Dr. V. spritzte mir eine starke Dosis des Bakteriums, nachdem er zuerst Joe die Spritze angeboten hatte, der aber ablehnte mit der Begründung, er sei immun, er habe Scharlach als Kind gehabt. Dann warteten wir auf Symptome. Glücklicherweise bekam ich nicht mehr als ein bisschen Kopfschmerzen und erhöhte Temperatur, aber leider keine Flecken, somit nicht genug für die Quarantäne. Keine Flecken, keine Quarantäne – so war die Regel. Letztendlich wurden wir dann doch nicht für den Dezember-Transport aufgerufen.

Kitty hatte nicht so viel Glück. Sie war im Monat zuvor einundzwanzig geworden und hatte nun keinen Anspruch mehr darauf, mit ihren Eltern zusammen auf der »Schutzliste« zu stehen. Ihr Freund Bubi und Joes Zimmergenosse Honza waren bereits deportiert worden, so wie die meisten unserer Freunde. Wir nahmen ziemlich unbeschwert Abschied; Kitty versprach sogar, das Bett neben ihr für mich warm zu halten. Dumm, wie wir waren, glaubten wir die Geschichte von einem neuen Ghetto.

Nachdem diese Gruppe fort war, kehrte Ruhe ein. Es gingen keine Transporte mehr ab, sie kamen nur noch an und brachten jetzt Holländer und Dänen. Aber andere große Veränderungen fanden statt: Die äußere Festung, die bei meiner Ankunft als Quarantänestation gedient hatte, wurde nicht mehr für diesen Zweck eingesetzt, sondern zu einem riesigen Warenhaus für über die Jahre konfiszierte Dinge umfunktioniert. Die Uniformreparaturwerkstatt, in der ich arbeitete, wurde geschlossen, und ich wurde in das Warenhaus versetzt, um dort Kleidungsstücke zu sortieren und zu flicken. Die besten wurden ins »Reich« geschickt.

Noch viel seltsamere Dinge geschahen. Die Fassaden der Häuser an der Hauptstraße wurden gestrichen. Läden, die zu Schlafsälen umfunktioniert worden waren, wurden nun wieder zu Läden, mit Schaufenstern, in denen einige der besten Stücke, die wir im Warenhaus hatten, präsentiert wurden. Es ging dabei nur ums Ausstellen, nicht um den Verkauf. Ein Café wurde eröffnet, sogar mit Musik, man durfte es eine Stunde lang mit einem speziellen Berechtigungsschein besuchen. Geld wurde gedruckt, eine Bank eröffnet. Ein riesengroßes Zelt, das im Jahr zuvor für die Glimmerverarbeitung aufgestellt worden war, wurde eiligst wieder abgebaut und auf dem Marktplatz ein Musikpavillon errichtet. Es wurden neues Gras gesät, Bänke aufgestellt und sogar ein Spielplatz angelegt.

Im Januar wurde die Hamburger Kaserne, in der 3.500 Frauen gelebt hatten, vollständig evakuiert. Das Gebäude wurde in eine Verladestation verwandelt, sie lag am Ende der inzwischen fertiggestellten Bahnlinie. In dem Wirrwarr aus Verlegungen gelang es mir, bei Joe mit einzuziehen; er war inzwischen allein in seinem *kumbál*.

Am 20. Januar traf ein Personenzug ein, voller gut gekleideter Menschen, und der Grund für all die mysteriösen Veränderungsmaßnahmen stellte sich heraus. Die neuen Gäste waren holländische Juden, die vom Ältestenrat persönlich mit Willkommensreden begrüßt wurden. Der SS-Kommandant selbst und seine Schergen halfen Frauen und Kindern aus dem Zug, die ganze komplizierte Prozedur wurde von der *Wochenschau* gefilmt, um später in ganz Europa als Beweis für die »gute Behandlung« gezeigt zu werden, die das Deutsche Reich den unter ihrem Schutz stehenden Juden angedeihen ließ. Direkt nach ihrer Ankunft ließ man diese Menschen Postkarten nach Hause an ihre Freunde in Holland schreiben, auf denen stand, dass es ihnen gut gehe. Aber es sollte noch besser kommen. Der Name »Ghetto Theresienstadt« wurde geändert in »Jüdisches Siedlungsgebiet Theresienstadt«, die Häftlinge mussten nicht mehr vor der SS salutieren oder in Habachtstellung gehen oder gar den Bürgersteig frei machen, wenn sie der SS begegneten. Bis zu diesem Zeitpunkt war man mit zehn Peitschenhieben bestraft worden, wenn man eine dieser Regeln nicht beachtete.

Die Wohnungen der prominenteren Mitglieder des Ältestenrates wurden renoviert und mit modernen dänischen Möbeln ausgestattet. Ganz offensichtlich stand etwas Wichtigeres bevor als Aufnahmen für die *Wochenschau*.

14

Da die Bahnlinie fertiggestellt war, wurden jetzt nur noch wenige Arbeiter für ihre Instandhaltung eingesetzt. Nach einem wilden Gerangel um die paar verbliebenen Plätze war es Joe gelungen, einen davon zu ergattern, aber seine Fahrten nach Bohušovice erfolgten nun nur unregelmäßig, immer, wenn Arbeiten an der Kreissäge anstanden. Die Verbindungsaufnahme mit seinen christlichen Kontaktpersonen wurde schwieriger und riskanter.

Zu dieser Zeit hatte ich eines Nachts einen Traum. Ich befand mich an einem Ort, den ich noch nie gesehen hatte, in einem Wald aus Stacheldraht, der Boden hatte eine ungewöhnliche Ockerfarbe, die ich aus ganz Mitteleuropa nicht kannte. Lichtblitze schossen durch einen dunkelvioletten Himmel. Ich war ganz allein, hatte aber das Gefühl, Tausende Augen würden mich beobachten. Ich erwachte von meinem eigenen Schreien und fand mich zu meiner Überraschung in meinem Bett wieder, Joe starrte mich erschrocken an. Weder er noch Margot oder irgendeiner unserer Freunde kannte einen solchen Ort, und nachdem wir länger darüber gesprochen hatten, blieb dieser Albtraum ein Rätsel.

Dann, eines Abends im März, erzählte mir Joe, er würde sich wegen eines Vorfalls Sorgen machen, der tagsüber passiert sei. Er hatte seinen Kontaktmann in Bohušovice treffen wollen, was aber in letzter Minute verhindert wurde, weil ein anderer Wartungsarbeiter losgeschickt worden war. Um den Kontakt nicht abbrechen zu lassen, hatte Joe diesen Ersatzmann gebeten, seinem Verbindungsmann eine Nachricht und eine kleine Summe

Geld zu überbringen, beides aber auf keinen Fall wieder ins Ghetto zurückzubringen, sollten sie sich verpassen. Notfalls hätte er das Päckchen zwischen liegen gebliebenen Eisenbahnschwellen in der Nähe der Säge verstecken sollen.

Am Abend erfuhr Joe dann zu seinem Entsetzen, dass die beiden Männer sich nicht nur verpasst hatten, sondern dass der Ersatzmann das kleine Päckchen doch wieder mitgebracht und in den Hohlraum eines Verdunkelungsrollos gestopft hatte, um es über Nacht zu verstecken. Einer der unter den tschechischen Gendarmen eher seltener vertretenen Maulwürfe hatte ihn dabei im Dunkeln von der gegenüberliegenden Straßenseite aus beobachtet und es der Kommandantur berichtet. Ein paar Minuten später schon kamen SS-Leute in den Schlafsaal, gingen zum Fenster, drohten dem ganzen Saal mit Konsequenzen und nahmen den Mann mit. Der Zettel war nur mit *»Joe aus der Hütte«* unterzeichnet, aber es war äußerst unwahrscheinlich, dass der Mann ein Verhör längere Zeit durchhalten würde, ohne Joes vollen Namen zu nennen.

Wir konnten nichts machen, außer uns wie üblich am nächsten Morgen zur Arbeit zu melden. Ein paar Stunden später kam einer unserer Freunde, der in der Gendarmerie als Ordonnanz tätig war, zu mir und sagte, Joe sei verhaftet worden. Ein Gendarm war schon unterwegs, um ihn zur Kommandantur zu bringen. Ich würde ihn auf dem Rückweg durchs Ghetto kurz sehen können – das würde aussehen wie Zufall –, aber die Lage schien aussichtslos. Ich lief zum Tor, um ihn nicht zu verpassen, und sah Joe schon die Straße herunterkommen, mit Handschellen an den Gendarmen gefesselt. Plötzlich erinnerte ich mich an die Handleserin und begann zu zittern. Joe schien über Nacht um zehn Jahre gealtert. Er war bleich, und seine ersten Worte an mich lauteten, nun sei alles verloren.

Ich versuchte, ihm Mut zuzusprechen, bat ihn vor allem, seinen Christenfreund nicht zu gefährden, denn die SS kannte dessen Namen nicht. Joe erwiderte, er habe Angst und glaube, nicht die Kraft zu haben, einer Befragung unter Folter standzuhalten. Später erfuhr ich, dass es genau so gekommen war und dass er außer seinen Kontaktmann auch noch eine weitere Person mit hineingezogen hatte. Ein paar Tage später wurde er in die Kleine Festung geschickt, das Hochsicherheitsgefängnis von Terezín.

Die Risiken der letzten Jahre hatten letzten Endes ihren Tribut gefordert. Joe tat mir entsetzlich leid, ich war aber gleichzeitig wütend auf ihn. Und ich fühlte mich schrecklich schuldig gegenüber den Frauen der anderen zehn Männer, die aufgrund ihrer Verbindung zu meinem Mann nun auch kompromittiert waren.

Unsere Freunde waren an meiner Seite, stützten mich, damit ich meinen Mut nicht verlor. Meine Freundin, Joes Cousine Vava, versuchte, mich auf die »Schutzliste« von jemandem aus der Führungsriege des Ältestenrats setzen zu lassen; sie schaffte es auf Umwegen, ohne dass ich etwas dafür tun oder dem betreffenden Mann auch nur begegnen musste. Sie war eine gute Freundin des Rabbiners, der zu der Zeit dem Ältestenrat vorstand. Durch ihre Vermittlung wurde ich nun offiziell als Teil seines Haushalts geführt.

Da ich den *kumbál* nicht alleine bewohnen konnte, wurden mir zwei neue Zimmergenossinnen zugewiesen. Die eine war die Freundin eines jungen Pianisten namens Gideon Klein. Ich befand mich wieder einmal in einer meiner merkwürdigen rastlosen Stimmungen, kurz davor, das bisschen Sicherheit, das mir noch geblieben war, aufs Spiel zu setzen, gleichzeitig eine Veränderung erhoffend und fürchtend. Im Moment gab es vor dem Hintergrund der »Verschönerungsaktion« wenig Übergriffe, aber die eintreffenden Transporte führten zu einer Veränderung in der nationalen Zusammensetzung des Ghettos und zu einem erneuten Anstieg der Bevölkerungszahl.

Meine Freunde besuchten mich jeden Tag. Vor allem Dr. V. und F. O. – sie waren enge Freunde und frühere »Klienten« von Joe – versicherten sich, dass ich genug zu essen hatte, und schützten mich vor den hungrigen Wölfen. Ich brauchte eine Weile, um zu begreifen, dass sie sich tatsächlich misstrauisch beäugten, weil sie sich gegenseitig verdächtigten, mir gegenüber unlautere Absichten zu haben. Und das, obwohl beide in Prag mit Christinnen verlobt waren. Mit der Ehefrau eines inhaftierten Freundes anzubändeln, war – selbst für die im Ghetto herrschenden Verhältnisse – tabu. Offensichtlich traute mir niemand ausreichend Urteilsvermögen zu, auf mich selbst aufzupassen.

Gideon Klein inszenierte zu dieser Zeit unter eigener Regie die »Carmen«, mit dem Segen, ja sogar der Unterstützung des Kommandanten, der die Turnhalle für die Produktion zur Verfügung stellte. Mit Kleins Freundin besuchte ich einige der Proben, ein Erlebnis, das ich so schnell nicht vergessen werde. Eine Opernproduktion unter Ghettobedingungen auf die Beine zu stellen, grenzte an ein Wunder.

Einige Zeit vorher war ein anderer interessanter Mann zu unserem engsten Freundeskreis dazugestoßen. Er war ein bekannter tschechischer Autor, dem ein *kumbál* in unserem Gebäude zugewiesen worden war. Mit Sondergenehmigung durfte er dort mit seiner langjährigen Gefährtin leben. Er erhielt nicht nur sein gesamtes Gepäck zurück, sondern auch ein ganzes Regal voll mit Büchern. Zu ihnen verschaffte er mir Zugang, ich fing mit Dostojewski an. Den stärksten Eindruck hinterließen bei mir die »Aufzeichnungen aus einem Totenhaus«, ein relativ kurzes Werk über die sibirischen Gefangenenlager. Die Analogie zu unserer Situation entging mir nicht, und wir fragten uns, wer hier wohl was von wem übernommen hatte.

Bei der Arbeit hatte ich noch einen weiteren Beschützer, einen tschechischen Gendarmen namens Karel, Bruder des Gendarmen, der Joe hatte verhaften müssen. Karel war Joe für längere Zeit ein Freund und Helfer gewesen, und er machte es jetzt zu seiner Sache, sich um mich zu kümmern und mir vor allem etwas zu essen zu geben, wenn er Dienst hatte. Er kam dann zu meiner Arbeitsstelle, rief mich unwirsch heraus und schloss mich im Wachraum ein, zusammen mit einem Paket belegter Brote und Essiggurken von seiner Mutter. Fünfzehn Minuten später brachte er mich zurück, unter hörbarer Ermahnung, härter zu arbeiten.

Eines Tages überreichte er mir einen kleinen zerknitterten Zettel von Joe, auf dem stand, dass es ihm gut gehe und er mich liebe. Karel erzählte, dass Joe auf dem Lastwagen arbeite, der Kohle zur Festung transportierte, und dass ich ihn mit etwas Glück würde sehen können, denn ein Stück Straße sei vom Fenster des Wachraums aus zu sehen. Ich sah viele Lastwagen vorüberfahren, aber sie fuhren so schnell, dass ich nie sicher sein konnte, Joe gesehen zu haben. Nur für den Fall winkte ich ihnen allen zu.

Das Frühjahr über hielten sich hartnäckig Gerüchte über den Besuch einer Kommission des Internationalen Roten Kreuzes. Kommandant Burger wurde durch den Österreicher Rahm ersetzt, der sich besser darauf verstand, der Kommission ein Vorzeigeprojekt humanitären Engagements zu präsentieren. Die Kinder im Waisenhaus wurden darauf gedrillt, bei einem zukünftigen Besuch des Kommandanten im Beisein der Kommission zu rufen: *»Noch mehr Schokolade, Onkel Rahm!«*

Die Erfolgsaussichten für diese Art Manipulationen waren äußerst ungewiss, und ein berüchtigter Ort des Ghettos widersetzte sich dem Aufpolieren einfach komplett. Es war die Abteilung für geistig Behinderte. Keine noch so große Menge Farbe oder blütenweißer Laken konnte etwas an der Verwüstung ändern, die sich in den Gesichtern der dortigen Insassen spiegelte.

So etwas beunruhigte die Nazis, genauso wie die Tatsache, dass die Bevölkerungszahl erneut auf über 40.000 gestiegen war. Um Abhilfe zu schaffen, waren drei Transporte mit je 2.500 Menschen geplant, die ab dem 15. Mai, jeweils im Abstand von zwei Tagen, abgehen sollten. Teil dieser Transporte sollten auch das Waisenhaus und die Abteilung für geistig Behinderte sein, außerdem vor allem junge Menschen, die als potenzielle Unruhestifter ausgemacht worden waren und aus allen Teilen der Gesamtbevölkerung des Ghettos stammten.

Auch ich wurde aufgerufen. Meine zurückbleibenden Freunde versuchten alles, aber schon bald erfuhren sie, dass meine Deportation direkt von der Kommandantur angeordnet worden war, als Reaktion auf Joes Verstoß gegen die Ghettoregeln. Noch drei weitere Personen befanden sich in der gleichen Situation: die Ehefrauen von zwei anderen in Joes Sache involvierten Männern und der vier Jahre alte Sohn eines der Paare.

Dr. Murmelstein versuchte bis zum Schluss, uns zu retten, aber beim dritten Transport am 18. Mai hatten wir vor der Hamburger Kaserne anzutreten: gekennzeichnet mit Schildern, fertig gepackt, bereit zur Abfahrt. Man isolierte uns in einem Raum, der zum wartenden Zug hinaus lag, während der Ältestenrat die angeforderten 2.500 Menschen ablieferte. Wir hofften, dass die SS uns gnädigerweise vergessen würde, wenn die Quote erfüllt war, und beobachteten den ganzen Tag lang das Beladen des Zuges; ein Viehwaggon nach dem anderen wurde gefüllt, verschlossen und versiegelt. Nachmittags um Viertel vor sechs wurde der letzte Wagen bestückt.

Wir hielten den Atem an, in der Hoffnung, dass der Zug jetzt losfahren würde, als auf dem Gang eine große Unruhe ausbrach und eine unverwechselbare Stimme schrie. Die Tür wurde aufgerissen.

»*Was sind das für Leute?*«

»*Sonderbefehl, Herr Kommandant*«, antwortete Dr. Murmelstein. »*Nur Frauen und ein Kind.*«

»*Wollen Sie mir was vormachen?! Raus! Raus! In den Zug, aber schnell! Saujuden.*«

Sie öffneten den letzten Waggon, und wir wurden buchstäblich hineingeworfen, unsere Gepäckbündel hinterher. Die Tür schlug zu, und der Zug fuhr los, mit 2.504 Menschen an Bord.

Franci im Alter von dreieinhalb Jahren mit ihrem Cousin
Peter in Prag, 1923 Courtesy Helen Epstein

Franci mit ihrer Mutter Josefa Rabinek in Prag, 1922
Courtesy Helen Epstein

Francis Vater Emil Rabinek, 1923 Courtesy Helen Epstein

Das letzte Foto von Josefa Rabinek, 1940 Courtesy Helen Epstein

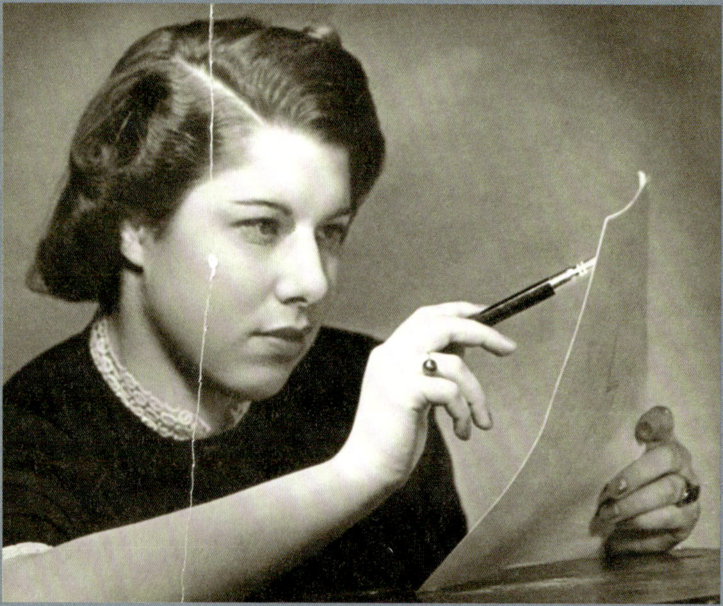

Franci als junge Haute-Couture-Designerin in Prag, 1936
Courtesy Helen Epstein

PRAG

Franci und ihr damaliger Freund, der Architekturstudent Leo Oppenheimer, in Prag, 1937 Courtesy Helen Epstein

Marianne Golz, 1939. Franci teilte sich mit ihr eine Zelle im Pankrác-Gefängnis in Prag Courtesy Marianne Golz

Blick aus einem Fenster im Pankrác-Gefängnis, wo Franci zusammen mit ihren Eltern 1939 inhaftiert war, Aufnahme 1942 Scherl/Süddeutsche Zeitung Photo

Joe mit Tommy, dem Hund der Familie, 1940
Courtesy Helen Epstein

links: Franci und Josef (Joe) Solar heiraten, August 1940
Courtesy Helen Epstein

Gisa (vorne), Francis späteres »Adoptivkind« in Theresienstadt, mit ihrer Familie, 1939 Courtesy Doron Leitner

Die »Hamburger Kaserne« im Ghetto Theresienstadt, hier wurde Franci nach ihrer Deportation aus Prag einquartiert, Aufnahme ca. 1945 Terezín Memorial, Foto 11619

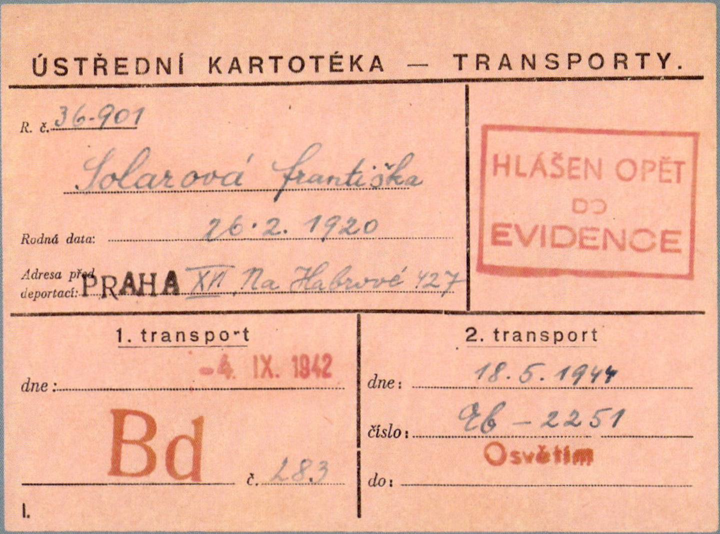
ÚSTŘEDNÍ KARTOTÉKA — TRANSPORTY.

R. č. 36-901

Solarová Františka

Rodná data: 26. 2. 1920

Adresa před deportací: PRAHA XII, Na Habrové 427

HLÁŠEN OPĚT DO EVIDENCE

1. transport

dne: -4. IX. 1942

Bd č. 283

I.

2. transport

dne: 18. 5. 1944

číslo: Eb - 2251

do: Osvětim

Von der Jüdischen Gemeinde in Prag kurz nach der Befreiung für Franci Solar angelegte Karte zum Nachweis ihrer Deportation nach Theresienstadt und Auschwitz Föderation der Jüdischen Gemeinde in der Tschechischen Republik

Gleisanlagen und Grenzzaun am ehemaligen KZ Auschwitz, aktuelle Aufnahme amanda rose/Alamy Stock Foto

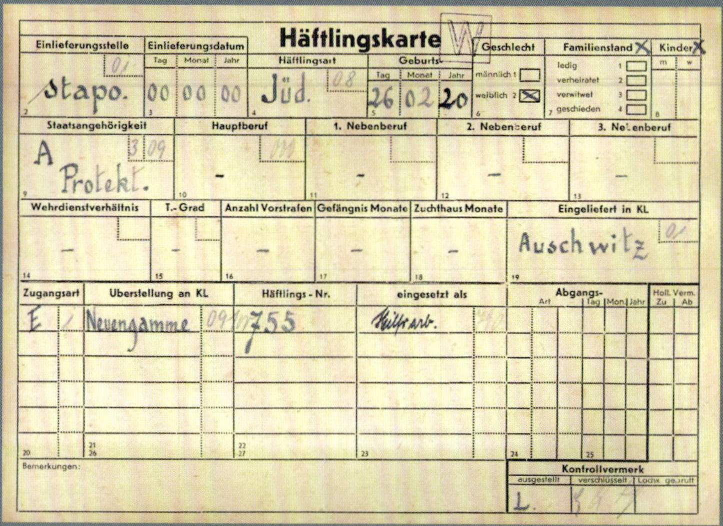

Häftlingskarte

Einlieferungsstelle	Einlieferungsdatum (Tag / Monat / Jahr)	Häftlingsart	Geburts- (Tag / Monat / Jahr)	Geschlecht	Familienstand	Kinder
Stapo. (01)	00 / 00 / 00	Jüd. (08)	26 / 02 / 20	männlich 1 ☐ weiblich 2 ☒	ledig 1, verheiratet 2, verwitwet 3, geschieden 4	m / w

Staatsangehörigkeit	Hauptberuf	1. Nebenberuf	2. Nebenberuf	3. Nebenberuf
A Protekt. (3 09)	-	-	-	-

Wehrdienstverhältnis	T.-Grad	Anzahl Vorstrafen	Gefängnis Monate	Zuchthaus Monate	Eingeliefert in KL
-	-	-	-	-	Auschwitz (01)

Zugangsart	Überstellung an KL	Häftlings-Nr.	eingesetzt als	Abgangs- Art / Tag / Mon. / Jahr	Holl. Verm. Zu / Ab
E	Neuengamme (09)	755	Hilfsarb.		

Bemerkungen:

Kontrollvermerk: ausgestellt / verschlüsselt / Lochk. geprüft — L.

Häftlingskarte für Franci Solar (Solarová) mit Eintrag ihrer Überstellung aus dem KZ Auschwitz in das Außenlager Dessauer Ufer des KZ Neuengamme, 1944 Bundesarchiv Berlin, NS 3/1577

Lagerhaus G am Dessauer Ufer, Aufnahme 1982 Archiv KZ-Gedenkstätte Neuengamme, F1982-1747; unten: Außenansicht, Aufnahme 2022 Fotografie Dorfmüller Klier

Franci (links) mit ihrer Freundin Kitty in Celle, einige Wochen nach ihrer Befreiung durch die British Army aus dem KZ Bergen-Belsen, Juli 1945 Courtesy Helen Epstein

Colonel Margaret Emmeline Montgomery, 1945
Courtesy Helen Epstein

Franci und Kitty mit einem britischen Soldaten, 1945
Courtesy Helen Epstein

Colonel Montgomery (sitzend) mit weiteren britischen Soldaten in Celle, Sommer 1945 Courtesy Helen Epstein

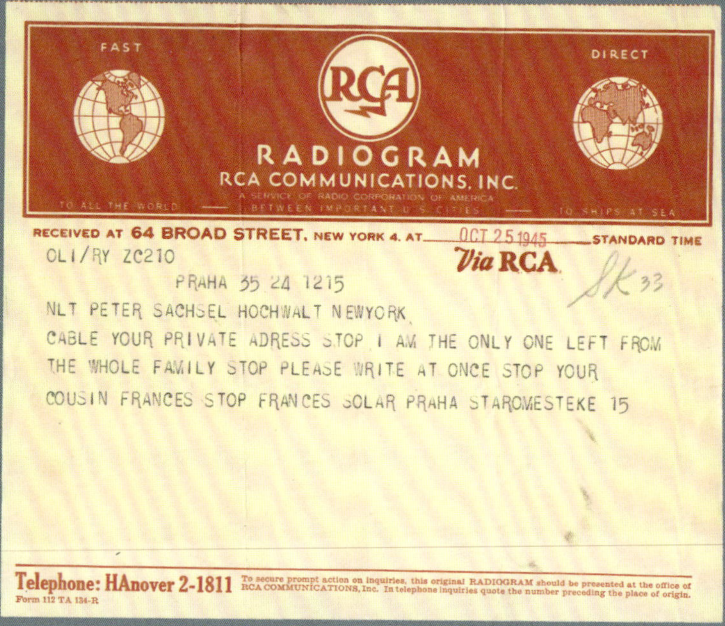
FAST

DIRECT

RCA

RADIOGRAM

RCA COMMUNICATIONS, INC.

A SERVICE OF RADIO CORPORATION OF AMERICA

TO ALL THE WORLD — BETWEEN IMPORTANT U. S. CITIES — TO SHIPS AT SEA

RECEIVED AT 64 BROAD STREET, NEW YORK 4. AT OCT 25 1945 STANDARD TIME

OLI/RY ZC210

Via RCA

PRAHA 35 24 1215

NLT PETER SACHSEL HOCHWALT NEWYORK

CABLE YOUR PRIVATE ADRESS STOP I AM THE ONLY ONE LEFT FROM THE WHOLE FAMILY STOP PLEASE WRITE AT ONCE STOP YOUR COUSIN FRANCES STOP FRANCES SOLAR PRAHA STAROMESTEKE 15

Telephone: HAnover 2-1811 To secure prompt action on inquiries, this original RADIOGRAM should be presented at the office of RCA COMMUNICATIONS, Inc. In telephone inquiries quote the number preceding the place of origin.

Form 112 TA 134-R

Francis Telegramm aus Prag nach ihrer Rückkehr an ihren Cousin Peter Sachsel in New York, 25. Oktober 1945 Courtesy Helen Epstein

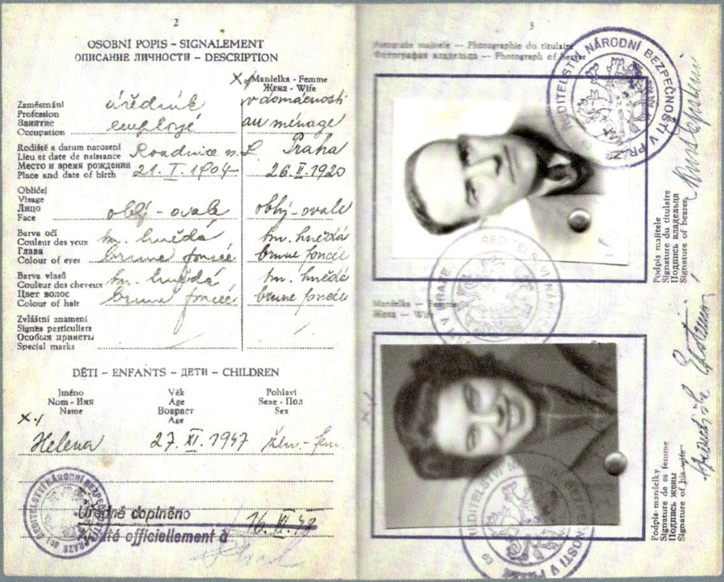

2

OSOBNÍ POPIS – SIGNALEMENT
ОПИСАНИЕ ЛИЧНОСТИ – DESCRIPTION

		Manželka - Femme Жена - Wife
Zaměstnání Profession Занятие Occupation	úředník employé	v domácnosti au ménage
Rodiště a datum narození Lieu et date de naissance Место и время рождения Place and date of birth	Roudnice n. L. 21. I. 1904	Praha 26. II. 1920
Obličej Visage Лицо Face	oblý - ovale	oblý - ovale
Barva očí Couleur des yeux Глаза Colour of eyes	tm. hnědá brune foncée	tm. hnědá brune foncée
Barva vlasů Couleur des cheveux Цвет волос Colour of hair	tm. hnědé brune foncée	tm. hnědé brune foncée
Zvláštní znamení Signes particuliers Особыя приметы Special marks		

DĚTI – ENFANTS – ДЕТИ – CHILDREN

Jméno Nom - Имя Name	Věk Age Возраст Age	Pohlaví Sexe - Пол Sex
Helena	27. XI. 1947	žen. - fem.

Úředně doplněno
Ajouté officiellement à 16. II. 48

3

Fotografie majitele — Photographie du titulaire
Фотография владельца — Photograph of bearer

Podpis majitele
Signature du titulaire
Подпись владельца
Signature of bearer

Manželka — Femme
Жена — Wife

Podpis manželky
Signature de sa femme
Подпись жены
Signature of his wife

Hochzeitsfoto von Franci und Kurt Epstein vor dem Prager Rathaus, 21. Dezember 1946 Courtesy Helen Epstein

Ausreisedokument in die USA, 1947 Courtesy Helen Epstein

Franci als Modedesignerin
in New York, 1955
Courtesy Helen Epstein

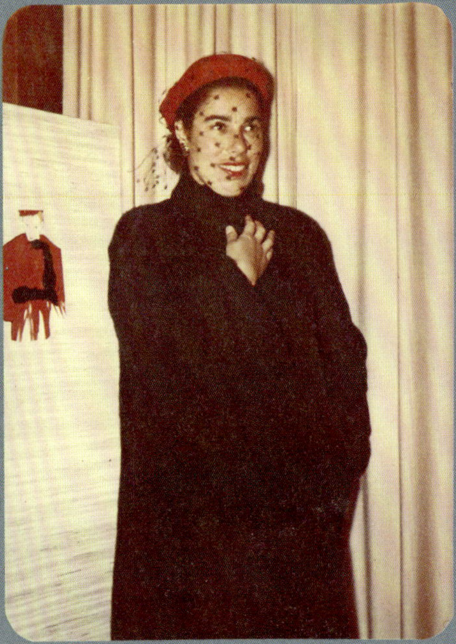

15

Im Inneren des Waggons war es dunkel, es dauerte eine Weile, bis wir die Umrisse der anderen Menschen ausmachen konnten. Es war so voll, dass wir nur mit angezogenen Beinen sitzen konnten. Zufällig war es ein Waggon, der die Insassen einer Altenunterkunft transportierte, die meisten von ihnen waren krank und standen unter Schock.

Unsere kleine Gruppe hockte nah bei der Tür, dort, wo wir gelandet waren, wir weinten alle leise. Terezín war wahrlich kein Paradies gewesen, aber in diesem Moment fühlte es sich so an. Ich glaube, ich fühlte mich noch schlechter als die anderen, weil ich dachte, indirekt dafür verantwortlich zu sein, dass sie mit auf dem Transport waren. Unsere Gruppe tat mir entsetzlich leid, aber vor allem der Kleine, der sich in den Armen seiner Mutter verkroch. Es waren meine letzten echten Tränen, obwohl ich den gesamten Krieg hindurch nicht mehr aufhörte zu weinen.

An jedem Ende des Waggons war ein vergittertes Fenster, und in einer Ecke standen zwei Eimer. Der eine war als Toiletteneimer gedacht, der andere enthielt Wasser. Sie waren beide zu klein für die rund achtzig Menschen, die hier zusammengepfercht waren. Nach ein paar Stunden versuchten wir, ein wenig Ordnung in das Chaos um uns herum zu bringen.

Im Morgengrauen hielt der Zug an. Die Tür öffnete sich ein paar Handbreit, und der eine Eimer wurde auf die Gleise geleert, während die Wachen den anderen mit Wasser füllten. Im Laufe der Fahrt wurde noch zwei Mal gehalten, aber der Gestank, der Durst und das Stöhnen wurden fast unerträglich. Ich dachte an meine Eltern. Sie waren in derselben Situation gewesen. Aber dann fiel mir ein, dass jemand von der Transportleitung mir erzählt hatte, dass sie mit einem Passagierzug gefahren waren und sogar Fensterplätze gehabt hatten. Das entspannte mich ein wenig, und ich ergab mich dem, was da kommen sollte.

Es war spät in der Nacht am nächsten Tag, als wir an einem Bahnsteig mit einem großen Schild *»AUSCHWITZ«* hielten. Damals sagte mir der Name überhaupt nichts. Ich merkte nur, dass wir in Polen sein mussten, denn auf der anderen Hälfte des Schildes stand *»OŚWIĘCIM«*. Noch bevor die Türen sich öffneten, hörte ich das laute Bellen deutscher und polnischer Stimmen. Das Fluchen wurde lauter, als die Waggons geöffnet wurden, und ich sah auf der Rampe außer einer, wie es schien, ganzen Einheit von SS-Leuten eine große Zahl merkwürdiger Gestalten mit rasierten Köpfen in blau-grau gestreiften Pyjamas, die fast genauso viel Lärm machten wie die Deutschen.

Wir wurden in großer Hast aus dem Waggon getrieben, nur mit dem, was wir am Leib trugen. Unsere Gepäckbündel mussten zurückbleiben. Dann wurden wir zu einer langen Kolonne zusammengeschoben und -gestoßen und mussten einen Feldweg hinunter marschieren. Dieser Weg war zu beiden Seiten von doppelten Stacheldrahtzäunen flankiert, die ab und zu mit kleinen Schildern versehen waren: *»ACHTUNG HOCHSPANNUNG«*. Die ganze unheimliche Szene wurde alle paar Hundert Meter von leuchtfeuerähnlichen Scheinwerfern beleuchtet, die von Wachtürmen herunterstrahlten. Hinter dem Stacheldraht konnte man dunkle Schemen und überall Hunde und SS-Leute erkennen.

Ein paar von den gestreiften Gestalten huschten in der Dunkelheit hin und her, passten aber auf, dass sie der SS nicht in die Quere kamen. Etwa auf der Hälfte des Weges tauchte plötzlich eine dieser Gestalten neben mir auf, das Ende einer Bahre mit einer zugedeckten Leiche tragend, er sagte: *»Nazdar!«* (*»Hallo«* auf Tschechisch). Erschrocken erkannte ich Tommy, unseren Freund, der Terezín im Dezember verlassen hatte. Er sah schwer gealtert und halb verhungert aus und informierte uns hastig, dass uns alles von Wert abgenommen werden würde und dass Joes alter Zimmergenosse Honza ihn mit der Botschaft schicke, ich solle ihm, Tommy, alles geben, was ich behalten wolle, er würde es ins Lager schmuggeln. Ich hatte nur sehr wenig: zwei Armbanduhren, einen Füller, eine Zahnbürste, einen Kamm, ein paar Strümpfe. Tommy stopfte die Sachen unter das Leichentuch und verschwand in der Dunkelheit.

Wir wurden, getrennt von den Männern, in eine große, stallähnliche Baracke gebracht und mussten uns in langen Reihen vor Tischen aufstellen. Weibliche polnische Häftlinge in gestreiften Uniformen nahmen unsere Daten auf. Die SS verschwand, dann kam Honza selbst und führte mich in den hinteren Teil des Raumes. Er sagte, dass der Registrierungsprozess Stunden dauern würde und ich mich deshalb genauso gut hinsetzen und etwas essen könne. Er erklärte, dass wir in Birkenau seien, was zum Konzentrationslager Auschwitz gehöre. Hier, im sogenannten »Familienlager«, seien tschechische Männer und Frauen auf demselben Gelände untergebracht.

Er erklärte mir, ich stünde für die Zeit der Aufnahmeprozedur unter Quarantäne, also während der Registrierung, des Tätowierens, der Arbeitszuweisung, der Leibesvisitation sowie der ersten grundlegenden Einschüchterung. Die übrigen Häftlinge durften währenddessen keinerlei Kontakt mit uns haben. Honza hatte uns nur treffen können, weil er Blockältester dieser Baracke war – *Kapo*, wie sie hier genannt wurden. Die Baracke war normalerweise das Kinderhaus und der einzige Ort mit einer etwas besseren Lebensmittelversorgung; darum hatte er mir auch etwas zu essen geben können. Er hatte von den Männern aus einem früheren Transport schon von Joes Verhaftung gehört und meine Ankunft tatsächlich erwartet.

Honza wurde zu meinem Schutzengel. Er hatte mir Tommy geschickt und bot nun an, meine Armbanduhren für den Notfall aufzubewahren, zum Beispiel, falls ich krank würde und Medikamente bräuchte. Er hielt den Kinderblock für einen der sichersten Orte im Lager, was er auch war, warum, habe ich nie so richtig verstanden. Honzas Stellvertreter war der Ehemann einer früheren Auszubildenden meiner Mutter. Er musterte mich, nachdem er zu uns gestoßen war, und bemerkte beiläufig, dass ich die Reitstiefel, die ich trug, niemals würde behalten können. Und bot an, sie für mich aufzubewahren.

Leider übersah ich Honzas warnenden Blick und stimmte zu. Seine Füße waren klein für einen Mann, und der Tausch war schnell vollzogen. Während ich in seinen Schuhen hin und her rutschte, drückten ihn meine Stiefel ganz offensichtlich. Trotzdem war er überglücklich mit dem Handel, und mir war es zu dem Zeitpunkt egal. Außerdem hatte er versprochen zurückzutauschen, wenn erst mal die große Hitze vorbei wäre.

In dieser ersten langen Nacht lernte ich auch, mich vor den polnischen Gefangenen in Acht zu nehmen, sie hassten die Juden fast genauso wie die Nazis, oft sogar noch mehr. Alle Häftlinge mussten kleine Farbwinkel am Ärmel tragen, um ihren Status kundzutun, als Jude, Politischer oder Krimineller. Einige der Kategorien überschnitten sich: Es gab zum Beispiel Juden unter den als politisch klassifizierten Gefangenen. Sie waren vorwiegend Kommunisten, Sozialisten oder Anhänger verschiedener Oppositionsgruppierungen aus ganz Europa. Einige von ihnen waren schon vor Auschwitz zwischen fünf und acht Jahre lang inhaftiert gewesen.

Es bestand kein Zweifel daran, dass die Polen die stärkste Gruppierung von allen waren, was wohl daran lag, dass sie bereits seit 1941, seit Einrichtung des Lagers, hier waren. Aufgrund ihrer natürlichen Tendenz zum Antisemitismus fanden sie oft ein offenes Ohr bei den Deutschen und holten so das Beste für sich raus. Die meisten dieser Menschen waren einzeln und aus spezifischen oder präventiven Gründen verhaftet worden.

Die Gruppe der Kriminellen umfasste das, was das Wort bedeutet: Sie unterschieden sich nicht von anderen Kriminellen, viele von ihnen verbüßten eine lebenslange Haftstrafe.[4] Aufgrund ihrer langen Haftzeit im Lager waren viele von ihnen *Kapo* oder Schreiber in verschiedensten Abteilungen des Konzentrationslagers. So hatten sie auch Zugang zu Informationen, die über

4 Tatsächlich wurden in Konzentrationslagern keine Haftstrafen verbüßt. Die mit grünem Winkel als »Kriminelle« gekennzeichneten Häftlinge befanden sich aufgrund bereits verbüßter Vorstrafen in polizeilicher »Vorbeugungshaft«.

Birkenau hinausreichten. Bezeichnenderweise freundeten sich nicht wenige von ihnen mit SS-Leuten an – vielleicht eine Art Seelenverwandtschaft? Am unteren Ende der Leiter standen die Juden und die »Zigeuner«. Wir wurden nicht als politische Gefangene angesehen, obwohl wir in meinen Augen genau das waren.

Die Schlange vor den Tischen dünnte nach und nach aus. Meine Lektion kam zu ihrem Ende. Honza brauchte Schlaf, und ich stand auf, um mich anzustellen. Die müde gewordenen Schreiber waren inzwischen weniger feindlich und herrisch als am Anfang. Nachdem ich meine persönlichen Angaben gemacht hatte, erhielt ich eine Tätowierung am linken Unterarm, schnell und schmerzlos. Ich wurde Block 12 zugewiesen, zusammen mit den meisten der alten Frauen, die die Letzten in der Schlange waren. Das beunruhigte mich ein wenig, erwies sich letztendlich aber als Glück.

Kapo von Block 12 war zufällig eine Freundin von mir aus Terezín, sie war dort Köchin gewesen, und ich hatte ihr ein paar Kleidungsstücke genäht. Sie empfing mich mit offenen Armen und bevorzugte mich von Anfang an. Sie wies mir ein ideales oberes Bett in der Nähe eines kleinen Fensters zu, steckte mir hie und da ein Stück Brot oder Salami zu und sorgte dafür, dass ich meine Suppenration vom Boden des Topfes erhielt. Nina*[5] war ein Überbleibsel des Transports vom September 1943, sie hatte eine ziemlich solide Position im Lager inne, vor allem, weil sie mit ihren blauen Augen und dem langen blonden Haar ausnehmend schön und ein krimineller deutscher *Kapo* ernsthaft in sie verliebt war. Deshalb konnte sie nicht nur ihre Mutter an ihrer Seite halten und hatte Zugang zu besserem Essen, unser Block musste auch weniger Übergriffe erleiden als die anderen.

In der Morgendämmerung erschien ein merkwürdiger kleiner Mann mit Armbinde, auf der »*CP*« stand. Er lief den aus Ziegelsteinen gemauerten Schornstein, der sich horizontal über die ganze Länge der Baracke erstreckte, auf und ab. Jude wie wir, aber ausgestattet mit einem stark übersteigerten Selbstwertgefühl,

5 Namen, die offenbar Pseudonyme sind, werden bei erster Nennung mit Sternchen* gekennzeichnet.

war er die perfekte Karikatur eines SS-Mannes, abgesehen davon, dass er gar nicht komisch sein wollte. Er war zum Abziehbild seiner Herren geworden.

Nun hielt er einen strengen Vortrag über das, was wir im Lager zu tun und zu lassen hatten, unter Androhung von Hölle und Verdammnis. Unmissverständlich machte er uns klar, das wir nichts, aber auch gar nichts behalten durften. Jacken länger als fünfzig Zentimeter? »*Verboten.*« Ebenso zusätzliche Strümpfe, Schuhe, Schmuck und, natürlich, Geld. Er drohte uns mit endlosen Durchsuchungen und harten Strafen bei Nichtbeachtung der Regeln.

Wäre ich nicht so fassungslos und müde gewesen, hätte ich über diese beachtliche Vorstellung lachen können. Wie die Dinge lagen, wurde ich aber sofort aktiv, nachdem er weg war. Ich holte die kleine Nagelschere raus, die ich noch in meiner Tasche hatte, und fing an, meinen immer noch schönen Kamelhaarmantel auf die richtige Länge zu kürzen. Er war das letzte Überbleibsel unserer Frühjahrskollektion aus dem Jahr 1939, die Kopie eines Modells von Marcel Rochas. Ich brauchte Stunden, um den schweren Stoff durchzuschneiden, und noch länger, um ihn mit den aus den Nähten herausgezogenen Fäden neu zu umsäumen.

Gerade als ich damit fertig war, kehrte unser *Kripo*[6]-Clown mit ein paar Helfern zurück, und eine der Durchsuchungen begann. Mäntel und Jacken stapelten sich auf dem Schornstein; Ringe, Füllfederhalter, Lippenstifte, sogar Knöpfe wurden in einem Sack eingesammelt. Als sie zu mir kamen, zuckte ich nur mit den Schultern.

»Du hast doch noch deinen Ehering!«, knurrte der *Kripo*. *»Was glaubst du, wer du bist? Hältst du dich für privilegiert?«*

In der Aufregung, meinen Mantel zu retten, hatte ich den Ring vergessen. Jetzt zog ich ihn langsam ab und warf ihn in den Sack.

6 Funktionshäftlinge, die als Lagerpolizisten agierten, bezeichnet die Autorin als »Kripo«, eventuell in Anlehnung an die Armbinde des von ihr beschriebenen Kapos. Die darauf vermerkte Abkürzung »CP« übersetzte sie sich mit »Criminal Police« (Kriminalpolizei). Eine aus Häftlingen gebildete Lagerpolizei ist nur für einzelne Konzentrationslager bekannt, für das KZ Auschwitz bisher nicht.

16

Sobald die Quarantäne aufgehoben wurde, kam Kitty in die Baracke gerannt.

»*Warum bist du hier?!? Du Dummkopf, ist dir nicht klar, dass wir am 20. Juni alle verbrannt werden? Du hättest abhauen sollen, als sie Joe verhaftet haben. Der einzige Grund, warum wir aus der Dezembergruppe noch am Leben sind, ist, dass die Bastarde eine schöne runde Zahl für ihre Aktion haben wollen und aus dem März nicht mehr genug von uns da sind. Hast du nicht gehört, dass sie zu Masaryks Geburtstag 3.750 junge Menschen durch den Schornstein geschickt haben? Der Märztransport sollte sie ersetzen. Hier kommt keiner lebend raus. Höchstens sechs Monate, nicht mehr. Warum, um alles in der Welt, bist du hier?*«

Ich war überzeugt, sie sei vollkommen verrückt geworden. Das konnte doch nicht meine alte Freundin sein, das Partygirl mit den schönen dunklen Augen, die immerfort zu lächeln schienen, selbst wenn es ihr ernst war? Jetzt konnte sie mich keinen Moment lang ruhig anschauen. Kittys Blicke schossen hin und her, während dieser irrationale Wahnsinn aus ihr herausströmte. Warum hatte Honza kein Wort darüber gesagt?

Mich überkam ein ganz eigenartiges Gefühl. Ich sah hinunter auf meinen tätowierten Arm, und wie das unscharfe Doppelbild aus einer Kamera wurden aus dem einen Arm zwei Arme. Aber nur der eine war tätowiert. Ich versuchte, wieder scharf zu stellen, aber die Verwandlung hörte erst auf, als wir zu zweit waren: ich und A-4116. Ich dachte: »*Was macht sie hier, der arme Teufel?*

Ich kenne sie. Sie tut mir leid. Ich werd' auf sie aufpassen. Sie sieht aus wie ich.«

»*Hör mir zu*«, sagte Kitty. »*Ich seh' dir an, dass du kein Wort von dem glaubst, was ich sage. Komm mit raus, ich zeig's dir.*«

A-4116 kletterte vom Bett und folgte Kitty hinaus ins Lager. Dort zeigte Kitty ihr in der Ferne eine Gruppe von Schornsteinen, aus denen Rauch in den Himmel stieg. Zum ersten Mal seit ihrer Ankunft wurde ihr der seltsame Geruch in der Luft bewusst, nach verbranntem Haar oder Knochen.

Immer noch ungläubig, sagte A-4116: »*Aber das ist ganz unmöglich. Woher willst du das wissen? Das hier ist ein großes Lager, und sie verbrennen bestimmt Leichen von Menschen, die eines natürlichen Todes gestorben sind. Du weißt ja, der deutsche Reinlichkeitsfimmel. Außerdem gibt es hier genug alte und kranke Leute, um ein Krematorium zu betreiben.*«

»*Ach ja?*«, sagte Kitty. »*Und wie erklärst du dir dann, dass 3.750 Menschen über Nacht verschwunden sind?*«

»*Sie könnten irgendwohin deportiert worden sein. Wir haben 1944, es gibt international geltendes Recht. Sie könnten doch niemals mit Mord in dieser Größenordnung davonkommen. Hast du vergessen, dass es da draußen immer noch so was wie eine Welt gibt, die Vergleichbares auch deutschen Gefangenen antun könnte?*«

»*Scheiße, du bist so naiv. Die Welt schert sich einen Dreck darum, was mit uns hier geschieht ... Soweit wir wissen, würden sie's vielleicht nicht mal glauben, wenn sie es sähen. So wie du. Was ist mit deinem Kapo, Nina? Warum, glaubst du, ist sie noch am Leben – und noch dazu mit ihrer Mutter zusammen? Ihr Freund hat alles Menschenmögliche in Bewegung gesetzt, um die beiden im Typhus-Quarantäne-Block unterzubringen, eben* weil *er wusste, was los ist. Und weil er wusste, dass der Typhus-Block verschont wird. Sie sind alle hier in deinem Block. Geh und frag sie.*«

Die beiden jungen Frauen gingen während ihres Gesprächs die Lagerstraße auf und ab, zwischendurch hielten sie an, um alte Freunde zu begrüßen. A-4116 bemerkte, wie sehr sich jeder in den letzten Monaten seit Terezín verändert zu haben schien.

Alle waren dünner geworden, ihre Kleidung und Schuhe ließen sie aussehen wie Statisten aus »The Beggar's Opera«[7]. Jeder schien ein kleines Bündel zu umklammern und in Eile zu sein, auf dem Weg irgendwohin. Es war die Tageszeit, zu der Männer und Frauen sich sehen durften, darum war die Straße sehr belebt.

Auf jeder Straßenseite lagen sieben Baracken[8], die Latrine in der Mitte der Frauenreihe. Birkenau bestand aus einem Viereck, eingefasst von einer doppelten Reihe aus Stacheldraht, der unter Hochspannungsstrom stand. An einem Ende lag ein großes Tor, überragt von einem großen Schild mit der Aufschrift *»ARBEIT MACHT FREI«*. Jenseits des Tores lagen die Wachhäuser der SS. Am anderen Ende konnte man einen Rangierbahnhof erkennen. Auf beiden Seiten erstreckten sich dieselben gigantisch großen Zwinger, soweit das Auge reichte.

Der Ruf *»Appell«* ertönte, und alle mussten zurück in ihre Baracken. Der täglich zweimal erfolgende Appell dauerte zwischen einer und drei Stunden, je nachdem, wie gut der diensthabende Offizier zählen konnte. Die Häftlinge hatten sich jeweils draußen vor ihrer Baracke in perfekten Fünferreihen aufzustellen und strammzustehen, wenn der SS-Offizier eintraf. Der *Kapo* erstattete Bericht über die Zahl der Anwesenden, Kranken und Toten. Die SS betrat die Baracke, um die Ordnung zu prüfen und die angetretenen Häftlinge nachzuzählen. A-4116 beobachtete das Geschehen mit distanziertem Interesse, amüsiert über die verzweifelten Versuche des *Kapo* und ihrer beiden Helferinnen – ihrer Stellvertreterin und einer Schreiberin –, die Reihen gerade zu halten, eine schwierige Aufgabe, da sie es mit Menschen zu tun hatten, die keinerlei militärische Ausbildung hatten.

Mit dem Amüsement war es schnell vorüber, als ihr zugeflüstert wurde, dass der *Kapo* Schläge auf den Kopf zu erwarten hätte, wenn die Reihen nicht perfekt stünden, und das ganze

7 »The Beggar's Opera« ist eine 1728 komponierte gesellschaftssatirische Liedoper des englischen Schriftstellers John Gay.

8 Tatsächlich umfasste das Theresienstädter Familienlager 28 Häftlingsbaracken, zwei Krankenbaracken, eine Schul- und Kindergartenbaracke sowie eine Weberei.

Lager dann stehen bleiben müsse, bis die Ordnung wiederhergestellt sei. Der *Kapo* auf der anderen Straßenseite im Männerblock 13 war so übereifrig, dass er seine Männer schon vor Ankunft des Offiziers in Form boxte und schlug.

Sie erkannte ihn wieder. Es war Richard, der zu ihrer Gruppe in Terezín gehört hatte. Was war mit ihm passiert? Sie wusste, dass er zu den harten Kerlen gehört hatte, er war Mittelstürmer der Fußballmannschaft gewesen und kein Freund zarter Worte. Aber was er jetzt hier an den Tag legte, war unkontrollierte Brutalität. Sie fragte sich, ob sein Verhalten sich auch dem Mädchen gegenüber, mit dem er in Terezín zusammen gewesen war und das sie gut kannte, geändert hatte.

Nachdem der Appell vorüber war, begann die Essensausgabe. Suppe und ein etwa handbreiter Kanten Brot mussten für die nächsten vierundzwanzig Stunden reichen. Manche aßen alles auf einmal, andere teilten den Kanten sorgfältig in drei Teile, aßen einen und versteckten den Rest eingewickelt unter ihrer Strohmatratze. Es wurde jetzt schnell dunkel. Die Lichter gingen aus. Der Tag war vorüber.

A-4116 lag auf ihrer Pritsche, mit offenen Augen, unfähig einzuschlafen, obwohl sie seit sechzig Stunden nicht geschlafen hatte. Die Bilder jagten einander wie in einem aberwitzig zusammengeschnittenen Film. Schornsteine, zerlumpte Menschen, Kittys Augen, Schornsteine, Honza und sein sanftes Lächeln, Schornsteine, Richard, wie er einen alten Mann schlug und anschrie, Stacheldraht, Schäferhunde, Schornsteine, Nina, Muttis Gesicht, Vater – wo waren sie? ... All das wurde ein riesiger Feuerball, der sich vor ihren Augen drehte. Aus der Ferne meinte sie Muttis Stimme zu hören: »*Deine einzige Pflicht uns gegenüber besteht darin, am Leben zu bleiben.*«

»*Das werde ich*«, sagte sie laut. »*Das werde ich.*«

17

Es war keine Überraschung, dass A-4116 der Näherei zugeteilt wurde. Den Uniformen nach zu urteilen, die zum Ausbessern reinkamen, lief der Krieg nicht sonderlich gut für die Deutschen. In Terezín waren es abgerissene Knöpfe und zerrissenes Futter gewesen; hier in Birkenau waren es jetzt klaffende Löcher, die geflickt werden mussten, und der Stoff wies dunkle Flecken auf, die nur Blut sein konnten. Trotzdem mussten die Uniformen für einen weiteren Einsatz geflickt werden. Kleiner Trost für einen leeren Magen.

An den Abenden ging sie manchmal mit Kitty spazieren, um Honza im Kinderblock zu treffen, dort, wo auch Gisa lebte. Die Kinder liebten ihn, sie spürten instinktiv seine natürliche Güte. Auch seine Mutter liebte ihn sehr, eine zweifelsohne beiderseitige Zuneigung, denn der Vater war gestorben, als Honza noch ein Kind war. Hier und auch damals in Terezín gingen sie immer Arm in Arm umher, und kein Mädchen schaffte es auch nur annähernd, ihn zu binden, obwohl er weit und breit einer der attraktivsten und begehrtesten Junggesellen war. Er war freiwillig nach Auschwitz gekommen, um seine Mutter zu begleiten. Und er war einer der wenigen Menschen, die das Lager nicht verdorben hatte.

A-4116 fragte ihn: »*Warum hast du mir in der Nacht, als ich ankam, nicht von den Schornsteinen erzählt?*«

»*Warum hätte ich? Ich wusste, dass du das früh genug herausfinden würdest, und außerdem bin ich fest davon überzeugt, dass wir überleben werden. Gott weiß, dass ich dafür keine rationale*

Erklärung habe, aber irgendwie weiß ich, dass es diesmal anders sein wird. Es könnte einen Aufstand geben, oder vielleicht können wir alles auf einmal abfackeln. Ich weiß nur eins, diesmal wird keiner widerstandslos in die Gaskammer gehen, die Nationalhymne auf den Lippen, wie sie es im März getan haben. Wir sind zu jung, um kampflos zu sterben. Vor diesem verfluchten Stichtag werden wir Vorkehrungen getroffen haben. Halt einfach den Mund und sei vorsichtig. Die Spione sind überall. Trau niemandem, auch nicht Leuten, die du seit Langem kennst. Die Menschen haben sich hier verändert.«

Tief in Gedanken ging A-4116 hinaus in die Sonne und zurück zu Kittys Block.

»Schau an, guck mal, wer da ist. Nazdar.« Zwei junge Männer, mit denen sie in ihrer Teenagerzeit getanzt hatte, standen vor ihr und grinsten, einer war früher Verkäufer in einem Prager Stoffgeschäft gewesen.

»Immer noch gut angezogen, die junge Dame«, sagte Willy.

»Ja, und eine Strohwitwe im Angebot obendrein«, fiel Mirko ein.

»Wie gefällt dir unser hübsches Dorf?«

»Ich wette, schlau, wie du bist, hast du's hingekriegt, dass die Kripo dich nicht bis aufs letzte Hemd ausgeplündert hat. Was konntest du mit reinbringen?«

»Wirklich nicht viel, nur ein paar Uhren, aber ich will jetzt nichts verkaufen, wenn's euch darum geht.«

»Wenn du die in deiner Pritsche aufbewahrst, wirst du nicht lange was davon haben«, meinte Mirko. *»Die finden alles irgendwann.«*

»Macht euch mal keine Sorgen um mich. Die sind gut versteckt, und du kannst dein Leben drauf verwetten, dass ich euch *nicht sage, wo. Bis dann.«*

Sie setzte ihren Weg nach Block 4 fort, wo Sylva*, eines der hübschesten Mädchen von ganz Prag, *Kapo* war. Obwohl sie schon immer eine verwöhnte Göre gewesen war und dazu noch bemerkenswert dumm, nahm sie ihre Funktion hier sehr ernst und herrschte über ihren Block wie eine Königin über ihr gar nicht so kleines Reich, indem sie die Insassen wie ihre Untertanen behandelte. Merkwürdigerweise trugen viele von ihnen diese Illusion mit.

Zu ihrem Ritter und Liebhaber hatte sie Heini* auserkoren, *Kapo* in einem anderen Teil von Auschwitz. Er lieferte regelmäßig Vorräte nach Birkenau. Heini war ein Krimineller aus Hamburg, der eine Haftstrafe von neunundneunzig Jahren für bewaffneten Raubüberfall absaß. Abgesehen von diesem beunruhigenden Aspekt seiner Persönlichkeit hatte er ein Herz aus Gold und war überhaupt ein großartiger Typ. Auch die SS mochte ihn, und er war ein gern gesehener Gast bei ihren Trinkgelagen. Von Natur aus mit diplomatischem Geschick ausgestattet, schaffte er es, ihnen Informationen über Pläne und Vorhaben bezüglich Birkenau zu entlocken. Er war eine der besten Quellen im Lager, nicht nur für Informationen von unmittelbarer Bedeutung, sondern auch in puncto Neuigkeiten zum Kriegsverlauf. Zum Glück war Heini auch mit einigen männlichen Insassen befreundet, denn seine Informationen wurden nicht selten durch Sylvas Nacherzählung bis hin zur Unkenntlichkeit verfremdet.

Kitty schlug vor, dass A-4116 Sylva überreden solle, in Block 4 verlegt zu werden, aber nachdem sie dem Schauspiel um Sylva nur zehn Minuten lang zugeschaut hatte, lehnte sie taktvoll ab und zog es vor, weiter mit Nina zusammen über den alten Damen in Block 12 zu hausen. Das war zwar recht einsam, aber immer noch besser, als Hofdame dieser lächerlichen Herrscherin zu werden.

Eine der Eigentümlichkeiten in Birkenau war die Auswahl der dortigen *Kapos*. Sie waren allesamt jung. Die SS hatte ganz offensichtlich ein Faible für attraktive Gesichter und gute Figuren, soweit es Frauen betraf. Die Männer wurden in erster Linie aufgrund ihrer Fähigkeiten beim Fußball ausgesucht. Die SS-Leute waren sehr gerne als Zuschauer dabei, weil sie zum Selbstspielen wahlweise zu faul oder zu betrunken waren. *Kripos* wurden nach sorgfältiger Prüfung aufgrund ihrer Skrupellosigkeit ausgesucht.

Eine weitere Besonderheit war die Latrine. Sie war *der* Treffpunkt des Lagers schlechthin, vor allem bei schlechtem Wetter und während der Arbeitszeiten. Es war einfach ein Graben, über den auf jeder Seite je vier Holzplanken gelegt wurden, die einen für die Männer, die anderen für die Frauen, keine Trennwand dazwischen. Man brauchte schon einen guten Gleichgewichtssinn, um nicht in die Grube zu fallen. Nach einer Weile konnte man Freunde an ihrem blanken Hintern erkennen. Toilettenpapier, Papier überhaupt, existierte nur noch in der Erinnerung. Den Planken gegenüber lagen Zinkspülbecken mit Wasserhähnen, und das war's mit den sanitären Anlagen für zehntausend Häftlinge. Das Abwasser aus den Becken lief in die Grube, das war sehr effizient eingerichtet.

In dem Wunsch, mehr über die Ereignisse vom März zu erfahren, ging A-4116 eines Abends zu Nina.

»Wie kommt es, dass du und ein paar andere aus dem Dezembertransport noch hier seid?«

»Hat dir noch keiner erzählt, dass Mutter und ich beide Typhus hatten?«, fragte Nina. *»So einfach ist das. Ich will nicht weiter drüber sprechen. Willst du sonst noch was wissen?«*

»Warum hat in Birkenau nur eine der Frauen einen geschorenen Kopf? In den Lagerbereichen nebenan haben alle rasierte Köpfe.«

»Die Frauen in Auschwitz sind alle rasiert, außer die Kapos und die Birkenau-Häftlinge. Mit Sarah, die Kapo von Block 2 ist, hat es was Besonderes auf sich. Ist eigentlich ganz lustig ... wenn man noch lachen kann.

Du weißt, wie schwierig es hier ist, sich mit einem Mann zu treffen, sogar für Kapos. Sie und ihr Mann fanden, dass die Küche ein guter Ort wäre, um sich dort nach dem Morgenappell ein bisschen zu vergnügen. Eine Weile lang war es wohl auch ganz nett, bis einer der SS-Männer sie unsanft unterbrach, weil er ganz plötzlich beschlossen hatte, die Küche zu inspizieren. Ihr Mann war wegen der bezogenen Prügel wochenlang lahm, und ihr wurden die Haare abrasiert.

Du wirst schon noch merken, dass die Deutschen ganz erfinderisch sind, wenn es um ihr persönliches Amüsement geht. Die Kinder zum Beispiel, ich meine die Jungs zwischen zwölf und fünfzehn, für sie ist es eine Katastrophe, wenn sie hübsch sind. Die ganzen Rassengesetze Hitlers halten die SS nicht davon ab, sie in ihre Baracken zu holen und sie mit allen mög-

lichen Leckereien zu füttern. Sie erlauben ihnen, mit den anderen Gefangenen zu tun, was sie wollen – solange sie nur blond und blauäugig sind. Manchmal werden sie ihrer aber überdrüssig, und dann erhängen oder erschießen sie sie, einfach nur so zum Spaß; meistens schicken sie sie aber nur in die Männerbaracke zurück, wo dann niemand mehr mit ihnen fertigwird. Sylvas Bruder, Eddie, ist so ein Pipl, so nennen sie diese Jungs.[9]

Es ist spät. Hast du Hunger? Hier, ein Stück Salami, aber lass es die anderen nicht sehen. Geh schlafen. Geh schon.«

9 Die vorsichtige Andeutung der Autorin, dass »*Pipl*« auch Opfer sexueller Gewalt wurden oder sich zu sexuellem Tauschhandel entschlossen, um ihr Überleben zu sichern, wird durch Berichte anderer Auschwitz-Überlebender bestätigt.

18

Am nächsten Morgen, es war noch vor Ausgabe der Suppe, kam Eddie in die Näherei und baute sich vor A-4116 auf: *»Kripo Schlesinger will dich in seinem Büro sehen. Beeilung.«*

Als sie dort eintraf, lümmelte der gestreifte Clown hinter seinem Schreibtisch herum.

»Du glaubst wohl, du kannst mir aus dem Weg gehen? Wo sind diese Schweizer Uhren? Du weißt, dass es illegal ist, Wertsachen vor den Behörden zu verstecken, klar?«

»Ja, natürlich weiß ich das, aber ich verstecke wirklich nichts. Wenn Sie mir nicht glauben, schicken Sie doch jemanden rüber, der meine Pritsche und mich hier durchsucht.«

»Du bist eine Lügnerin, und du weißt es, aber dir werd' ich's zeigen. Erst mal rasieren wir dir den Kopf, vielleicht erinnerst du dich dann.«

Während er diese Drohungen ausstieß, wurde sein eigener kahler Schädel zunehmend roter. Die Tür ging auf, und Willy und Mirko kamen rein, ihre alten Tanzpartner. Sie hatten ein paar Schmuckstücke dabei, die sie bei einer alten Frau in Ninas Block gefunden hatten, wo sie nach den Wertsachen von A-4116 hatten suchen sollen. Ein Streit über die Verteilung der Beute brach unter den dreien aus, und als A-4116 merkte, dass sie für den Moment vergessen war, schlüpfte sie aus der Tür und ging zurück in die Werkstatt, sehr erleichtert über ihre Locken streichend. Hoffentlich würde Schlesinger sich wieder abregen und sie in Ruhe lassen.

Nach diesem Erlebnis zog A-4116 sich in ihre eigene innere

Welt zurück, in der sie auf Menschen aus ihrer Vergangenheit traf und wilde Fluchtphantasien hegte. Dieser Rückzug brachte ihr zwangsläufig und ziemlich schnell den Ruf ein, arrogant und hochnäsig zu sein. Sie verbrachte die Nachtstunden vor dem Einschlafen damit, ausgeklügelte Fluchtpläne zu konstruieren. Irgendwie müsste sie an eine Isolierzange herankommen, ein Loch in den Stacheldraht schneiden und es bis zur Bahnrampe schaffen, um sich dort bis zur Abfahrt unter einem Viehwaggon zu verstecken. Wenn der Graf von Monte Christo es geschafft hatte, von der Teufelsinsel[10] zu fliehen, dann würde auch sie hier rauskommen.

Bei Tagesanbruch wurde ihr dann schmerzhaft bewusst, dass das alles nur Hirngespinste waren. In anderen Nächten entwickelte sie endlose Phantasien über eine platonische Liebesaffäre, die sie als Siebzehnjährige gehabt und die damit geendet hatte, dass der junge Mann ausgewandert war. Jetzt stellte sie sich die wildesten Liebesszenen vor, die es in Wirklichkeit nie gegeben hatte, sie fühlte seine Arme um sich, ja, sie glaubte, den Geruch seines Glieds zu vernehmen. Seltsamerweise spielte ihr Mann nie eine Rolle in ihren sexuellen Phantasien. Sie vermisste Joe, und sie hätte ihn gerne in ihrer Nähe gehabt, und wenn es nur wäre, um solche Rüpel wie Mirko und Willy in Schach zu halten.

Sie merkte auch, dass es ihr nach und nach immer schwerer fiel, Mitleid oder Fürsorge für die alten Frauen zu empfinden, mit denen sie zusammenlebte, und dass sie oft sehr ungeduldig war, wenn diese ihre naiven Fragen stellten. Hinzu kam, dass sie immer Hintergedanken unterstellte, wenn ihr jemand einen Gefallen tun wollte oder sie um einen bat. Die einzigen Menschen, denen sie noch vertraute, waren Kitty, Honza und Tante Hella, eine Cousine ihrer Mutter, die sie in Block 2 entdeckt hatte.

Aber sogar zu ihnen hielt sie eine sichere Distanz, bei jedem von ihnen aus einem anderen Grund. Ab und zu ging sie zu ihnen,

10 Im Roman »Der Graf von Monte Christo« von Alexandre Dumas entkommt der Protagonist von der Insel Île d'If. Die Autorin erinnert sich hier vermutlich an den Film »The Return of Monte Christo«, USA 1946, in dem eine Flucht von »Devil's Island« gelingt.

aber hinterher fühlte sie sich einsamer als zuvor. Sie war fast ununterbrochen hungrig, wollte aber nicht zu oft zu Honza gehen, aus Angst, als Bittstellerin aufzutreten, vor allem, weil er einer der wenigen Männer im Lager war, der keinerlei Bezahlung für seine Hilfe forderte, geschweige denn erwartete. Flirten und Schmusen hatte sich hier in regelrechte Prostitution im Tausch gegen Lebensmittel verwandelt. Obwohl sie weit davon entfernt war, dies irgendjemandem zum Vorwurf zu machen, fühlte sie sich nicht tief genug gesunken, um es ihnen gleichzutun.

Sie hatte Tante Hella immer sehr gemocht, aber die Ähnlichkeit mit ihrer Mutter war für sie auf Dauer unerträglich, und so floh sie vor ihrem gut gemeinten Interesse und ihrer Sorge. Sie wusste ganz genau, dass Gisa sie jetzt mehr denn je brauchte, fand aber plötzlich kein Thema mehr, über das sie mit dem Kind hätte sprechen können. Gisa muss das gefühlt haben, denn ihre gemeinsamen Spaziergänge wurden immer seltener. Sogar Kitty mit ihrer Angst, die an Paranoia grenzte, wurde ihr fremd. Kitty gehörte zum Kern ihrer alten Truppe aus Prag, zu den Mädchen, die sie wegen ihres Kotaugehabes vor Sylva abgelehnt hatte. Jetzt sehnte sie sich manchmal danach, zu ihnen zu gehören.

Aus Mai wurde Juni, und die Atmosphäre im Lager wurde von Tag zu Tag angespannter und feindseliger. Die SS hielt sich an ihre Lieblingsunterhaltung, die da war, zwischen fünfzig und ein paar Hundert Häftlinge zu Freiübungen antreten zu lassen. Sie ordneten Liegestütze, Kniebeugen und Auf-der-Stelle-Laufen an, bis wenigstens die Hälfte von ihnen vor Erschöpfung zusammenbrach. Jeder Gefange, der fiel, trug zu ihrem schändlichen Vergnügen bei, indem er ihre Theorie von der »Minderwertigkeit der jüdischen Rasse« untermauerte.

Das Signal, auf das das Lager wartete, war die Verteilung der Postkarten, die an Freunde und Verwandte in Terezín zu schicken waren. So war es im März gewesen, als die Verurteilten schreiben mussten, dass es ihnen gut gehe und sie arbeiten würden. Die Postkarten waren auf den 25. März datiert gewesen, obwohl man sich der Menschen tatsächlich schon am 7. März entledigt hatte. Die Märzaktion hatte exakt sechs Monate nach Eintreffen des Septembertransports stattgefunden, nach Adam

Riese würden die Leute, die im Dezember gekommen waren, also im Juni sterben. Beide Transporte waren unter der Bezeichnung *»Rückkehr unerwünscht«* erfolgt. Die meisten der im Mai Angekommenen waren optimistisch, einfach, weil sie diese schlimmste aller Katastrophen nicht miterlebt hatten und weil die Massenhysterie sie in den wenigen Wochen, die sie erst in Auschwitz waren, noch nicht hatte erfassen können. Allein die Vorstellung klang in ihren Ohren absurd, trotz aller Beweise.

Der allgemeine Angstzustand erreichte seinen Höhepunkt, als die Postkarten tatsächlich verteilt wurden, am 10. Juni 1944. Die Gefangenen hatten *»Birkenau«*, ihren Namen und ihr Geburtsdatum als Absender hinzuschreiben. Es war schlicht unmöglich, mit der begrenzten Zahl der erlaubten Worte etwas Entscheidendes zu übermitteln, und offenbar wurden im Ghetto sogar vorher abgesprochene Botschaften missverstanden. Selbst wenn die Gerüchte um Auschwitz sie dort erreicht hatten, würde der Name Birkenau ihnen nichts sagen und keine Assoziationen auslösen. Einer Absprache mit ihren Freunden folgend, schrieb A-4116 exakt das Gegenteil von dem, was sie meinte: *»Mir geht es gut. Ich wünschte, ihr wärt hier.«* Angesichts des späteren Schicksals der Bewohner Terezíns haben diese Botschaften also rein gar nichts bewirkt.

Das Pläneschmieden und Aushecken von Verschwörungen liefen in Birkenau auf Hochtouren; Aufruhr und Aggression lagen in der Luft. Ein junger Insasse, ein exzellenter Sportler und Jugendleiter, erlitt einen Zusammenbruch; eine Woche nach dem 10. Juni marschierte er einfach so in den Hochspannungszaun, gerade als die Säcke voller Antworten aus Terezín eintrafen. Das Lager wurde angewiesen, neue Karten zu schreiben, mit Datum vom 21. Juni.

Am 18. Juni überbrachte Heini, der Einbrecher, eine verblüffende Information: Der Umgang mit den Juden würde eine drastische Veränderung erfahren. Er behauptete, die Order stamme direkt aus Berlin, von Göring selbst. Der neue Gedanke dahinter sei, die arbeitsfähigen Juden nicht umzubringen, sondern sie dorthin zu schicken, wo akuter Arbeitskräftemangel herrsche, und dort der Natur ihren Lauf zu lassen.

Heini beschwor alle, sich zu beruhigen; in den nächsten Tagen würde eine Selektion stattfinden, nach der Menschen im Alter zwischen fünfzehn und vierzig Jahren ausgesucht und in Arbeitslager geschickt würden. Er warnte, dass Frauen mit Kindern davon ausgenommen seien, genauso wie Ältere und Jüngere, meinte aber, dies sei besser als ein Aufstand, der hätte sowieso keinerlei Aussicht auf Erfolg und würde nur das ganze Lager umbringen. Er war verständlicherweise überglücklich, dass seine geliebte Sylva gerettet würde, und entwarf schon Flucht- und Heiratspläne für den Fall, dass die russische Front nah genug heranrücken würde. Sylva hatte jetzt allerdings das Problem, wie sie ihre vierundvierzigjährige Mutter an ihrer Seite behalten sollte.

Es klang alles zu gut, um wahr zu sein, aber am 20. Juni 1944 wurde der Kinderblock für eine erste Auswahl von Männern vorbereitet. Dr. Mengele, der zuständige SS-Lagerarzt, traf ein, und lächelnd nahm er ein paar kleine Kinder auf den Arm, um mit ihnen zu scherzen. Danach begann die Selektion der kräftigsten und gesündesten Männer. Das dauerte den ganzen Nachmittag, danach wurden die ausgesuchten Männer sofort aus dem Lager geführt. Es folgten Stunden bangen Wartens. Die Pessimisten meinten immer noch, das Ganze sei einfach nur ein Winkelzug, um die stärksten Männer aus dem Weg zu schaffen, weil Informationen über den geplanten Aufstand bis zu den Deutschen durchgesickert seien.

Die Stunden wurden zu Tagen, und die Ehefrauen und Mütter der Männer wechselten sich ab, um die von ihnen aus einsehbare Eisenbahnrampe zu beobachten, um nicht zu verpassen, wenn die Männer einen Zug bestiegen. Es schien, als hätten die Pessimisten recht behalten, als am 1. Juli eine große Gruppe Häftlinge mit kahl geschorenen Köpfen in nagelneuen grauen Gefängnisuniformen auf der Rampe auftauchte. Ein kleines Mädchen, das als Wache postiert war, gab das Signal, und die halbe weibliche Belegschaft des Lagers rannte gefährlich nah an die Stacheldrahtzäune heran, um zu schauen, ob das wirklich ihre Männer waren. Die Entfernung war zu groß, um einzelne Gesichter erkennen zu können, aber als sie die Menschenmenge erblickten, winkten die Männer und warfen Kusshände. Unter Tränen verfolgten die Frauen das Beladen des Zuges und seine Abfahrt.

Am frühen Nachmittag desselben Tages wurde die Prozedur mit den Frauen wiederholt. Ein Gewitter zog auf, und der Himmel wurde immer dunkler, als sich im Kinderblock ungefähr 2.500 Frauen versammelten. Sie drängten sich an einem Ende des Gebäudes, verängstigt und stumm, während Dr. Mengele am anderen Ende stand, mit verschränkten Armen vor der dekorierten Brust, in glänzenden schwarzen Reitstiefeln, neben ihm seine Helfer und Schreiber.

Es ertönte ein gebellter Befehl, sich nackt auszuziehen und die Kleidung über den linken Arm zu legen. Dann ging es im Gänsemarsch nach vorne zum Arzt, jede Frau musste vor ihm strammstehen und Fragen beantworten. Hinterher signalisierte Mengele mit einer kleinen Daumenbewegung, ob sie zur rechten oder zur linken Seite des Raumes abzutreten habe. Sehr bald schon deutete sich ein Muster an: Die Gruppe auf der linken Seite war eindeutig für den Schornstein bestimmt, denn sie umfasste all die schwachen, alt aussehenden, Brille tragenden oder durch Narben gezeichneten Frauen. Das Unwetter war jetzt direkt über ihnen, es donnerte, Blitze beleuchteten die Szene wie in der Phantasie eines verrückten surrealistischen Malers: ein paar Tausend nackte Frauen vor zwanzig Deutschen in Stiefeln und grünen Uniformen.

A-4116 verfolgte das Geschehen mit distanziertem Interesse und registrierte die Tatsache, dass sogar junge und starke Frauen auf der falschen Seite landeten, wenn sie nur eine Blinddarmnarbe hatten. Und wie durch Geisterhand waren alle über Nacht zu einer Schneiderin, Land- oder Fabrikarbeiterin mutiert, von einer Hausfrau keine Spur mehr. Als A-4116 bei dem schneidigen Arzt angekommen war, feuerte er Fragen auf sie ab.

»Nummer?«

»A-4116.«

»Alter?«

»Vierundzwanzig.«

»Verheiratet?«

»Ja.«

»Kinder?«

»Ja.«

»Beruf?«

»Elektrikerin.«

»Was? Elektrikerin? Wirklich?«

»Ja.«

»Du weißt, wie man Strippen zieht, und solche Sachen?«

»Ja.«

»Nach rechts – notier das«, wies er den Schreiber an.

Glücklich stieß sie zu Kitty, die es schon hierher geschafft hatte, und zog ihre Sachen wieder an. Die anderen Mädchen drängten sich heran, wollten wissen, was den regelmäßigen Takt der Prozedur unterbrochen hatte. A-4116 erklärte im Flüsterton, dass ihr die Idee, sich als Elektrikerin zu bezeichnen, spontan gekommen sei, während sie verzweifelt nach einer Idee suchte, um den Blick des Arztes von der Blinddarmnarbe in ihrer Leiste abzulenken. Es war auch gar keine komplette Lüge gewesen, denn ihr Vater war Elektroingenieur und hatte sie zu Hause immer angehalten zu lernen, wie man defekte Leitungen und Elektrogeräte repariert.

Auf jeden Fall, meinte sie, wäre die Behauptung schon morgen vergessen, und jetzt hätte sie erst mal ihren Zweck erfüllt. Viele von ihnen hatten an diesem langen Nachmittag gelogen, vor allem, was ihr Alter und ihren Beruf betraf, und sie waren dabei mehr oder weniger erfolgreich gewesen. Nur eine hatte geleugnet, ein Kind zu haben – es war ein vier Jahre alter Junge, den sie mit siebzehn bekommen hatte –, und niemand wagte es, ihr deshalb Vorwürfe zu machen. Sie hätte ihm ohnehin nicht helfen können, auch nicht, wenn sie bei ihm geblieben wäre.

Am Abend nach der Selektion fiel es den für die Abreise Auserwählten schwer, Abschied zu nehmen. A-4116 ging zuerst zu Tante Hella, ihre letzte Verbindung zur Generation ihrer Eltern. Sie fand sie in gelassener Stimmung vor, sie zeigte keine Angst vor dem sicheren Tod. Sie saßen einander umarmend da, die jüngere stumm und einfach nur die Wärme der älteren Frau, die ihre Mutter hätte sein können, genießend; sie brachte Muttis Abschiedsworte in Erinnerung, indem sie sie ermutigte, stark zu bleiben und ihr Bestes zu tun, um zu überleben. Hella sagte, sie wolle kein Mitleid, das sei das Einzige, was sie nicht ertragen könne. Und sie erzählte ihr von dem schönen Leben, das sie gehabt hatte, und von den guten Zeiten mit Mutti. Das alles klang seltsam vertraut.

Auf dem Rückweg traf sie Gisa, die zu Block 12 wollte, sie hatte ein Paar Schuhe dabei, die A-4116 ihr in Terezín gegeben hatte, als sie aus ihren alten herausgewachsen war. Gisa war jetzt barfuß. Zusammen gingen sie hinein und setzten sich auf die Pritsche. Sie hielten sich bei den Händen. Gisa erklärte, dass sie die Schuhe mitgebracht habe, weil sie viel besser seien als die, die A-4116 dummerweise gegen ihre für immer verschwundenen Stiefel eingetauscht hatte. »*Ich werde sie nicht mehr brauchen, stimmt's?*«, sagte sie.

Sie hatte keine Antwort für dieses Kind, das genau verstand, was vor sich ging, obwohl die Erwachsenen die ganze Zeit versucht hatten, die Wahrheit zu verschweigen. Gisa war jetzt dreizehn, aber körperlich hätte sie nicht für eine Fünfzehnjährige durchgehen können und hatte daher keine Chance gehabt, ausgewählt zu werden. Ein paar Mädchen ihres Alters waren durch das Netz geschlüpft, genauso wie rund ein Dutzend jünger aussehender Frauen über vierzig, aber: »*Ein Konzentrationslager ist kein Kindergarten*«, war der Wahlspruch der Befehlshaber. Alle Abschiedsworte waren gesprochen, und die, die abreisen würden, gingen schwereren Herzens schlafen als die Zurückbleibenden. Blitz und Donner hatten aufgehört, alles war still.

19

Am nächsten Morgen, noch vor dem Appell, wurden die ausgewählten Frauen aus ihren Baracken gerufen, mit Nummer und Namen. Sie mussten in schnellem Tempo gut zwei Kilometer weit marschieren, bevor sie einen riesigen Gebäudekomplex erreichten, über dem ein Schild hing: »*KONZENTRATIONSLAGER AI FRAUENLAGER*«.

Dieses Lager war viel größer und deutlich überfüllter als Birkenau. Die Baracken waren aus Stein, die Straßen in besserem Zustand, obwohl der Untergrund aus demselben ockerfarbenen Lehm bestand, hier war er aber mit groben Pflastersteinen durchsetzt. Statt der männlichen SS-Wachleute waren überall SS-Frauen zu sehen. Die Häftlinge trugen zerlumpte gestreifte Uniformen und sahen überhaupt geschwächter aus als die Frauen in Birkenau. Ausnahmen bildeten die *Kapos* und ihre Stellvertreterinnen, sie sahen wohlgenährt und sauber aus, ihre langen Haare hatten sie mit adretten schwarzen Bändern zu Pferdeschwänzen gebunden. Ähnliches konnte man von den halbwüchsigen Lagerläufern sagen, die das Gegenstück zu den »*Pipl*« in Birkenau waren. Unwillkürlich dachte man an Schoßhündchen, an Pekinesen oder Pudel, wenn man sie beobachtete.

Die meisten der normalen Häftlinge hatten rasierte Köpfe oder sehr kurze Haare, die gerade wieder nachwuchsen. Gehen im normalen Tempo war offenbar verboten, denn alle rannten pausenlos.

Die Neuankömmlinge wurden in Gruppen zu fünfhundert in niedrige, russisch anmutende Baracken mit winzigen Fenstern getrieben. Im Inneren gab es anstelle von Kojen lange Regalbretter an den Wänden, ungefähr 1,50 Meter tief, in der Mitte des Raumes war eine ähnliche Konstruktion. Es gab keine Pritschen, keine Decken, kein Stroh. Begleitet von einer Sturzflut aus Flüchen und Stößen der polnischen *Kapos*, wurden sie hinauf auf die käfigähnlichen Vorrichtungen getrieben und strikt angewiesen, dort zu bleiben, sonst …

Die *Kapos* schienen vollkommen unfähig, sich in normalem Ton zu äußern, und man durfte sie auch nicht ansprechen oder eine Frage stellen. Jedem gebellten Satz ging ein Fluch voraus. *»Ihr tschechischen Huren, ihr glaubt wohl, ihr seid was Besseres!«* Oder: *»Dreckige Judenschlampen, ihr verdient, in eurer eigenen Scheiße zu ertrinken, wir zeigen euch schon noch, was Auschwitz heißt! Ihr habt noch gar nichts gesehen.«* Das alles auf Polnisch, was viele der Häftlinge verstanden, aber nur wenige sprachen. Trotzdem verstanden alle, was gemeint war.

Kaum eingepfercht, wurden sie auch schon wieder hinaus zum Appell gejagt. Diesmal wurden Einzelne mit ihrer Nummer aufgerufen und weggeführt, niemand verstand zu diesem Zeitpunkt, aus welchem Grund. Zwillinge wurden für medizinische Experimente herausgepickt, die Dr. Mengele im Lagerkrankenhaus durchführte; ebenso Krankenschwestern und ein paar andere, die im Lager A I verbleiben sollten, ohne zu wissen, warum.

Verschiedene SS-Frauen kamen und gingen wieder, um die strammstehenden Reihen zu inspizieren. Jegliche Unterhaltung war verboten. Eine der SS-Frauen erwischte ein Mädchen beim Flüstern mit ihrer Nachbarin und ließ sie auf dem steinigen Boden knien, die Arme über dem Kopf. Dann platzierte sie in jeder Hand einen schweren Stein. Jedes Mal, wenn ihre Arme nachgaben, schrie eine Wache oder ein *Kapo* sie an, sie wieder zu strecken, sonst … Das ging stundenlang so. Als der Appell schließlich vorüber war, musste das Mädchen auf beiden Seiten von ihren Freundinnen gestützt werden. Ihre Beine trugen sie nicht mehr.

Als Nächstes wurden zwölf Hocker herbeigeschafft und allen die Haare geschnitten. Es war eine positive Überraschung, dass die Haare nicht abrasiert, sondern nur kurz geschnitten wurden, ohrenfrei. Das schien ein gutes Omen, in Anbetracht der Tatsache, dass es einfacher ist, einen lebenden Menschen zu rasieren als einen toten. Wären sie dem Gas geweiht gewesen, so die Überlegung, hätte man das Haar komplett als Material für die deutschen Kunsthandwerkstätten geschoren. Während des eher nachlässig beaufsichtigten Haareschneidens wurde hin und her gehuscht und sich neu platziert, mit dem Effekt, dass es einigen Mädchen, darunter Kitty und A-4116, nicht nur gelang, ihre langen Haare zu bewahren, sondern auch eine Gruppe zu bilden, die sich schwor zusammenzubleiben, komme, was da wolle. Auch wenn man die Männer hatte abfahren sehen, trauten viele den Informationen von Heini nicht.

Nach der stundenlangen Prozedur hatten alle das dringende Bedürfnis, zur Latrine zu gehen, und die *Kapos* führten Gruppen von jeweils zehn Personen hin. Die Aufenthaltszeit bei den Latrinen war streng begrenzt, wer in den Augen der Eskorte zu lange brauchte, bekam eine Mistgabel ins Gesäß. Das Ganze wurde von einer Fülle von Schimpfwörtern begleitet, wie sie das Vokabular dreier Sprachen hergab. Unter dem Klang des allseitigen Lieblingsfluchs *»Die Cholera soll euch holen!«* wurden sie zurück in die Baracken gescheucht, nur um dort einen weiteren langen Appell durchzustehen. Schließlich erhielten sie einen Becher mit schwarzer Flüssigkeit, genannt Kaffee, und eine Scheibe Brot und wurden in den Baracken eingeschlossen.

Mit der Dunkelheit materialisierte sich eine ganz neue Art von Bedrohung in Gestalt der größten Bettwanzen, die die Menschheit je gesehen hatte. Sie waren so groß wie ausgewachsene Kakerlaken und gingen gnadenlos zum Angriff über. Die Regalbretter waren so überfüllt, dass man nur in Löffelhaltung zwischen den beiden Nachbarinnen schlafen konnte. Wenn die eine sich umdrehte, mussten alle fünfzig anderen in der Reihe es auch tun. A-4116 war schon immer ein gefundenes Fressen für Ungeziefer aller Art gewesen und wurde jetzt so übel heimgesucht, dass an Schlaf nicht zu denken war. In Missachtung der Order, die Schlafstellen nicht zu verlassen, glitt sie hinunter auf den Steinfußboden, wo sie ein Fass mit einer Decke darüber fand. Die zog sie über sich, fühlte sich auf der Stelle wohlig warm und döste ein.

Am nächsten Morgen schlief sie so tief, dass Kitty und ein paar der anderen ziemlich lange brauchten, um sie zu wecken. Das Fass enthielt Chlor, und die Decke hatte sich vollgesogen mit Chlorgas.

Am nächsten Tag wurde die Gruppe unter bewaffneter Bewachung in einen anderen Teil von Auschwitz geführt, wo sich die anderen aus Birkenau schon vor einem Gebäude mit der Aufschrift »*SAUNA*« versammelt hatten. Das ließ sofort die schlimmsten Befürchtungen aufflammen, denn es war bekannt, dass die Gaskammern mit dieser Bezeichnung getarnt wurden. Rundherum waren Blumenbeete angelegt, und auf A-4116 wirkte das leuchtende Rot der Begonien vor dem tristen Grau des fensterlosen Gebäudes geradezu anstößig. Noch außerhalb des Gebäudes wurden sie angewiesen, sich vor den Augen der SS-Männer auszuziehen und ihre Kleidung und Schuhe auf zwei getrennte Haufen zu werfen.

Da und dort flammte Hysterie auf, aber die beiden Cousinen standen schweigend da und hielten sich an den Händen. Nach und nach wurden sie zu zweit in einen Raum geführt, wo eine große, fette SS-Frau vor einem schmutzigen Operationstisch mit Fußhalterungen stand. Sie hatte sich einen weißen Kittel über die Uniform geworfen. Brutal untersuchte sie jede einzelne Körperöffnung, ohne auch nur einmal die Gummihandschuhe zu wechseln. Eines der Mädchen, entschlossen, ein Erinnerungsstück an ihren Freund zu bewahren, umklammerte ein paar seiner Jackenknöpfe mit der Hand. Als ihr bewusst wurde, dass es absolut keinen Ort gab, sie zu verstecken, verschluckte sie sie.

Als Nächstes kamen die Duschen. Jeweils einhundert Personen wurden eingelassen. Der Befehl lautete: eine Minute Wasser, eine Minute Einseifen mit einem Stück Ersatzseife pro Vierergruppe, eine Minute Abduschen, kein Geräusch dabei. Zögerlich betrat die Herde den Duschraum, gestoßen von den Wachen und *Kapos*, den Blick in größter Todesangst auf die Duschköpfe gerichtet, durch die angeblich Gas und Wasser fließen konnten.

Ein geflüstertes »*Sh'ma Israel Adonai Eloheinu*« war zu hören. Eine Ewigkeit schien zu vergehen. Dann ein pfeifendes Geräusch von oben: Wasser! Kochend heißes Wasser! Ein kurzer Aufschrei der Erleichterung durchfuhr die Gruppe, und die Szene verwandelte sich in ein bizarres Ballett in dem Versuch, dem siedend heißen Strahl auszuweichen. Nachdem sie auf der anderen Seite des Gebäudes wieder herausgekommen war, erhielt jede Frau eine Unterhose und einen grauen Häftlingskittel und wurde angewiesen, sich aus dem Haufen draußen ein Paar Schuhe auszusuchen.

Seine eigenen Schuhe zu finden, war praktisch unmöglich. Wie sollte man in dem riesigen Durcheinander des Haufens überhaupt etwas wiederfinden? Das Ergebnis war einfach zu lächerlich, um es in Worte zu fassen; weniger lächerlich allerdings war der Streit, der ausbrach, wenn jemand die eigenen Schuhe an fremden Füßen wiederfand.

Ein weiterer langer Appell, dann traf die Oberaufseherin zur Inspektion ein. A-4116 stand in vorderster Reihe, als die Dame schleppend mit der Überprüfung begann. Das Kommando *»Achtung!«* erklang, aber A-4116, die inzwischen einiges von ihrer alten Aufsässigkeit zurückerlangt hatte, versäumte es, die Hände aus den Taschen zu nehmen.

Die Oberaufseherin hielt direkt vor ihr an. *»Hände aus den Taschen, Judenschlampe!«* Fast im selben Augenblick schlug sie ihr mit der flachen beringten Hand ins Gesicht. Die Hände der Gefangenen schnellten nach vorne, um ihr an die Gurgel zu gehen, aber Kitty und ein weiteres Mädchen hielten sie an den Ellbogen fest, sodass sie sich nicht bewegen konnte. Dann ertönte der Befehl, AI in Richtung Rampe zu verlassen.

Nachdem alle ein Stück Brot erhalten hatten, wurde die Gruppe in einen verhältnismäßig sauberen Viehwaggon mit frischem Stroh verladen. Zu ihrer Freude und gänzlich unerwartet blieben die Türen zwei Handbreit offen stehen, und nach weiteren Verzögerungen und gebrüllten Befehlen setzte sich der Zug in Bewegung. Er nahm nur langsam Fahrt auf, und es dauerte fast zwanzig Minuten, bis sie den Auschwitz-Komplex hinter sich gelassen hatten. Die Verwaltungsgebäude allein bildeten eine kleine Stadt. Nur am helllichten Tage erhielt man eine Vorstellung von der Größenordnung dieser Todesfabrik. Die unzähligen quadratischen Areale waren durch Stacheldraht voneinander getrennt und mit Wachtürmen übersät. Vom Zug aus sahen die Häftlinge aus wie krabbelnde Ameisen.

Dann, ganz plötzlich, änderte sich der Ausblick. Auf seinem Weg nach Westen passierte der Zug blühende Wiesen mit plätschernden Bächen: üppig, grün, vollkommen unglaublich. Der Anblick der auf dem Feld arbeitenden Bauern, des grasenden Viehs und der ganz normalen Menschen, die ihren Geschäften nachgingen, rief den Frauen mit einem Schlag in Erinnerung, dass es trotz allem ein Leben gab und dass sie vielleicht wieder Teil davon sein würden. Es war der 4. Juli. Die Sonne strahlte vom Himmel, und der Rauch von Auschwitz löste sich in der Ferne auf. Jemand begann auf Tschechisch zu singen:

»Die Welt gehört uns.
Sie hat Platz für alle,
und auf den Trümmern des Ghettos werden wir
lachend stehen.«

Es war ein Lied einer avantgardistischen Revue aus der Vorkriegszeit, adaptiert für Terezín und beliebt bei allen tschechischen Häftlingen. Ein Lied folgte auf das andere, und nachdem die Frauen das ganze Repertoire des tschechischen Pop und der Volkslieder durch hatten, wurde »Old Man River« und dann »Anchors Aweigh«[11] gesungen. Die Szene erinnerte an einen Jugendgruppenausflug. Leere Mägen waren vergessen, die Frauen lachten, neckten und kitzelten sich gegenseitig wie ein Haufen ausgelassener Kinder, trunken vor schierer Lebensfreude. Sogar der bewaffnete Begleiter, der hier wie in allen anderen Waggons mitfuhr, konnte sich ein Lächeln nicht verkneifen.

11 »Anchors Aweigh« ist ein 1906 komponierter amerikanischer Militärmarsch, der als inoffizielle Hymne der US-Marine gilt.

20

Als der Zug sich den Industrieregionen Deutschlands näherte, wurden die Waggontüren zugeschoben, aber nicht einmal das konnte die gute Laune der Mädchen trüben. A-4116 und Kitty befanden sich inmitten von jungen Pragerinnen, dazwischen ein paar Frauen aus ländlichen Regionen. Sie waren alle ungefähr gleich alt und kannten einander schon lange, bevor Hitler aufgetaucht war. Die jüngsten Erlebnisse hatten sie zusammengeschweißt, und sie schworen sich, nach Möglichkeit zusammenzubleiben und einander zu helfen.

Ein seltsames Bild erwartete die Reisenden am nächsten Abend, als der Zug langsamer wurde und schließlich in Hamburg zum Stehen kam – direkt vor einer Reihe dunkler, dreistöckiger Gebäude mit riesigen Schiebetüren auf jeder Etage.[12] An den Türen und Fenstern hingen junge Männer wie Weinranken! Alle möglichen jungen Männer in unbekannten Uniformen ohne Abzeichen, sie lachten und riefen irgendetwas, offenbar begeistert über das Eintreffen einer ganzen Wagenladung junger Frauen.

Die Damen waren sprachlos, dann lächelten auch sie und winkten zurück. Ein Waggon nach dem anderen wurde unter der Aufsicht eines bemerkenswert gut aussehenden, flotten SS-Haupt-

12 Die Autorin beschreibt hier das Lagerhaus G mit seinen großen Ladeluken am Dessauer Ufer im damaligen Hamburger Freihafen. Teile des Speichergebäudes dienten ab Juli 1944 als Außenlager des KZ Neuengamme, zunächst für weibliche, ab September 1944 für männliche KZ-Häftlinge.

scharführers abgeladen; sie tauften ihn sofort Petrovich*, nach einem bekannten deutschen Filmstar.[13] Die Frauen wurden in zwei Gruppen aufgeteilt und in das ehemalige Lagerhaus geführt, das zu beiden Seiten Ladevorrichtungen für Schiffsfrachten hatte. Die eine Seite des Gebäudes lag zu den Eisenbahnschienen hin, die andere direkt am Wasser.

Im Inneren des Lagerhauses gab es mehrere bogenartige Öffnungen, die wie Einstiegsschächte aussahen, mit dicken Tauen an Flaschenzügen, dazu Reihen von Stockbetten, angeordnet in Sechserblöcken. Auf der Gleisseite befand sich eine niedrige Waschvorrichtung mit vielen Wasserhähnen und eine extra für den *Kapo* abgetrennte Ecke. Der ganze Raum war dunkel und höhlenartig und, selbst im Sommer, sehr kalt. Die tschechische Gruppe lief zur gegenüberliegenden Fensterseite, um sich hier eine Reihe Pritschen zu sichern. Einige kletterten sofort auf eine Bank, um hinauszuschauen.

Die Jungs von nebenan hatten die gleiche Idee gehabt und drängten sich bereits an ihrem Fenster. Es dauerte nicht lange, bis man sich gegenseitig vorstellte. Anfangs gab es ziemliche Sprachprobleme, da die Männer Italiener waren – entweder desertiert aus Mussolinis Armee oder als Partisanen verhaftet, weil sie an der Seite Titos gegen die Faschisten gekämpft hatten.[14] Viele von ihnen konnten etwas Französisch oder sprachen gebrochen Deutsch. Bei den Tschechinnen musste es das vorhandene Deutsch, Französisch und das eingerostete Schullatein tun.

Währenddessen veranstaltete eine Gruppe anderer Neuankömmlinge eine veritable Wasserschlacht am anderen Ende der Halle. Nackt, wie sie waren, spritzten sie sich gegenseitig nass,

13 Iván Petrovich (1894–1962) war ein serbisch-österreichischer Schauspieler der Stummfilmzeit.

14 Bei den Männern handelte es sich um italienische Militärinternierte, die nach dem Waffenstillstand der vormaligen Achsenmacht Italien mit den Alliierten am 8. September 1943 in deutsche Kriegsgefangenschaft geraten waren. Die NS-Führung verweigerte ihnen den Schutz des Kriegsgefangenenstatus. Rund 650.000 italienische Soldaten, die sich geweigert hatten, den Kampf auf deutscher Seite fortzusetzen, wurden zur Zwangsarbeit ins Deutsche Reich oder in die besetzten Gebiete verschleppt.

hielten die Wasserhähne mit den Fingern zu und hatten vollkommen vergessen, dass Petrovich und eine Gruppe Wachleute schon seit Minuten im Türdurchgang standen und die Szene beobachteten. Eine nach der anderen verschwand in Richtung Kojen, sobald sie die Blicke der Männer bemerkt hatten. Am Ende stand nur noch Sylva in der Mitte des Waschbeckens, wie eine marmorne Nymphe. Feixend beorderte Petrovich sie herunter und in die Kommandoquartiere zwei Stockwerke tiefer. Man kann nur erahnen, was dort vor sich ging, aber Sylva schien durch den Vorfall nicht erschüttert und machte bei ihrer Rückkehr auch nicht den Eindruck, misshandelt worden zu sein.

Die Jungs nebenan hatten ihre Position verlassen, als sie die Anwesenheit der Wachleute bemerkt hatten, aber mit Einbruch der Dunkelheit kehrten sie zurück. Leider gab es nur ein Fenster, das nah genug lag, um eine Unterhaltung führen zu können, und der Platz reichte nur für drei Parteien gleichzeitig, also wechselte man sich ab. Das führte sofort zu Streit darüber, welche als Nächste dran war und für wie lange. Die Gruppe, deren Pritschen dem Fenster am nächsten lag, nutzte ihr Monopol und vergab Platz und Dauer als besondere Gefälligkeit.

Bei unserer Ankunft hatte an der Tür des Italienerhauses ein großer blonder Mann gestanden; er verfolgte A-4116 mit Blicken, schon von dem Moment an, als der Zug einfuhr. Sie unterhielten sich jetzt, erklärten einander ihre Situation. Er hieß Bruno und kam aus Norditalien. Weil sie wegen der nächsten Ablösung nicht lange sprechen konnten, bat er sie, später wieder ans Fenster zu kommen, und erwähnte etwas von einer Idee.

Nach ihrer Rückkehr von Petrovich wollte auch Sylva schnell mit dabei sein und verliebte sich Hals über Kopf in einen Römer namens Flavio. Sie konnten sich kaum verständigen, guckten sich stattdessen tief in die Augen und seufzten immer wieder *»Flavio«* und *»Sylva«* – eine Situation, die sich für alle Nichtbeteiligten schnell als ermüdend herausstellen sollte, besonders, weil das Ganze in zwanzig Meter Entfernung voneinander und mindestens zehn Meter über der Wasseroberfläche stattfand.

Als A-4116 wieder am Fenster stand, war Bruno schon mit einem kleinen Päckchen an einer langen Wäscheleine da, das er nun in Schwingung parallel zur Wand versetzte, bis sie es auffangen konnte. Das System funktionierte perfekt, und eine Stunde lang verbrachten die Mädchen mit dieser höchst zufriedenstellenden Tätigkeit. Mindestens fünfzig von ihnen empfingen an diesem Abend »ihren« Italiener. Das Päckchen für A-4116 enthielt einen Kamm, eine Zahnbürste, Zigaretten, einen Stift, ein Paar Socken, Schokolade, Papier und einen langen Brief, der in etwa so lautete:

»*Liebe Francesca,*

als der Zug, der dich hergebracht hat, heute vor unserem Gefängnis auftauchte, flog mein Herz euch allen zu. Ihr saht so verängstigt, so jung und hübsch zugleich aus. Es ist lange her, dass wir hübsche Mädchen gesehen haben. Ich hatte dich schon erblickt, bevor der Zug anhielt, und war wie gebannt von dem Ausdruck in deinen Augen. Was haben sie euch angetan, wo kommt ihr her? Mein Name ist Bruno, wie du inzwischen schon weißt, und ich stamme aus Treviso, das keine große Stadt ist. Ich habe elf Geschwister, die ich sehr vermisse. Als der Krieg ausbrach, wurde ich eingezogen, aber ich war nie ein Freund der Schwarzhemden und bin deshalb schon bald mit Freunden zusammen über das Meer nach Jugoslawien geflohen, um mich dem Widerstand anzuschließen. Eines Tages wurden wir von den Deutschen erwischt und hierher zum Arbeiten geschickt. Die Arbeit ist hart, aber wir werden ganz gut behandelt, wir können nach Hause schreiben und Päckchen empfangen. Meine Freunde hier finden alle, dass ihr wunderbar seid, und wir wollen euch helfen, wo wir nur können. Aber du bist was Besonderes für mich. Ich glaube, ich liebe dich und möchte dich heiraten, wenn der Krieg vorbei ist. Es würde dir gefallen in Italien, es ist so schön da. Wir hätten viele kleine bambini, und ich würde dich glücklich machen. Bitte antworte nicht gleich, denn das muss ziemlich überraschend für dich kommen, aber vielleicht liebst du mich auch bald. Ich kann gut für dich und die bambini sorgen. Ich habe eine sehr gute Arbeit in einer Möbelfabrik, und weil ich Französisch kann, komme ich nach dem Krieg bestimmt in die Exportabteilung. Die Americanos sind in Frankreich gelandet, und bald werden wir frei und glücklich sein. Ich schicke dir hier ein paar Sachen, weil ich gesehen habe, dass du nichts dabeihattest, aber vor allem Papier, damit du mir lange Briefe über dich schreiben kannst. Ich muss aufhören, denn die Zeit ist knapp, und du musst schlafen. Ich werde morgen Abend wieder am Fenster warten, mia cara piccola bambina. Zu gerne würde ich dich küssen, aber du bist zu weit entfernt und doch ganz nah.

Dein Bruno«

Als Frau gesehen zu werden, fühlte sich gut an, vor allem, weil sie sich im Moment alles andere als hübsch empfand. Zahnbürste und Schokolade teilte sie mit Kitty – den Brief natürlich auch.

Die Aufregung legte sich nach und nach. Aber kaum waren sie eingeschlafen, ertönte Alarm, und zehn Minuten später brach die Hölle los. Die nächtliche Bombardierung Hamburgs hatte eingesetzt. Als Zeugin des Geschehens saß sie im Schneidersitz auf ihrer Pritsche, Kittys Kopf in ihrem Schoß, sie befand sich in einem Zustand unwirklichen Hochgefühls. Mit jeder am Himmel zerplatzenden Leuchtrakete und dem darauf folgenden Krachen der explodierenden Bombe fühlte sie sich besser. Unter ihr kniete die achtzehnjährige Marion und betete ein Ave-Maria nach dem anderen. Andere hatten ihre Decken über den Kopf gezogen, um das Getöse zu dämpfen, aber für A-4116 konnte es gar nicht laut genug sein, sie bedauerte es, als das Entwarnungssignal ertönte. Es war eine merkwürdige Reaktion für eine, die seit ihrer Kindheit Angst vor jeder Schießerei gehabt hatte und sich im letzten Akt der »Tosca« die Ohren zuhielt, weil sie es nicht ertragen konnte, einen Schuss zu hören. Ein weiterer Beweis dafür, dass sie ihr altes Ich wirklich hinter sich gelassen hatte.

Die Nacht wurde nur noch einmal unterbrochen, als eine Ratte über Gertis* Gesicht lief und sie in Hysterie versetzte. Die Ratten hier in der Nähe des Wassers waren groß, zahlreich und hungrig, denn wo früher Getreide gelagert wurde, lebten jetzt Menschen. Um fünf Uhr morgens wurde geweckt. Nachdem sie die dünnen graubraunen Overalls angezogen hatten, die am Abend zuvor ausgegeben worden waren, und hastig einen Schluck schwarzen Kaffee heruntergespült hatten, traten die Mädchen vor dem Gebäude an. In Gruppen zu zwanzig mit je zwei Wachleuten an ihrer Seite marschierten sie, einen Sousa-Marsch[15] singend, in Richtung eines anderen Kanals, wo sie an Bord einer Barkasse gingen, die sie zu ihren unterschiedlichen Arbeitsorten bringen würde.

Anders als in Auschwitz waren die Wachen hier ältere Wehrmachtsangehörige, die nicht mehr fronttauglich waren. Einige von ihnen waren zwar ehrgeizige Fanatiker, die ihre Aufgabe todernst nahmen, aber die meisten waren weniger bösartig als die SS-Leute, die die Frauen das Fürchten gelehrt hatten.

So früh am Morgen war es kalt auf dem Schiff, A-4116 lehnte sich an den Schornstein, um sich zu wärmen. Einer der Männer, die den alten Kahn steuerten, kam hoch und lachte über ihren hoffnungslosen Versuch, im Wind eine Zigarette anzuzünden.

»Du bist wirklich kein Seemann«, sagte er und brachte ihr bei, wie man in der hohlen Hand durch eine kleine Drehung Streichholz und Zigarette zusammen anzündet. Dann wollte er wissen, wer sie seien und woher sie kämen. Als er hörte, dass sie Jüdinnen waren, versteinerte er und verschwand in Windeseile.

Vom Wasser aus konnte man die Verwüstungen erkennen, die diese einst schöne Stadt erlitten hatte. Ganze Häuserblocks lagen in Schutt und Asche. Nach der Bombardierung der letzten Nacht stieg Rauch von brennenden Öltanks auf. Der hübsche wohlhabende Vorort Blankenese strahlte hell und merkwürdig unberührt vom Hang über dem Fluss. Das Schiff legte bei einer Erdölraffinerie an, und der Arbeitstrupp ging an Land. Die Gefangenen erhielten die verfügbaren Schaufeln und wurden angewiesen, die Trümmer der Luftangriffe zu großen Haufen zusammenzutragen. Sie hatten der Wache jeden ungewöhnlichen Fund zu berichten, sodass eine Abteilung russischer Kriegsgefangener[16] hinzugezogen werden konnte, falls es sich um eine nicht explodierte Granate handelte.

15 John Philip Sousa (1854–1932) war ein US-amerikanischer Komponist von Operetten und Marschmusik, u.a. von »Stars and Stripes Forever«.

16 Gemeint sind sowjetische Kriegsgefangene. Hier und im Folgenden unterscheidet die Autorin sprachlich nicht zwischen Russen und Menschen aus anderen Republiken der Sowjetunion.

Die Raffinerie war noch in Betrieb, obwohl viele ihrer Gebäude und Tanks zerstört waren. Überall waren Zwangsarbeiter zu sehen, sie kamen aus allen besetzten Ländern Europas. Die Kriegsgefangenen waren vor allem Franzosen, aber auch Russen, die sich in einem erbärmlichen Zustand befanden, halb verhungert und in Lumpen gekleidet, die einst Uniformen gewesen waren. Um mit jemandem zu kommunizieren, waren sie viel zu eingeschüchtert, ihre Bewacher behandelten sie mit besonderer Grausamkeit.

Der Rest waren zivile Zwangsarbeiter von überallher. Mit den Franzosen ergab sich schnell eine Verständigung, wenn die Wachen mal nicht hinschauten oder bei den Latrinen, wo Astlöcher in den Holzwänden die Kommunikation erleichterten. Warum das Pinkeln bei uns so lange dauerte, verstand einer der bayerischen Wachleute nicht, er ließ eine an sich gutmütige Tirade los: »*Was macht ihr Mädels denn da drin so lange? Wenn ich pissen muss, renn ich rein wie ein junger Bock, lass laufen und wieder raus. Na ja, was kann man von Frauen schon erwarten?*«

Die französischen Kriegsgefangenen verstanden die Situation sofort, hatten sie doch die längste Erfahrung mit dem System, und sie halfen dann auch, wo sie konnten. Es ging ihnen wesentlich besser, weil sie laut Genfer Konvention Pakete und Geld empfangen durften. Und sie hatten keine Angst, Risiken einzugehen, um zu helfen, im Unterschied zu den zivilen Arbeitern, die vor jeder deutschen Uniform zitterten. Die deutschen Arbeiter ignorierten jeden, guckten einfach weg, wenn sie auf eine Gruppe Ausländer oder Häftlinge trafen.

Die Arbeit war hart und für Frauen, die noch nie eine Schaufel in den Händen gehalten hatten, noch schwerer. Es brauchte Tage, um zu lernen, wie man eine Schaufelladung mit Schwung hoch auf einen Lkw beförderte, manch eine lernte es nie. A-4116 genoss die Arbeit fast, nachdem sie sich an die ungewohnte Bewegung gewöhnt hatte, und ihre Arbeitskameradinnen machten ihr häufiger zum Vorwurf, zu hart zu arbeiten. Aber ihrer rastlosen Natur kam das eher entgegen, als auf der Schaufel zu lehnen und über die Vergangenheit oder die unsichere Zukunft nachzugrübeln. Außerdem konnte man sich auf diese Art warm halten.

Das Hochnehmen und Aufladen der beschädigten Ziegelsteine war keineswegs leichter. Vom Steinhaufen zum Lastwagen wurde eine Kette gebildet und die Bruchstücke von Hand zu Hand weitergereicht; nach einer Stunde bluteten allen die Fingerspitzen.

Etwas Erleichterung verschaffte der mittags vorfahrende Lastwagen der »NS-Volkswohlfahrt«, der große Behälter mit dickflüssiger Suppe brachte, gekocht vor allem auf Basis von Steckrüben und Kartoffeln. Sie schmeckte scheußlich, war aber heiß und sättigend und hielt für ein paar Stunden vor. Im Vergleich mit Auschwitz eine riesige Verbesserung.

Kitty hatte im Laufe des Vormittags einen französischen Freund gewonnen, der ihr ein Stück Brot samt einem kleinen Zettel zusteckte. Auf dem Zettel wurde Nachschub versprochen, wenn sie ihn am nächsten Tag bei der Latrine träfe. Er kam aus Paris und hieß Pierre, bei jeder Begegnung lächelte und zwinkerte er ihr zu. Um sechs Uhr abends ertönte die Trillerpfeife, und eine sehr müde Arbeitskolonne schlurfte zurück zum Schiff. Die Hochstimmung der letzten Tage war ziemlich verflogen.

Nach der Rückkehr ins Lager bildeten sich lange Schlangen für die Ausgabe einer Schüssel wässriger Suppe mit einem Stück Brot. Danach fielen die meisten Mädchen völlig erschlagen auf ihre Pritschen und verwünschten ihre wunden Füße und schmerzenden Muskeln. Bruno und seine Freunde warteten schon am Fenster, und die Szene des letzten Abends wiederholte sich, wenn auch etwas weniger ausgelassen. Dieses Mal warf er einen Pullover herüber, weil er gesehen hatte, wie A-4116 beim Morgenappell vor Kälte gezittert hatte.

Sie schrieb ihm einen Brief, in dem sie sich für die Geschenke und für seinen rührenden Heiratsantrag bedankte, schrieb ihm aber auch, dass die Idee problematisch sei, denn soweit sie wisse, sei sie bereits verheiratet. Sie ging mit dieser Wahrheit ein kalkuliertes Risiko ein, denn Bruno hätte seine dringend benötigte Hilfe einstellen können, aber die Offenheit seines ersten Briefes ließ ihr keine Wahl. Er nahm die Nachricht gelassen zur Kenntnis und beschloss, A-4116 von nun an wie eine Schwester zu behandeln. Und so entwickelte sich eine dauerhafte Freundschaft zwischen ihnen.

21

Der Luftangriff der ersten Nacht wiederholte sich ab jetzt jede Nacht mit der Präzision eines Uhrwerks, nur mit dem Unterschied, dass die Frauen beim Ertönen der Sirenen nun aus den Kojen und in den zum Luftschutzbunker umfunktionierten Keller gejagt wurden. Er fiel zum Kanal hin ab und stand oft halb unter Wasser, weil der Wasserspiegel sich aufgrund des Tidenhubs hob und senkte. Es war kalt, und sie saßen fröstelnd auf dem Boden, in völliger Finsternis, Ratten huschten über ihre Beine. Über sich hörten sie die Explosionen, sie sorgten sich stärker als oben, wie sie im Falle eines direkten Treffers aus dem Gebäude herauskommen sollten. Die beiden Cousinen hassten den Keller und versteckten sich, wann immer es möglich war, unter ihren Pritschen.

Der einzige Vorteil des Kellers waren seine bogenartigen Öffnungen, die ihn mit den angrenzenden Gebäuden verbanden und die bei Flut unterhalb des Wasserspiegels lagen. Bei Ebbe eröffnete dies ungeahnte Möglichkeiten, die wir aber erst nach einigen Wochen entdeckten. In der Zwischenzeit kehrte Routine ein. Der Hunger war allgegenwärtig, aber mit Hilfe der Franzosen und Italiener ließ er sich ein wenig mildern. Der Schlafmangel machte alle reizbar, und der noch vorhandene Rest an Höflichkeit und Rücksichtnahme blieb auf der Strecke.

Der Neid derjenigen ohne ausländischen Freund trug erheblich zu den Spannungen bei, der Umgangston wurde vulgär. Das führte zur Rudelbildung von Gruppen zwischen zwei und sechs Frauen, genannt »Kommunen«, die sich um die Interessen ihrer Mitglieder kümmerten. Gewalttätige Auseinandersetzungen zwischen diesen Einheiten waren an der Tagesordnung. Merkwürdigerweise wurden nur sehr wenige Leute krank, selbst gewöhnliche Erkältungen waren selten. Die wenigen Krankmeldungen waren meist Folgen kleinerer Arbeitsunfälle.

Einen Monat nach ihrer Ankunft fuhr Petrovich die dem Kanal gegenüberliegende Straße hinunter und bemerkte das seltsame Treiben an der Wasserseite *seines* Lagerhauses. A-4116 lehnte sich gerade unbekümmert aus dem Fenster, als ihre interessante Konversation mit Bruno durch einen kräftigen Schlag auf ihr Hinterteil unterbrochen wurde. Irritiert drehte sie sich nach dem Spaßvogel um und blickte geradewegs in Petrovichs eiskalte Augen. Er zog sie hinunter, kletterte sogleich auf den Hocker, zog seinen Revolver und begann wild in Richtung der Italiener zu schießen.

Viel Schaden konnte er nicht anrichten, weil alle sich mit Höchstgeschwindigkeit zurückzogen, aber der Vorfall setzte dem großartigen Postverkehr ein Ende. Seltsamerweise zog er keine weiteren Konsequenzen nach sich als die strenge Belehrung, wie junge Damen sich zu verhalten hätten, und die Ermahnung, so etwas nie wieder zu tun. Der Mann hatte seinen Humor offensichtlich noch nicht ganz verloren.

Keine Frage, wir mussten einen anderen Kommunikationsweg finden. Vera*, der *Kapo*, die nicht mit uns einfachem Volk zusammen zur Arbeit musste, hatte einen italienischen Freund, der für die Instandhaltung des gesamten Gebäudekomplexes zuständig war und dem sie begegnet war, als er bei uns ein paar verstopfte Abflüsse freilegen sollte. Diesem Italiener war es gelungen, den älteren deutschen Soldaten zu bestechen, der tagsüber oft Dienst hatte. Auf die Art konnte er Vera oft besuchen, während wir anderen draußen bei der Arbeit waren. Jetzt half er Bruno, Flavio und den anderen Jungs in seiner Funktion als Briefbote.

Einige Zeit später wurde der alte *Kraut* zur Nachtwache eingeteilt, zu einem Zeitpunkt, zu dem Ebbe herrschte, und weit vor dem üblichen Fliegeralarm. Die günstige Gelegenheit nutzten die Männer und arrangierten ein Treffen mit ihren Freundinnen im Keller; das Ganze wurde minutiös vorbereitet und hatte sie viel gekostet. Nur drei von uns hatten den Mut, sich auf das gefährliche Unterfangen einzulassen, A-4116 war nach anfänglichem Zögern die Vierte im Bunde. Die Wahl fiel auf eine der Nächte, in denen Petrovich in der Stadt sein würde. Nachdem alle anderen Häftlinge schliefen, führte der Deutsche das Quartett geräuschlos hinunter in den Keller. Dort mussten sie versprechen, nach einer Stunde zurück zu sein, weil dann die Flut einsetzte. Im Licht einer funzeligen Taschenlampe wateten sie durch das knietiefe Wasser zum benachbarten Keller, wo die italienischen Männer schon ungeduldig warteten.

Als sie sich auf etwas höher gelegenem Terrain zu zweit niedergelassen hatten, vergaß Bruno vorübergehend seine brüderlichen Gefühle und wurde ziemlich leidenschaftlich. Seine Partnerin setzte sich nicht wirklich ernsthaft zur Wehr, aber als der Moment der Hingabe erreicht war, gefror sie zum Eisblock. Jedes Gefühl war weg; plötzlich war sie sich nur noch der Nässe, der Ratten und der krassen Abscheulichkeit der Situation bewusst.

Mit großem Feingefühl ließ Bruno von ihr ab, hielt sie in den Armen und sagte, er verstehe und liebe sie. Als es Zeit war zu gehen, küsste er ihre Hände und dankte ihr, dass sie zu dem Treffen gekommen war. Es gab keine verletzten Gefühle, keine Vorwürfe über die verpasste Gelegenheit, und ihre Freundschaft war ab jetzt stärker als zuvor. Trotzdem bedauerte sie später oft, nicht großzügiger gewesen zu sein. Es muss noch andere solcher Treffen gegeben haben, aber weder Bruno noch sie machten einen weiteren Versuch.

Nachdem sie entdeckt hatten, dass es ähnliche Öffnungen zum Kanal hin gab, heckten Bruno und Flavio einen Plan aus, A-4116 und Sylva sollten zur gegenüberliegenden Uferseite schwimmen, dann zum Hamburger Hafen laufen und dort einen Fischer aus dem neutralen Schweden überzeugen, sie aus dem Land herauszuschmuggeln.

Der Plan klang machbar, wies aber einige Nachteile auf. Vor allem hatten sie keinerlei Kontakt zu einem Schweden. Man hätte ihn spontan finden müssen, vorausgesetzt, sie würden es quer durch Hamburg schaffen, ohne Aufmerksamkeit zu erregen. Zweitens würde sie sich von Kitty trennen müssen, und in Anbetracht der Tatsache, dass der Krieg sich vermutlich in den letzten Zügen befand, schien es ein unverhältnismäßig großes Risiko, in der Nordsee wegen eines Sturms oder einer Seemine zu ertrinken. Nach langen Diskussionen wurde der Plan von allen *ad acta* gelegt.

Durch Kittys Freund Pierre lernten die Cousinen einen anderen Franzosen kennen, Marcel. Er brachte ihnen zwar keine Lebensmittel, versorgte sie aber durch das Loch in der Latrinenwand der Erdölraffinerie mit kompletten Nachrichtenbulletins. Er schien seine Nächte größtenteils mit dem Ohr an seinem selbst gebauten Radio zu verbringen, auf dem er *BBC* hörte. Als überzeugter Kommunist argumentierte er, dass es durch die Landung der Amerikaner in der Normandie und die Wende an der russischen Front nur noch eine Frage der Zeit sei, bis Deutschland zwischen diesen beiden Mühlsteinen zermalmt würde. Das Wichtigste sei, sich so zu verhalten, dass es einen nicht zusammen mit den Deutschen erwischte.

Das mochte alles stimmen, änderte aber nichts am alltäglichen Überlebenskampf. Der Winter hatte früh begonnen, und die Häftlinge froren in ihren dünnen Overalls; ihr Schuhwerk war in einem so schlechten Zustand, dass es zur Vollzeitbeschäftigung wurde, die Schuhe gegen die Nässe mit Lumpen und Papier auszustopfen. Bei den älteren Frauen zeigten sich erste Folgen der zu schweren Arbeit, Unterernährung und des Schlafmangels. Die Krankheitsmeldungen vervielfachten sich, aber die meisten hielten ihre Erkrankung geheim aus Angst, weggeschickt zu werden.

Nur sehr wenige von den älteren Frauen hatten Hilfe von den Kriegsgefangenen, die sich eher zu den jüngeren hingezogen fühlten. In ihrer Verzweiflung fingen sie an, die Müllhaufen zu durchwühlen und Zigarettenstummel einzusammeln, um sie mit irgendwelchem Papier neu zu rollen und gegen ein Stück Brot einzutauschen – wenn sie sie nicht gleich selbst rauchten. Keine von ihnen war über fünfzig, aber ihre Kraftreserven schwanden viel schneller als bei den Jüngeren, die ihre Notlage mit der Gleichgültigkeit der Jugend mehr oder weniger ignorierten, außer es handelte sich um ihre eigene Mutter.

Gegen Ende Oktober 1944 verdichteten sich die Gerüchte, dass sie verlegt werden sollten, weil für die Gebäude eine andere

Nutzung vorgesehen sei. Petrovich wurde an die Front berufen. Die Tage für gute Jobs im Hinterland waren auch für die SS vorüber. Die Italiener erhielten ihren zivilen Status zurück und wurden in das große Zwangsarbeiterkontingent vor Ort integriert.

Der Abschied war traurig. Die Männer versorgten ihre tschechischen Freundinnen mit allem, was sie entbehren konnten, und versprachen, in Kontakt zu bleiben, sollten sie herausfinden können, was aus den Frauen geworden war. Der Effekt war am Ende tragikomisch: Als die Frauen für den Abmarsch Aufstellung genommen hatten, damit Petrovich ein letztes Mal »seine Truppen« begutachten konnte, hatte jede ein Bündel dabei, obwohl sie vier Monate zuvor doch mit praktisch nichts in den Händen angekommen waren. Petrovich betrachtete das Phänomen und hielt kurz vor A-4116 an. Während er ein paar Zigaretten aus ihrer Brusttasche zog, fragt er:

»So, so, schau an, wo kommen die denn her?«

»Hab ich gefunden, Hauptscharführer.«

»Tatsächlich? Wo denn?«

»Jeden Tag am selben Ort, Hauptscharführer.«

Daraufhin schüttelte er den Kopf, steckte sie wieder zurück und ging weiter.

Mit Lastern wurden die Frauen nach Neugraben gebracht, einem Stadtteil von Hamburg, gut zwanzig Kilometer entfernt. Zehn Tage später erzählte der alte *Kraut* ihnen, dass das Lagerhaus am Kanal einen Volltreffer abbekommen habe und dem Erdboden gleichgemacht worden sei. Die Italiener waren zu dem Zeitpunkt bereits weg.[17]

17 Hier ist der Bombenangriff vom 25. Oktober 1944 gemeint, bei dem das Lagerhaus schwer beschädigt wurde und etwa 150 KZ-Häftlinge getötet wurden. Die etwa 1.500 überlebenden Häftlinge wurden in das KZ-Außenlager Hamburg-Fuhlsbüttel verlegt. Nach Instandsetzungsarbeiten wurden am 15. Februar 1945 800 KZ-Häftlinge aus Fuhlsbüttel zurück in das Lagerhaus G gebracht.

22

Im Vergleich mit den vorangegangenen Haftorten war Neugraben geradezu hübsch: ein kleines Lager mit nur vier Baracken inmitten einer bewaldeten Gegend. Aber natürlich wieder keine sichtbaren Nachbarn, außer der Häusergruppe, wo der neue Kommandant wohnte.

Er war alt und sah aus wie Captain Hook, war aber ein pensionierter Bahnhofsvorsteher, den man kurzerhand in eine SS-Uniform gesteckt hatte. Er bellte eher, als dass er biss, und liebte es, während des Appells Moralpredigten zu halten, vor allem bei Regen. Die meisten der alten Wachleute aus der Wehrmacht waren mit den Frauen zusammen weitergezogen. Die Arbeit bestand immer noch daraus, Trümmer zu räumen sowie Sand und Ziegel auf- und abzuladen, aber jetzt wurden sie jeden Tag an einem anderen Ort eingesetzt, zu dem sie ein bis zwei Stunden lang hinmarschieren mussten.

Sie arbeiteten in den Außenbezirken von Hamburg, manchmal in bürgerlichen Wohnvierteln, und der Weg hin und zurück ermöglichte es ihnen, in den halb zerstörten Häusern alles Mögliche zu »organisieren« – ein Euphemismus für »stehlen«. In den Häusern fand sich viel nutzloses Zeug und nur selten etwas zu essen. Aber es war möglich, auf den abgeernteten Feldern, an denen sie vorbeikamen, nach übersehenen Kartoffeln oder Steckrüben zu graben. Die Wachen waren müde und achteten kaum darauf, wenn jemand eine Weile zurückfiel.

Eines Tages kam einer der Arbeitstrupps auf dem Rückweg ins Lager an einer Apfelplantage vorbei. Einige der Früchte hingen noch an den Bäumen, und sofort kletterten mehrere Mädchen hinauf, um die Äpfel zu ihren Kameradinnen hinunterzuwerfen. Als die Gruppe das Lager erreichte, war bereits ein Beschwerdeanruf des Eigentümers bei der Kommandantur eingegangen. Captain Hook regte sich schrecklich auf und befahl verärgert einen sofortigen Appell. Wutentbrannt, wie er war, konnte er zunächst kein Wort rausbringen, er rannte nur die Reihen auf und ab, aber dann:

»Wer hat SO WAS schon mal erlebt? JUDENDIRNEN in den Bäumen. Seid ihr verrückt geworden? Ich werd's euch zeigen. Ihr werdet wie ... wie ... wie ... von den Bäumen BAUMELN, und dann erschieß ich euch höchstpersönlich! Und DANN guckt ihr, und dann wundert ihr euch!«

Die hinteren Reihen konnten kaum noch an sich halten vor Lachen, während die vorderen Reihen ein ernstes Gesicht aufsetzen mussten und die anwesenden Wachleute alle unkontrollierbare Hustenanfälle bekamen.

Aus deutscher Sicht hatte sich die Lage vor Ort also ziemlich verschlechtert, und ein Übereifriger reichte einen Bericht bei der höheren Dienststelle ein. Schon ein paar Tage später erzählte *Kraut*, dass ein Dutzend der Wachen gegen SS-Frauen und Captain Hook gegen einen neuen SS-Mann ausgetauscht werden würden. Die Party war vorbei.

Der neue Kommandant kam ein paar Tage später in Begleitung von zwölf SS-Frauen. Er machte sofort klar, dass er den Zustand des Lagers für eine Riesensauerei hielt und seine neue Ordnung auf der Stelle gelten würde. Sein Name war Spieß*, von Beruf war er eigentlich Zimmermann. Sein Gesicht glich einer zerquetschten Rübe, der Mund voll übel riechender Stumpen, wodurch jede seiner Äußerung mit einem Sprühregen aus Spucke verbunden war. Er absolvierte seinen ersten Appell mit seinem Dienstrevolver und einem meterlangen Gummischlauch in der Hand. Während er sich vorstellte, schwenkte er ihn herum und drohte, er würde nicht zögern, ihn einzusetzen.

Er hatte eine Vorliebe dafür, alles selbst zu machen, oder vielmehr die Häftlinge höchstpersönlich dazu zu bringen. Und er neigte zu heftigen Wutausbrüchen, bis ihm Schaum vor dem

Mund stand wie einem tollwütigen Hund. Das Lager verfügte über ein kompliziertes Buchhaltungssystem, aufgrund dessen es für die von den Häftlingen geleistete Arbeit bezahlt wurde und im Gegenzug selbst für Lebensmittel und andere Güter aufkommen musste. Spieß wollte diesen offensichtlich schlecht geführten Laden um jeden Preis auf Vordermann bringen, und so bestand seine erste Maßnahme darin, die Zahl der Häftlinge, die tagsüber für die Unterhaltung des Lagers dort blieben, zu reduzieren und die morgendlichen Krankmeldungen einer kleinlichen Überprüfung zu unterziehen, um Simulanten auszusortieren.

Er behielt Greta* als Lagerälteste; sie war eine ehemalige Nachtklubtänzerin aus Berlin, die wegen ihrer Ehe mit einem tschechischen Juden inhaftiert worden war. Sie hatte es geschafft, sich mit ihrer Berliner Schnauze bei Captain Hook einzuschmeicheln. Obwohl sie auf die vierzig zuging, war sie genau der Typ, der mit diesen Herrenmenschen klarkam, sie konnte nach Gutdünken *Kapos* oder deren Stellvertreterinnen einsetzen.

In einem Fall allerdings tat sie recht daran. Ihre Freundin Mimi* war zu diesem Zeitpunkt im fünften Monat schwanger, sie hatte das Kind noch vor ihrer Abreise aus Auschwitz empfangen. Mimi wusste bis zum fünften Monat nicht mal, dass sie schwanger war, weil die weiblichen Häftlinge alle schon lange keine Menstruation mehr hatten, viele von ihnen sogar seit dem Moment, in dem sie in Prag den Industriepalast betreten hatten. An sich war das kein Nachteil, im Gegenteil. Aber es bedeutete nicht, dass man nicht schwanger werden konnte, wie manch eine zu spät erkannte. Greta schlug Spieß Mimi als dessen Sekretärin vor, damit sie während der kalten Wintermonate drinnen bleiben konnte.

Ohne die näheren Umstände zu kennen, stimmte er zu. Und gewöhnte sich schnell an Mimi. Sie war eine exzellente Schreibkraft, so gut, dass Spieß, als er ihren Zustand letztendlich realisierte, ihr erlaubte, das Kind im Lager zu bekommen, unter der Voraussetzung, dass es sofort nach der Geburt verschwinden müsse. Das war ein unerwartetes Verhalten für einen Mann, der in der Lage war, Häftlinge aufgrund kleinster Vergehen bis zur Bewusstlosigkeit zu prügeln. Und umso mehr angesichts der sehr strikten und klaren Richtlinien, die für kranke oder schwangere

Gefangene galten: Sie mussten sofort nach Bergen-Belsen überstellt werden. Ein SS-Sanitäter besuchte das Lager alle zwei Wochen genau aus diesem Grund, auch wenn er offiziell kam, um die Bestände im Krankenrevier zu überprüfen.

Nicht nur überließ Spieß Mimi ab und zu einen Apfel, er schloss sie auch jedes Mal in einen Schrank ein, wenn der Sanitäter zur Inspektion kam.

Am zweiten Tag seiner Amtsübernahme entdeckte er in den Papieren, die in seinem Büro verstaubten, dass sich unter den Lagerinsassinnen eine Elektrikerin befand. Ein Ruf ertönte von Block zu Block: »A-4116 *in die Kommandantur! Im Eiltempo!*«

In Erwartung des Schlimmsten lief sie in das Büro von Spieß.

»*Sie sind Elektrikerin*«, sagte er, ohne aufzublicken.

»*Ja, Sturmbannführer.*«[18]

»*Ich ziehe mit diesem Büro um, ans andere Ende der Baracke, wo die Fenster zum Lager hinausgehen. Ich will dieses Telefon dahin haben, jetzt gleich. Das Kabel liegt da in der Ecke. Verstanden?*«

»*Jawohl.*«

Er schlenderte hinaus und ließ sie ohne die leiseste Idee zurück, wie so etwas zu bewerkstelligen sei. Vorsichtig löste sie die Schrauben der Telefondose und fertigte eine Zeichnung an, wie die Drähte angeschlossen waren, dafür benutzte sie die Farbstifte von seinem Schreibtisch. Dann entfernte sie die Dose ganz, schloss das neue Kabel an, isolierte es und legte es den langen Flur hinunter aus. Sie befestigte es an der Flurwand und schickte ein Stoßgebet zum Schutzpatron der Elektriker, dass das verdammte Ding funktionieren möge. Am anderen Ende der Baracke angekommen, befestigte sie die Dose wieder an der Wand, verband das Telefon damit und nahm den Hörer ab – schweißgebadet. Sie hörte ein Freizeichen, gerade in dem Moment, als Spieß zurückkam, um zu gucken, wie weit sie war.

Und von diesem Moment an hatte Spieß die fixe Idee, sie könne so ziemlich alles. Am nächsten Tag beschloss er, sie als

18 Tatsächlich hatte der Lagerkommandant nur den Dienstrang eines SS-Hauptscharführers inne.

Hilfe im Haus weiter zu beschäftigen, quasi als Hausmeisterin – sehr zum Ärger von Greta, die dafür einen ihrer Schützlinge gehen lassen musste.

Als Nächstes befand Spieß, dass das Essen für die Kommandantur, das von einer Zentralküche geliefert wurde, nicht gut genug schmecke. Bei so vielen vor Ort anwesenden Frauen ließe sich das sicher entscheidend verbessern, zumal er dann seine eigene Lebensmittelversorgung auf Kosten der restlichen Lagerzuteilung aufstocken könnte. Die Personalbaracken hatten keine eigene Küche – es würde also eine installiert werden müssen. Er und A-4116 würden eine nahe gelegene baufällige Garage zu genau diesem Zweck umfunktionieren!

Es gab keinen Strom und somit kein Licht, keinen Ofen und keinen Abzug, aber Letzteres war ein unwesentliches Detail, mit dem er jetzt nicht belästigt werden wollte. Zuerst musste der Strom von einem Starkstrommast zwischen den beiden Gebäuden abgezweigt werden. Er fertigte komplizierte Skizzen mit Sicherungskästen hier und da an und schaffte ein paar notwendige Werkzeuge herbei. Auf A-4116 machte das ganze Projekt den Eindruck eines hochgefährlichen Unterfangens, vor allem, weil *sie* die meiste Arbeit erledigen sollte, wenn auch mit Spieß' »fachmännischem« Rat. Was wäre, wenn sie alles aus Versehen in Brand setzte? Aber sie sah keinen Ausweg aus der Situation und bat am Ende um ein paar dicke Lederhandschuhe, um sich nicht selbst durch einen Stromschlag ins Jenseits zu befördern.

Am ersten trockenen Morgen kam Spieß mit einer langen Leiter an; nachdem er seine Handschuhe ausgezogen und sie ihr überreicht hatte, schickte er sie den Mast hinauf. Sie nahm all ihre Geistes- und anderen Kräfte zusammen und arbeitete den ganzen Tag lang an der Leitung, baute auf der Strecke zwei Sicherungskästen ein, und am Abend, siehe da!, brannte tatsächlich das Licht, obwohl das Kabel gefährlich im Wind hin und her schwang.

Am nächsten Tag requirierte Spieß einen Ofen, Töpfe und Pfannen und kommandierte die Küchenmannschaft des Lagers ab, um für ihn und seine Untergebenen zu kochen – unter der Aufsicht einer stämmigen SS-Frau namens Erika*. Aus seiner

Sicht hielt die Küchenmannschaft sowieso den ganzen Tag lang Maulaffen feil, weil sie nur Kaffee und ein Süppchen für etwa fünfhundert Menschen kochen musste.

Danach stellte sich bei Spieß ein gewisser widerwilliger Respekt vor A-4116 ein. Das ging einmal so weit, dass er sie – hinter seinem Schreibtisch fläzend, die Füße auf der Platte – anknurrte, als sie vor ihm Habacht stand, um die Tagesbefehle entgegenzunehmen:

»Rühren. Bist du sicher, dass du 'ne Jüdin bist?«

»Ich wäre nicht hier, wenn es anders wäre.«

»Ich hab noch nie von 'nem gottverdammten dreckigen Juden gehört, der was mit seinen Händen anzufangen weiß, aber du kannst was. Wieso? Diese Parasiten sind nur auf der Welt, um ehrlich arbeitende Männer um ihre Arbeitskraft zu bringen, in Cafés herumzusitzen und eine bolschewistische Revolution anzuzetteln. Diese reichen jüdischen Bankiers haben sogar Amerika in den Krieg mit uns hineingezogen. Steht alles im ›Stürmer‹, jeden Tag. Also, sag was! Ich schlag dich schon nicht.«

»Sturmbannführer, ich glaube, Sie sollten nicht alles glauben, was Sie lesen. Wissen Sie nicht, dass es Millionen arbeitender Juden gibt, einige von ihnen sehr arm? Was ist mit all den Schneidern, Schumachern, Postboten, Mechanikern? Und wie können sie eine bolschewistische Revolution anzetteln und gleichzeitig Kapitalisten sein? Vielleicht sind die Dinge nicht nur schwarz oder weiß?«

»Quatsch. Reparier das Fenster hier, ran an die Arbeit. Wir haben nicht den ganzen Tag Zeit.«

Noch immer kopfschüttelnd verließ er das Zimmer, auf der Tischkante hatte er sorgfältig eine Zigarette platziert. A-4116 zuckte mit den Schultern, versuchte zu verstehen, was Spieß damit beabsichtigte, und machte sich dann an sein Fenster.

Es gab genug zu tun, vor allem in der Kommandantur. Die Stromkreise waren durch die kleinen Elektrogeräte der SS-Frauen ständig überlastet, und sie verbrachte Stunden auf dem niedrigen Dachboden der Baracke, wo die Kabel lose auf den Bodenbrettern lagen. Auf dem Bauch liegend, behob sie diverse Wackelkontakte und Kurzschlüsse. Aber sie verbrachte auch viel Zeit mit

Tagträumen oder damit, dem Radio von unten zuzuhören, es war warm und trocken und sie einigermaßen zufrieden mit ihrem Los. Den deutschen Nachrichten zufolge war das »Reich« an allen Fronten »siegreich« auf dem Rückzug.

Im November 1944 traf endlich eine Ladung Mäntel aus Bergen-Belsen ein, keinen Tag zu früh. Die Kleidungsstücke waren alt und trugen auf dem Rücken große gelbe Kreuze, die mit Ölfarbe[19] aufgemalt waren. Die Schuhsituation war weiterhin ein Desaster. Die Mädchen gingen in mit Schnüren zusammengebundenen Lumpen an den Füßen zur Arbeit, und nicht mal Spieß mit seiner befremdlichen Vorliebe, vor seinen Gefangenen als der große Übervater aufzutreten, war in der Lage, auch nur ein paar Holzschuhe zu organisieren.

19 Ab etwa 1943 mussten die Häftlinge immer häufiger Zivilkleidung tragen, die teils aus Vernichtungslagern stammte. Diese Kleidungsstücke waren mit eingesetzten gestreiften Stoffstücken oder mit Kreuzen aus gelber Ölfarbe auffällig markiert, um Fluchtversuche zu erschweren.

23

Inzwischen hatte Kitty andere und größere Probleme. Irgendwo zwischen all dem Schutt und Dreck hatte sie sich eine stark juckende Hautinfektion eingefangen. Sie kratzte sich unaufhörlich, und die Infektion war inzwischen zu einer Eiterflechte geworden. Am Ende hatte sie, auch wegen des Vitaminmangels und der generellen Unterernährung, eine ausgewachsene Furunkulose: Sie war von Kopf bis Fuß mit Abszessen übersät. Einige waren so groß, dass sie vom Lagerarzt aufgestochen werden mussten. Als junger Kinderarzt, der er vor dem Krieg gewesen war, hatte er wenig chirurgische Erfahrung, hinzu kam der Mangel an Verbandszeug und Desinfektionsmittel.

Als bei Kitty Geschwüre in den Drüsen der Achselhöhlen auftauchten, entwickelte sie dazu ein bleibend hohes Fieber. Der Arzt ließ sie zu der Zeit ein paar Tage lang drinnen, musste aber vorsichtig agieren. Spieß hatte die unheimliche Fähigkeit, sich die Gesichter beim Krankenappell zu merken, und meldete jeden, der sich nicht schnell wieder erholte, dem Inspektionsarzt.

Kitty war Stubenälteste ihres Schlafsaals; aber jetzt fingen die anderen Mächen an zu murren, wenn sie das Brot aufschnitt oder anfasste. Das wiederum ließ sie sich wie eine Aussätzige fühlen und stürzte sie in eine tiefe Depression. Es bedurfte einiger guter Einfälle, um sie aus dieser Stimmung herauszuholen. A-4116 machte sich daran, die ständigen Abszesse zu reinigen und zu verbinden. Um zu zeigen, dass sie Kitty nicht abstoßend fand, schlief sie neben ihr unter einer Decke.

Greta hatte Mitleid mit Kitty und brachte Spieß dazu, sie zum

Leeren der Latrinen im Gebäude zu behalten. A-4116 versuchte verzweifelt, Kittys christlichem Verlobten in Prag einen Brief zukommen zu lassen. Sie durfte die knapp dreihundert Meter zwischen Lager und Kommandantur inzwischen offiziell ohne Bewachung gehen und stieß dabei oft auf einen Deutschen, der ihr einen »*Guten Tag*« wünschte. Das ermutigte sie, ihn eines Tages anzuhalten und zu bitten, einen Brief nach Prag aufzugeben und die Antwort wieder mitzubringen, gegebenenfalls, es käme eine. Sie gab ihm zehn der zweihundert Mark, die Bruno ihr dagelassen hatte und die sie immer um den Hals trug. Er stimmte zu und kam tatsächlich etwa drei Wochen später mit einem kleinen Paket, in dem sich Desinfektionsmittel, Verbandszeug, Salben und ein Brief befanden.

Der Brief tat mehr für Kitty als die (weitgehend wirkungslosen) Medikamente, denn er zeigte ihr, dass sie nicht vergessen war. Sie trug ihn mit sich herum, las immer wieder Passagen daraus, und eine Weile lang schien es ihr besser zu gehen. Ivans Schilderungen seiner niemals endenden Liebe und seiner Sehnsucht nach ihr sowie die Neuigkeit, dass seine Eltern es gar nicht erwarten konnten, sie wieder bei sich zu haben, und sogar ein Zimmer in ihrem Haus für ihre Rückkehr herrichteten, war eine bessere Therapie als alles, was der Lagerarzt anzubieten hatte.

In den relativ ruhigen Nächten, wenn der Strom um sieben oder acht Uhr abends abgeschaltet wurde, nahm der ganze Schlafsaal Anteil an dieser herzerwärmenden und tröstenden Nachricht von zu Hause. Die Luftangriffe gingen weiter, aber die Bomben schlugen weiter entfernt ein, sodass nur der Feuerschein zu sehen war. In der Kälte und Dunkelheit konnten sie nichts weiter tun, als sich in ihre dünnen Decken zu wickeln und zu reden. Sie sprachen über die Zukunft, die wie in dichtem Nebel verborgen schien, sie spekulierten, wie viele von ihnen wohl das Kriegsende erleben würden. Nicht jede war zuversichtlich, dass die Dinge sich von selbst regeln würden, wenn die Nazis besiegt wären.

Sie machten sich schon jetzt große Sorgen darüber, wie sie mit den Anforderungen eines normalen Alltags zurechtkommen würden: einer produktiven Arbeit nachzugehen, Miete und die Gasrechnung zu zahlen, ganz zu schweigen davon, zu Partnern zurückzukehren, die vermutlich nicht mehr die Männer waren, die sie einst gekannt hatten. Viele der Häftlinge hatten inzwischen die Mentalität von Sklaven, überlebten durch Tricks und Schläue und nur von Tag zu Tag. Eine geordnete oder nicht durch feste Regeln bestimmte Existenz schien zu diesem Zeitpunkt reine Utopie.

In ihrer Vorstellung unternahmen die Mädchen lange Spaziergänge durch Prag; sie erdachten ein Spiel, bei dem diejenige Punkte erhielt, die sich besonders gut an Straßennamen, Geschäfte oder andere Details erinnern konnte. Ihre Lieblingsphantasie – und zugleich die luxuriöseste – war, in einer Badewanne voll heißem Wasser zu sitzen.

Eine tiefe Sehnsucht nach Mutti überkam A-4116, und so begann sie, ihr Briefe zu schreiben, in ein Notizbuch, das sie von Spieß' Schreibtisch genommen hatte. Wenn sie auf dem Dachboden der Kommandantur war, angeblich bei der Arbeit, schrieb sie alles auf, was seit der Trennung von Mutti passiert war. Sie verwahrte das Buch in ihrer Koje, in der Hoffnung auf ... ja, was? Sie wusste es nicht.

Zu den Pflichten der Häftlinge im Innendienst gehörte auch das Abladen der Warenlieferungen für das Lager und wöchentliche Fahrten nach draußen, um Brot und andere Vorräte zu besorgen. Das war wie Urlaub für die vier dafür eingeteilten Mädchen. Die Wache saß vorne in der warmen Kabine beim Fahrer; der Arbeitstrupp stand hoch oben auf der offenen Ladefläche und erfreute sich an der allgemeinen Zerstörung ringsherum.

Als sie bei der Bäckerei angekommen waren, verschwand die Wache sofort im Büro, um sich einen Kaffee und ein paar Gebäckteilchen zu gönnen. Das Beladen war den Frauen unter Aufsicht der Bäckereiinhaberin überlassen. Als inzwischen geübte Diebinnen merkten sie schnell, dass die Frau die Brotlaibe nicht zählte, die auf den Lkw geladen wurden, sondern nur die Holzbretter, auf denen sie hinausgetragen wurden. Sobald ein Brett mit jeweils zwanzig Laiben eingeladen war, wurde es gegen die Wand gestapelt.

Es war ein Kinderspiel, wenn die Frau kurz abgelenkt war, nicht nur die Brote, sondern auch eines der Bretter in den Wagen zu laden. Auf dem Weg durch die Bäckerei entdeckte A-4116 ein paar Hefewürfel auf einem Regal. Vitamin B für Kitty, fiel ihr ein, und einer der Würfel verschwand unter ihrem Mantel. Als der Lkw sich auf den Rückweg machte, hatten die Frauen nur zwei Probleme: Wie das lange Holzbrett an der belebten Straße loswerden? Und wie sollten vier Frauen fünf Brotlaibe ins Lager schmuggeln, ohne die Aufmerksamkeit der Wachen auf ihren plötzlich vergrößerten Leibesumfang zu ziehen?

Das erste Problem wurde gelöst, indem das übrige Brett auf einer Brücke in den Kanal geworfen wurde; das zweite, indem sie einfach einen Laib aufaßen. A-4116 stopfte sich das lukenwarme Brot mit einer derartigen Geschwindigkeit in den Mund, dass es in der Speiseröhre stecken blieb und sich weder vor noch zurück bewegte. Ihr Gesicht lief puterrot an, was zur Belustigung ihrer Kameradinnen beitrug, die hektisch an ihr herumkneteten, bis der Klumpen endlich nach unten wanderte. Die Beute wurde dann ohne weitere Probleme hineingeschmuggelt, obwohl Eva* meinte, die Wache am Tor habe sie äußerst misstrauisch betrachtet.

Ein paar Tage lang konnten die vier und ihre dazugehörigen Kommunen ohne das ewig nagende Hungergefühl schlafen gehen. Und die Hefe vollbrachte Wunder bei Kitty. Die Bäckersfrau brauchte ganze vier Wochen, um festzustellen, dass sie immer an den Tagen zu wenig Brot hatte, an denen das Lager Neugraben vor Ort gewesen war, aber sogar dann mangelte es ihr an Beweisen. Trotzdem informierte sie Spieß, dass ihr jetzt ein eigener Lkw für die Auslieferung zur Verfügung stand.

Das waren wirklich schlechte Nachrichten, vor allem, weil jeglicher Kontakt mit der Außenwelt sowieso nur noch per Zufall stattfand. Kein einziger Kriegsgefangener arbeitete in ihrer Gegend, und die zivilen Arbeiter waren geizig und verängstigt. So blieb ihnen nur noch, die Ruinen zu durchforsten, worin einige der Mädchen inzwischen wirkliche Meisterinnen waren. Die Verbindung zu den Italienern war vollends abgebrochen, aber ein paar der Mädchen kannten einige Arbeiter von den

Freien Franzosen[20], die ab und zu sonntags zum Lager kamen, um sie zu besuchen. Dita wurde einmal mit ihrem Verehrer beim Händchenhalten – durch den Stacheldrahtzaun hindurch – erwischt, Spieß verprügelte sie danach heftig mit seinem Gummischlauch. Beim Appell führte er den Vorfall als moralisches Exempel an: Es sei unziemlich für eine junge Frau, sich heimlich mit französischen Männern zu treffen. Offenbar verwechselte er das Konzentrationslager mit einem Nonnenkloster.

20 Die Autorin bezieht sich hier vermutlich auf französische Zivilarbeiter, möglicherweise ehemalige Mitglieder der »*Forces francaises libres*« (»Streitkräfte für ein freies Frankreich«).

24

Das Lager brachte noch eine andere besondere Beziehung hervor, wie sie im Lager A I in Auschwitz nicht selten und dort auch offensichtlich gewesen war, wenn auch nicht unter den tschechischen Frauen. Eine junge SS-Frau, die Bubi genannt wurde, die nicht nur harmlos, sondern gelegentlich sogar recht nett war, freundete sich eng mit Sylva an. So eng, dass sie sogar nachts zu Besuch kam und erst im Morgengrauen wieder ging. Sylvas Stubengenossinnen schwiegen, und die Sache wurde nicht weiter diskutiert, abgesehen von ein paar hochgezogenen Augenbrauen bei den Sittenwächterinnen. Tatsache war, dass weder Sylva noch ihre Mutter von nun an weiter Hunger litten, und wer wollte darüber richten?

Während der nächtlichen Gespräche unter den Frauen kamen Erinnerungen hoch an das Befreite Theater[21] in Prag und die dort improvisierten Aufführungen bissiger Revue-Satiren und Lieder ihrer Stars Voskovec und Werich, V & W, sie waren Idole einer ganzen Generation junger Leute. Warum also keine eigene Show zu Weihnachten auf die Beine stellen? Einige der Insassinnen waren professionelle Sängerinnen, Schauspielerinnen oder Autorinnen gewesen, und es gab genügend enthusiastische Amateurinnen, die nur allzu bereit und fähig waren, sich an dem Spaß zu beteiligen.

21 Das »Befreite Theater in Prag«, *Osvobozené divadlo*, war eine avantgardistische Theaterbühne, die 1926 gegründet wurde. Jiří Voskovec und Jan Werich waren dort Schauspieler.

Greta wurde überzeugt und beauftragt, bei Spieß die Genehmigung einzuholen, weil das Kasino für das Vorhaben genutzt werden sollte. Überrascht, wie er war, willigte er ein, unter der Bedingung, dass die Aufführung auf Deutsch erfolgen müsse und er und seine Leute sie als Erste zu sehen bekämen. A-4116 war für die Technik zuständig; für das Schreiben und Inszenieren verschiedener Sketche wurde ein Komitee gegründet. Eine bewegliche Bühne mit Beleuchtung wurde aus Tischen gebaut, Kostüme aus fünfhundert Taschentüchern genäht, die gerade als Ersatz für die nicht erfolgte Schuhlieferung eingetroffen waren. Die SS-Frauen stellten gnädigerweise Schminke zur Verfügung.

Annie*, die Journalistin beim *Prager Tagblatt* gewesen war, verfasste exklusiv für den Anlass eine Parodie über eine gefangen gehaltene Prinzessin (Kitty), ihre Amme (A-4116) und den weißen Ritter (Zdena*), der ihr zu Hilfe eilt und das Monster tötet (gespielt von einer an Fäden hängenden Marionette).

Als weitere Nummer führten sie eine Szene aus Schuberts »Dreimäderlhaus« auf, in erster Linie, um die deutsche Vorliebe für Kitsch zu bedienen, mit den drei Lagerschönheiten – Sylva, Eva und Gerti – in der Titelrolle, gekleidet in Krinolinen aus Taschentüchern. Greta gab eine ihrer Nachtclub-Nummern zum Besten, wie vor mehr als zwanzig Jahren, bevor sie zur respektablen Frau Kohn wurde. Und A-4116 improvisierte den Monolog »Die menschliche Stimme« von Jean Cocteau, den Vava in Terezín aufgeführt hatte. Armer Cocteau.

Aber das Highlight der Inszenierung war Zdena und ihre Darbietung eines extra für die Deutschen zusammengestellten Operettenpotpourris und eines Liederreigens aus einer der Revuen von V&W sowie anderer avantgardistischer, antifaschistischer Komponisten. Die ganze Produktion war eine absolute Herzensangelegenheit mit wenig Probenzeit bei Tageslicht und der zusätzlichen Problematik, die ganze Show zweisprachig präsentieren zu müssen. (Sie hatten keineswegs die Absicht, die tschechische Version genauso brav zu gestalten wie die deutsche.)

Die Proben fanden an zwei Sonntagen und spätabends im Licht einer Kerosinlampe statt. Ausnahmsweise arbeiteten einmal alle zusammen, ohne an den eigenen Vorteil zu denken. Die

Näherei schneiderte Kostüme, ohne eine Gegenleistung zu erwarten, und sogar Greta und A-4116 bekamen es hin, zivilisiert miteinander umzugehen.

Am ersten Weihnachtstag 1944 war alles fertig. Die Lichtprobe war erfolgt, der aus vier Decken bestehende Vorhang angebracht, und das Orchester – ein Quartett, das mit Seidenpapier umwickelte Kämme blies – stand bereit. Spieß und sein Gefolge hielten Einzug, sie besetzten die Bänke in den ersten beiden Reihen. Die übrigen Sitzgelegenheiten dahinter wurden vom Fußvolk der Häftlinge eingenommen, in respektvollem Abstand. Die Auftaktmusik erklang – dann ging das Licht aus. Stromausfall.

In einem seiner seltenen Anflüge von Gutmütigkeit schickte Spieß seine Leute los, alle Kerosinlampen aus der Kommandantur zu holen, und die Vorstellung ging weiter. Der Vorhang ging hoch und enthüllte Zdena, allein auf der schummrigen Bühne. Mit dem Holzgewehr über der Schulter sah sie tatsächlich aus wie der Inbegriff des einsamen Soldaten auf Wache. Mit ihrer heiseren, dunklen Stimme sang sie die seltsam passenden Zeilen aus einer deutschen Operette[22]:

»Hast du dort oben vergessen auch mich?
Es sehnt doch mein Herz auch nach Liebe sich.
Du hast im Himmel viel Engel bei dir!
Schick doch einen davon auch zu mir.«

Die Orchestermitglieder behielten die Deutschen im Blick, während sie auf ihren Kämmen bliesen. Als Greta ihr Solo – einen lasziven Tango – vortrug, saß Spieß da, leckte sich fasziniert die Lippen, während der Rest der Mannschaft es kaum glauben konnte. Die Zuschauer konnten sich gar nicht entscheiden, was die größere Unterhaltung war: das Geschehen auf der Bühne oder das davor. Auf jeden Fall war der Abend ein Riesenerfolg, und Spieß befahl Greta und ihre Mitstreiterinnen in die Kommandantur, von wo sie beladen mit Salami, Brot und Essiggurken zurückkamen.

22 »Der Zarewitsch« von Franz Lehár, uraufgeführt 1927, darin das berühmte »Wolgalied« (»Es steht ein Soldat am Wolgastrand …«).

Während der beiden folgenden Abende blieb das Licht an, und die Vorstellung lief noch besser, weil die Schauspieler in ihrer Muttersprache so richtig loslegen konnten. Die Einstellung der Deutschen änderte sich nach der Sache fast unmerklich; zum Beispiel ließ Spieß Mimi gegenüber die Bemerkung fallen, es sei ihm vorher gar nicht bewusst gewesen, dass die Häftlinge tatsächlich Damen seien und dann auch noch hübsche. Ein paar von ihnen könnten glatt für deutsche Frauen durchgehen!

Ein paar Tage lang war das einzige Gesprächsthema die Show, und die Stimmung stieg trotz des miesen Wetters und der vielfältigen täglichen Entbehrungen. Am Silvesternachmittag führte Spieß mal wieder eine seiner Einbahn-Unterhaltungen mit A-4116, im Laufe derer er sie mit der Aussage tröstete, der Krieg sei bald vorbei.

»Es wird nicht mehr lange dauern, bis du hier wegkannst. Du wirst schon sehen, unsere Wissenschaftler haben eine neue Waffe entwickelt. Ist natürlich streng geheim, aber es heißt, dass England dadurch vom Kontinent abgeschnitten wird.«

»Aber, Sturmbannführer, was machen die Engländer dann? Nach Kanada schwimmen?«

»Kanada? Wo is' das denn? Egal, wenn der Krieg vorbei und gewonnen ist, werdet ihr alle umgesiedelt auf diese hübsche Insel, Madagaskar. Das hat der Führer gesagt.«

Mit dieser irrwitzigen Information versorgt, ging A-4116 zurück ins Lager, um mit ihren Kameradinnen zu feiern. Sie fühlte sich betrunken von nichts als Leitungswasser, auch wegen einer anderen, von den *Freien Franzosen* überbrachten Nachricht, die wesentlich vielversprechender klang. Hinzu kam ein unerwartetes Ereignis: Die meisten der Wachleute kamen, um ihnen ein gutes Neues Jahr zu wünschen.

Das Jahr 1945 begann dann mit einem Rückschlag. Der Winter war hart, und mit jedem Morgen wurde die Schlange der sich krank Meldenden länger. Es gab einen ersten Todesfall durch Lungenentzündung. Spieß bestand darauf, den Sarg im Lager zimmern zu lassen, und kam mit einer Bauanleitung für eine schmal zulaufende Truhe an, die A-4116 umsetzen sollte. Ihr Protest, dass es jüdischem Gesetz zuwiderlaufe, in etwas anderem als einer Kiste aus sechs unbehandelten Brettern begraben zu werden, blieb erfolglos, und nachdem er ihr zugesehen hatte, wie sie erfolglos versuchte, die Bretter seinen Vorgaben gemäß zurechtzusägen, schob er sie zur Seite und fertigte den Sarg selbst an.

Brennholz war knapp und der Vorrat auf das begrenzt, was die Arbeitstrupps zwischen den Ruinen der Stadt organisieren konnten. Außerdem spendeten die kleinen Eisenöfen in den Baracken nicht genug Wärme, selbst wenn genug Holz da war. Alle zitterten unaufhörlich vor Kälte und hatten Husten. Viele spuckten Blut. Die Wasserleitungen und die Latrine waren eingefroren; ihr Inhalt erreichte Bodenniveau und quoll über. Nachdem er die stinkende Brühe inspiziert hatte, ließ Spieß Watstiefel und eine drei Meter lange Eisenstange herbeischaffen und wies A-4116 an, in den Jauchepfuhl zu klettern und den verstopften Abfluss freizulegen. Sie bohrte ein paar Löcher in das Eis, und der Fäkalienspiegel sank, aber schon am nächsten Morgen war der Abfluss wieder tiefgefroren.

Alle zwei Tage stieg sie hinab in die Güllegrube, sodass sie selbst schon aus der Entferung übel roch und alle, die sie kommen sahen, einen großen Bogen um sie machten. Ihre Stubengenossinnen beschwerten sich, dass sie mit ihr zusammen in einem Raum schlafen mussten, es half aber nichts, es gab eben keinen anderen. Kitty versuchte, den anderen die Komik der Situation näherzubringen, aber niemandem war mehr zum Lachen zumute. Am Ende lösten ein paar wärmere Tage das Problem.

Eines Morgens gegen Ende des Monats krümmte Mimi sich plötzlich vor Schmerzen und taumelte, von Greta gestützt, quer durch das Lager zur Krankenstation. A-4116 folgte ihnen und blieb draußen vor der Tür stehen, falls Hilfe benötigt würde. Viele Stunden lang war kein Ton zu hören. Die meisten der im Lager Arbeitenden bekamen von dem Drama, das sich hier abspielte, nichts mit. Erst am späten Nachmittag, bevor die anderen ins Lager zurückkehrten, war das leise Wimmern eines Säuglings zu hören.

Nur Augenblicke später hörte es auf, und ungefähr zehn Minuten später kamen Greta und Dr. K. mit einem Schuhkarton heraus, sie gingen zum Tor. Nach einem kurzen Wortwechsel mit dem Wachmann begleitete dieser sie in den angrenzenden Wald; etwas später kamen die drei mit leeren Händen zurück. Ein Mantel aus Schweigen wurde über den Vorfall gebreitet, und drei Tage später war Mimi zurück an ihrer Schreibmaschine in Spieß' Büro. Viel später sagte Dr. K., es sei ein gesunder und lebensfähiger Junge gewesen.

Endlich kam die Mitteilung, dass ein Lastwagen in ein anderes Lager geschickt werden könne, um die wiederholt angeforderten Schuhe in Empfang zu nehmen. Eine vierköpfige Abholtruppe fuhr hin, und während ihre Bewachung für den Papierkram im Büro verschwand, warteten sie auf einer Bank im Flur des Verwaltungsgebäudes unter Aufsicht eines anderen Soldaten. Er stolzierte mit lüsternem Blick umher, bis er sich breitbeinig vor ihnen aufbaute.

»Ihr seid also die Neuen.«

»Welche Neuen? Wofür?«

»Na ja, für das Bordell natürlich.«

»Oh nein, wir sind Jüdinnen und wollen nur Schuhe abholen für unser Lager in Neugraben.«

Wie von der Tarantel gestochen, wandte der Mann sich um, spuckte aus und würdigte sie keines Blickes mehr. Die Frauen luden etwa hundert Paar Holzschuhe für fünfhundert Insassinnen auf und waren der Meinung, dass es manchmal auch sein Gutes hatte, jüdisch zu sein.

25

Der Krieg verschärfte sich weiter, und inzwischen begannen selbst die schlimmsten Patrioten unter den Deutschen am Wahrheitsgehalt der Nachrichten zu zweifeln, die ihnen weismachen wollten, die geplante Neuformation der Streitkräfte würde den Endsieg über die Alliierten bringen. Spieß und seine Gefolgsfrauen waren die meiste Zeit übler Laune, und er bekam einen Tobsuchtsanfall, als er beim Appell eine weitere Schwangere entdeckte.

Die Tatsache, dass Vera, Blockälteste von Block 2, ein Kind von Benedetto* erwartete, war den meisten Insassinnen seit geraumer Zeit bekannt. Alle hofften, dass Gretas diplomatisches Geschick im Umgang mit Spieß auch bei Vera, wie vorher bei Mimi, wirken würde und dass der Krieg vorüber wäre, bevor das Baby zur Welt kam.

Wankelmütig, wie er war, weigerte Spieß sich dieses Mal kategorisch, die Sache auf sich beruhen zu lassen, und hielt sich streng an die Regeln. Er leitete Vorkehrungen ein, um Vera nach Bergen-Belsen zu verlegen. Kein Flehen von Greta, Mimi oder A-4116 half, ihn umzustimmen. Er schimpfte und tobte und beschuldigte sie, ihn und seine väterlichen Gefühle gegenüber den Gefangenen ausnutzen zu wollen.

Eine verzweifelte Suche nach Benedetto setzte ein, um ihn zu informieren und dazu zu bringen, Vera zur Flucht zu verhelfen. Selbst ein paar der Wachleute halfen bei der Suche nach dem Italiener. Am Ende fand man ihn, und er stand eines Samstagabends atemlos am Zaun, nur um festzustellen, dass es zu spät war. Vera war am selben Morgen fortgebracht worden, unter der Aufsicht einer SS-Frau namens Erika, die nicht für ihre Kooperationsbereitschaft bekannt war.

Vera war in ihrem Block überaus beliebt gewesen, und alle Frauen hatten abwechselnd die Aufgabe übernommen, sie während ihrer Schwangerschaft einigermaßen mit Lebensmitteln zu versorgen, in gemeinsamer Verantwortung für das erwartete Baby. Jeder Ersatz für Vera würde es im besten Falle schwer haben. Das Los fiel auf A-4116, die von Spieß, Geizhals mit Haut und Haar, zur Nachfolgerin ernannt wurde, weil sie ohnehin innerhalb des Lagers arbeitete. Auf diese Weise konnte er eine Sklavin mehr zum Arbeitseinsatz rausschicken.

Der Empfang in Block 2 war erwartungsgemäß frostig, als sie ihren Posten antrat. Die ersten Tage verliefen ruhig. Dann tauchten zwei SS-Frauen in Begleitung von Greta für ihre übliche Kontrollrunde auf. In Raum 2 bemerkte Erika, dass die Ecke einer Deckenverkleidung hervorstand; sie befahl A-4116, auf die Pritsche zu steigen und das Brett hochzudrücken, um gucken zu können, was sich darunter befand. Jede Bewohnerin der Baracken wusste, dass die niedrigen Dachböden ein ideales Versteck waren. Es half nichts, zu behaupten, da oben wäre nichts zu sehen, weil die Hexe jetzt selbst hochkletterte und ein Vorratsversteck erspähte.

Erika ordnete an, alles auszuräumen und auf den Tisch zu stapeln, um es dann in einer Schubkarre zur Kommandantur befördern zu lassen: einen Sack Kartoffeln, ein paar Steckrüben, etwas Mehl und Gerste, ein halbes Dutzend Einmachgläser mit Obst und weitere Kleinigkeiten, die die Häftlinge auf ihren Streifzügen durch die zerstörten Häuser hatten auftreiben können – das alles musste nun den Deutschen überlassen werden. A-4116 wurde magisch von einem Glas Kirschen angezogen, die sie schon immer geliebt hatte. Die Versuchung, ihrer habhaft zu werden, wurde stärker und stärker. Sie schnappte sich die Kirschen und konnte sie unter ihrer Pritsche verstecken.

Als die Mädchen am Abend vom Arbeitseinsatz zurückkamen, entdeckten sie sofort, dass ihr Versteck geplündert worden war. Sie stürzten sich in gerechtem Zorn auf ihre neue Blockälteste und beschuldigten A-4116, die SS-Frau absichtlich zu dem Versteck geführt zu haben, um sich lieb Kind bei ihr zu machen. Alle Beteuerungen halfen nichts, und Greta schwieg eisern, auch weil A-4116 und sie noch nie wirkliche Freundinnen gewesen waren. Und weil sie sich darüber ärgerte, dass Spieß, sozusagen über ihren Kopf hinweg, A-4116 zum *Kapo* ernannt hatte.

Die Aufregung hatte sich schon fast gelegt, als eines der Mädchen wegen einer anderen Beschwerde aus Raum 2 in den Schlafraum gestürmt kam und A-4116 beim Verspeisen der Kirschen erwischte. Das versetzte den ganzen Block erneut in Rage, diente es den Frauen doch als Beweis für ihren Verrat, und sie legten ihr gegenüber nun eine Art passiven Widerstand und totale Verachtung an den Tag. A-4116 gefiel in der Tat selbst nicht, was sie getan hatte, aber niemand wollte ihre Erklärung hören, geschweige denn ihre Entschuldigung. Auch wenn sie sich schuldig fühlte, meinte sie trotzdem, kein Kapitalverbrechen begangen zu haben.

Der Ärger begann an einem Sonntag, dem Tag, an dem die Häftlinge aufräumen und unter Aufsicht ihrer *Kapos* den Müll wegkarren sollten. An diesem Sonntag weigerten sie sich rundheraus. Es hatte den ganzen Tag lang geregnet, und sie saßen spärlich bekleidet auf ihren Pritschen und versuchten, ihre Kleidung am kärglichen Feuer zu trocknen. Als A-4116 die Frauen aufforderte, loszulegen, teilten sie ihrem *Kapo* mit, sie möge zur Hölle fahren. An sich wäre das nicht weiter dramatisch gewesen, denn es machte keinen großen Unterschied, ob sie den Müll alle sechs oder alle sieben Tage wegschaffte, aber Spieß, dem sie auf dem Weg zur Müllhalde begegnete, war ungehalten:

»Was machst du da mit dem Müll? Das ist nicht deine Aufgabe. Du hast einhundertsechzig Häftlinge, die das machen können.«

»Die Mädchen sind gestern Abend klitschnass nach Hause gekommen, und ihre Klamotten sind noch nicht trocken. Es macht mir nichts aus, das selbst zu machen.«

»Dieser ganze Quatsch interessiert mich nicht. Was für ein gottverdammter Kapo bist du, wenn du deine Leute nicht zum Arbeiten bringst? Du wirst zurückversetzt. Zurück in deinen alten Block und morgen früh raus zur Arbeit!«

Froh, einer unerträglichen Situation zu entkommen, kehrte sie in ihren alten Schlafraum zurück, wo die Unterhaltung abrupt abbrach, als sie eintrat. Besonders schmerzte sie, dass nicht einmal Kitty mit ihr sprach, abgesehen von einem *»Wie konntest du nur?«*. Verletzt von der offensichtlich bei allen fehlenden Bereitschaft, ihre Seite der Geschichte anzuhören, zog sie sich in ihr Schneckenhaus zurück, als Begleiter nur ihr Notizbuch und die darin enthaltenen Briefe an Mutti.

Nicht lange danach entdeckte Erika das Buch auf einer ihrer Inspektionsrunden. A-4116 wurde auf dem Rückweg von der Arbeit am Tor abgefangen und für eine Befragung in das Büro von Spieß gebracht. Da die Briefe auf Tschechisch geschrieben waren, sollte Mimi eine schnelle Übersetzung liefern, was sie mit einiger Nachlässigkeit tat, wobei sie die abfälligsten Passagen ausließ.

»Dir ist klar, dass ich hier in meinen Händen ein illegales Dokument halte? Und dass es meine Pflicht ist, das zu melden, und dass das Folgen für dich haben wird?«, sagte Spieß.

Sie nickte nur.

»Hier«, sage er, *»verbrenn das auf der Stelle im Ofen. Und dann verschwinde.«*

Sie öffnete die Ofenabdeckung und sah zu, wie die Flammen ihre innersten Gedanken verschlangen, und dachte: *»Vielleicht erreichen sie Mutti trotzdem.«*

Nach diesem Vorfall und nachdem Mimi berichtet hatte, was sie in dem Notizbuch gelesen hatte, änderte sich die Haltung der Zimmerkameradinnen von A-4116, und – was ihr wichtiger war – Kitty wurde wieder wie früher.

Gegen Ende Februar 1945 hieß es, das Lager in Neugraben werde für die Nutzung durch ausgebombte Zivilisten benötigt. Die Häftlinge wurden über Nacht nach Tiefstack, einen Standort in einem Hamburger Industriegebiet, verlegt. Während des Transports auf der offenen Lkw-Ladefläche wurden sie Zeuginnen des enormen Ausmaßes der Zerstörung in der Stadt. Reihenweise waren die Straßenzüge dem Erdboden gleichgemacht. Die Menschen lebten wie Ratten in den Kellern der Ruinen und schienen nicht viel besser dran zu sein als die Häftlinge. Ein Blick auf das neue Lager genügte, um festzustellen, dass es ein perfektes Ziel für Bombenangriffe abgab.

Die vier eingezäunten Holzbaracken waren umgeben von einem Schienennetz und lagen in unmittelbarer Nähe von zwei riesigen Gastanks und einem Kraftwerk. Die Luftangriffe erfolgten nun Tag und Nacht, und die Bomben explodierten überall um sie herum. Wie durch ein Wunder war das Lager noch nicht getroffen worden. Das war so unglaublich, dass man hätte glauben können, die britischen und amerikanischen Piloten hätten exakte Landkarten, auf denen sogar noch das kleinste Gefangenenlager verzeichnet wäre. Jeden Abend, wenn die Frauen vom Arbeitseinsatz zurückkehrten, waren sie erstaunt, den Ort intakt vorzufinden, während um sie herum alles in Flammen zu stehen schien. Ihre Bewunderung für die Klugheit und Präzision der Alliierten war grenzenlos.

26

Am 20. März 1945 war die Krankenstation, die inzwischen ganze zwei Drittel einer Baracke umfasste, voll. Fast ein Viertel aller Häftlinge lag dort. A-4116 lag auf einer der oberen Pritschen mit einem gebrochenen Zeh, Folge eines Unfalls vom Tag zuvor, als ein Kantstein ihr aus den steifgefrorenen Händen auf den Fuß gefallen war. Neben ihr lag Kitty mit einem neuen Fieberschub aufgrund ihrer entzündeten Drüsen. Dann ging der Alarm los.

Vom Fenster aus konnten sie beobachten, wie die Wachen in ihre Bunker eilten, und nur Minuten später näherten sich Formationen amerikanischer Bomber, im Schlepptau weiße Kondensstreifen. Die weißen Spuren sahen hübsch aus am wolkenlosen blauen Himmel, wurden da oben allerdings schnell vom offenbar sehr starken Wind verweht. Gerade als die Zuschauerinnen sich zu fragen begannen, was der Wind wohl für die Zielgenauigkeit bedeuten würde, ertönte ein vertrautes Zischen, und eine Explosion erfolgte direkt über ihnen.

Sie wurden in die Luft geschleudert und landeten kopfüber auf den zerborstenen Stockbetten, das Dach brach über ihnen zusammen. Als sie realisierten, dass die Bombe wirklich sehr nah eingeschlagen sein musste, riefen sie die Namen ihrer Zimmergenossinnen – hinein in den Lärm des sich fortsetzenden Angriffs und hinein in das Stöhnen und Schreien der unten liegenden Frauen. Einige antworteten, einige wimmerten nur, viele schwiegen.

Nach der Entwarnung trafen Rettungstrupps aus den benachbarten Betrieben ein. Das Dach wurde angehoben, und A-4116 krabbelte, wie durch ein Wunder, aus eigener Kraft hinaus. Das Nächste, was sie sah, war Kitty, die an den Schultern aus dem Trümmern gezogen wurde wie eine staubbedeckte Stoffpuppe. Eine nach der anderen wurden die Frauen hinausgebracht und auf dem Boden abgelegt. Zwanzig waren tot, der Rest mehr oder weniger schwer verwundet. Zdena, das Mädchen mit der anziehenden tiefen Stimme, und Annie, Verfasserin der skurrilen Märchenparodie – beide tot. Dr. K. hatte sich am Rückgrat verletzt und weitere Verletzungen erlitten, sodass sie nie wieder würde gehen können. Sie war nur noch am Leben, weil sie zufällig auf Visite unterwegs gewesen war.

Die Bombe hatte den Behandlungsraum am Ende der Baracke voll getroffen. Nur die Mädchen in den oberen Stockbetten waren mit verhältnismäßig leichten Verletzungen davongekommen. Die Baracke war nur noch ein Haufen Holz und Glasscherben. Und auch in den anderen Gebäuden gab es kein einziges heiles Fenster mehr, und keine Tür ließ sich mehr schließen. Der Tumult, der ausbrach, als die anderen Insassinnen vom Arbeitseinsatz zurückkehrten und die Opfer erblickten, war schrecklich.

Spieß ließ seine Männer als Postenkette um das Gelände herum Stellung beziehen, um jede Flucht über die teilweise beschädigten Zäune zu verhindern. Trotzdem schafften es fünf oder sechs Mädchen, in dieser Nacht zu entkommen; sie überlebten den Krieg versteckt in einer Trümmerruine in der Stadt. Wieder einmal berieten A-4116 und Kitty über ihre Fluchtmöglichkeiten, verwarfen sie aber erneut, weil die eine vom Fieber geschwächt und die andere schlecht zu Fuß war. Auch ihre Mäntel mit den gelben Kreuzen stellten ein Problem dar, ohne sie würden sie aber erfrieren. Sie befanden sich tief auf deutschem Gebiet ohne den leisesten Schimmer, wo die Frontlinien verliefen. Die Gefahr einer Flucht schien ihre Chancen zu überwiegen.

In dieser Nacht beaufsichtigte Spieß selbst die Suppenausgabe. Draußen regnete und stürmte es, die Zugluft drückte die Türen immer wieder auf. A-4116 stand als Letzte in der Schlange, als er sie anschnauzte, sie solle die Tür schließen. Sie humpelte hinüber und schloss sie, aber schon zwei Minuten später hatte der Wind sie wieder aufgedrückt.

»*Verflucht noch mal, ich hab dir gesagt, du sollst die Tür zumachen!*«, bellte er.

»*Verflucht, ich hab' sie zugemacht!*«, schrie sie zurück.

Daraufhin ergriff er eine von den schweren Keramiksuppenschalen und warf sie nach ihr. Sie duckte sich. Die Schale zerschellte an der Wand, aber da war sie schon aus der Tür, und die Schüsse aus seinem Revolver trafen nur den Nachthimmel. Von da an hielt sie sich von ihm fern, stellte sich in die letzte Reihe beim Appell und verhielt sich so unauffällig wie möglich.

Die nächsten Tage waren ein einziger Albtraum. Bei Luftalarm wurden die Frauen in einen Schuppen außerhalb des Lagergeländes getrieben, und das Tor wurde verriegelt, während die Wachen in ihrem Bunker in Deckung gingen. A-4116 verlor zuletzt doch noch ihre Ungerührtheit und ihre Freude über die Luftangriffe und wurde von abgrundtiefer Panik ergriffen, wenn die Bomben zu fallen begannen. Wie die Ölsardinen standen sie dicht an dicht in der Scheune, alle zitterten, weinten, beteten oder standen unter Schock, sodass sie die Kontrolle über Blase und Gedärm verloren.

Es gab keine weiteren Treffer, aber wann immer sie draußen waren, sah die Stadt aus wie ein Flammenmeer. Und trotzdem wurden sie jeden Tag zum Arbeitseinsatz geschickt.

27

Am 5. April morgens mussten sie plötzlich Aufstellung nehmen, dann wurden sie auf Güterwaggons verladen, um evakuiert zu werden. Der Zug fuhr eine Stunde lang, dann hielt er zwei Stunden im Nirgendwo, setzte sich wieder in Bewegung, hielt wieder, fuhr rückwärts, dann wieder vorwärts. Vierundzwanzig Stunden lang. Von Zeit zu Zeit wurden sie rausgelassen, um an den Bahngleisen pinkeln zu dürfen, bewacht von Soldaten mit Gewehren. Dreimal wurde der Zug von tief fliegenden Flugzeugen angegriffen. Die Wachen suchten Schutz unter den Waggons, die Gefangenen oben blieben eingeschlossen.

Während eines dieser Stopps wurde Erna, eine gebürtige Hamburgerin, von ihren Kameradinnen überredet, im Grunde gezwungen, zu fliehen. Sie zögerte, weil sie die Gegend nicht kannte, aber vor allem, weil sie die Gruppe nicht verlassen wollte. Als die anderen diverse kleine Manöver starteten, um die Soldaten abzulenken, kroch sie schließlich doch unter den Waggons davon und verschwand in die Nacht.

Am nächsten Tag erreichte der Zug Bergen-Belsen. Es entspann sich ein langer Disput zwischen Spieß und dem Lagerkommandanten, der sich weigerte, noch weitere Gefangene aufzunehmen, ganz egal, woher die Order auch kam. Derweil weigerte sich auch der Lokführer, sie wieder zurückzufahren. Letzten Endes wurden sie aber abgeladen und in das Lager geführt.

Der gespenstische Anblick, der sich ihnen dort bot, übertraf alles, was sie bis dahin je zu Gesicht bekommen hatten.

Auf einem Gelände von etwa zweieinhalb Kilometer Länge und dreihundertfünfzig Meter Breite befanden sich vierzigtausend Menschen, die wie wandelnde Leichen aussahen, und dreizehntausend nicht bestattete tatsächliche Leichen. Sie lagen in Bergen von ungefähr fünfzig bis einhundert Toten über das ganze Areal verteilt.[23] Eine Art Totentanz schien stattzufinden, bei dem jeweils ein Lebender einen Toten bei den Füßen fasste und ihn in Richtung der Massengräber zerrte – in Zeitlupentempo, obwohl die SS-Leute mit Brüllen und Treten zur Eile antrieben. Der Boden in und vor den Hütten war von Läusen übersät, sie formierten sich – wie Ameisen – zu Ketten, weg von den Leichen, hin zu den Lebenden.

Es gab nichts zu essen. Kaum Wasser. Einige Menschen aßen schmutziges Gras; die meisten saßen oder lagen herum und warteten auf den Tod. In einigen der übereinandergeschichteten Körper war noch ein Fünkchen Leben. Eines der neu hinzugekommenen Mädchen entdeckte unter ihnen ihre Cousine, ihre Augenlider bewegten sich noch. Mit Hilfe von Freundinnen zog sie sie heraus, und unbegreiflicherweise konnten sie ihr wieder Leben einhauchen.

Als sie sich bei den hier schon länger Inhaftierten nach Vera erkundigten, erfuhren sie, dass sie ein paar Tage vor der Geburt ihres Kindes an Typhus gestorben war.

Von den wenigen Freunden, denen die Frauen hier begegneten, wurden sie angesprochen, denn sie selbst hätten niemanden wiedererkennen können. Hier waren nur Skelette, überzogen mit einer pergamentartigen grauen Haut, mit tief in den Höhlen eingesunkenen Augen. Außer ziellos umherzugehen auf der Suche nach Freunden oder Verwandten oder nach etwas Essbarem, gab es nichts zu tun, es sei denn, man sammelte einander die Läuse ab.

23 Das KZ Bergen-Belsen setzte sich auf einer Gesamtfläche von 55 Hektar aus mehreren unterschiedlich geformten Teillagern zusammen. Am 15. März 1945 waren dort 45.117 Menschen, am 15. April ca. 53.000 Menschen inhaftiert. Bei Kriegsende fanden britische Truppen rund 10.000 unbestattete Leichen auf dem Lagergelände vor.

Immer noch wurde zweimal am Tag mit deutscher Gründlichkeit der obligatorische Zählappell abgehalten, ein völlig sinnloses Unterfangen, weil sowieso niemand mehr eine genaue Zählung vornehmen konnte. Wer am Morgen noch gelebt hatte, konnte mittags schon tot sein. Die Schlafbaracken waren weitgehend leer geräumt, weil die meisten Stockbetten als Feuerholz gedient hatten. Es gab weder Holzpritschen noch Decken, und die Räume waren so überfüllt, dass die Häftlinge auf dem nackten Boden schlafen mussten, mit dem Kopf auf dem Gesäß der Nachbarin.

Die Typhusepidemie war erst vor zwei Monaten ausgebrochen, durch zwei aus Ungarn eingeschleppte Fälle. Für Gaskammern gab es keinen Bedarf mehr, denn es starben jetzt täglich zwischen zweihundertfünfzig und dreihundert Menschen. Gerüchte über Fälle von Kannibalismus kursierten in der Männerabteilung, und angesichts der Tatsache, dass bei einigen der Leichen Teile des Oberschenkels fehlten, stimmten sie wahrscheinlich.

Einmal wurden überraschend Brotrationen verteilt, obwohl die Essensausgabe schon Tage zuvor fast völlig zum Erliegen gekommen war. Die verhungernden Häftlinge schlugen ihre Zähne in das Brot, nur um beim Kauen ein seltsam knirschendes Geräusch zu bemerken: gemahlenes Glas, das in den Teig eingebacken worden war. Niemand weiß, wie viele Menschen an inneren Blutungen starben, denn viele aßen es trotz der Gefahr. Es war nicht leicht, vernünftig zu sein, wenn man vor lauter Hunger Dinge und Menschen doppelt zu sehen begann.

Die SS lieferte immer noch eine Show eiserner Disziplin ab, in ihren polierten hohen Stiefeln und mit schwingenden Peitschen. Aber als das Lager eines Morgens erwachte, waren sie alle auf einmal weg, spurlos verschwunden. Ihren Platz hatte Himmlers ungarische SS[24] eingenommen. Naiverweise dachten einige der

24 Nach einem am 13. April 1945 ausgehandelten lokalen Waffenstillstandsabkommen zur kampflosen Übergabe des KZ Bergen-Belsen zog die Mehrheit des SS-Personals aus dem Lager ab. Die Bewachung übernahmen deutsche und ungarische Soldaten aus der benachbarten Kaserne des Truppenübungsplatzes Bergen.

Häftlinge, dass die Braunhemden nachsichtiger seien als ihre Vorgänger, aber es waren vollkommen Wahnsinnige, die mit ihren Gewehren auf alles schossen, was dem Stacheldraht näher als zehn Meter kam.

Die Front rückte täglich näher. Man konnte die Artillerie im gesamten Umfeld des Lagers hören; es klang, als wäre sie neben ihnen, ringsum auf allen Seiten.

Eine unerwartete neue Gefangene tauchte ebenfalls am selben Tag auf. Es war Sylvas Freundin Bubi, die SS-Frau aus Neugraben, jetzt in einer nagelneuen gestreiften Häftlingsuniform. Sie blieb einfach, obwohl niemand auch nur die leiseste Notiz von ihr nahm.

Am 13. und 14. April verließ niemand mehr die Baracken, denn die Ungarn brachten sofort ihre Gewehre zum Einsatz, wenn sich auch nur ein Kopf zeigte – sie benutzten ihn für Schießübungen.

Die Tür stand einen Spalt weit offen, als am Morgen des 15. April eine der Frauen mit tonloser Stimme sagte, ein Panzer käme die Hauptlagerstraße hinunter.

»*Wahrscheinlich werden wir jetzt von Maschinengewehren erschossen*«, sagte jemand.

»*An der Seite ist ein weißer Stern, und die Luke steht offen, die Soldaten tragen schwarze Barette*«, sagte die Frau.

»*Zur Hölle mit deinen Märchen*«, murrte jemand, aber ein paar andere wollten es doch genauer wissen und krochen zur Tür, um hinauszuspähen. Und sie hatte recht, der Panzer war keine Einbildung, genauso wenig wie der Stern an seiner Seite oder die lange Fahrzeugkolonne, die ihm folgte.

Die Briten waren da, endlich. Der *Union Jack* flatterte im Wind, aber die Häftlinge waren innerlich zu weit weg, um diese Tatsache zu begreifen oder gar Freude zu empfinden. Zögerlich und immer in Erwartung, erschossen zu werden, trauten sie sich langsam, eine nach der anderen, aus der Baracke. Als die Realität zur Gewissheit wurde, fingen sie an zu gehen, zu kriechen, zu den Zäunen zu laufen, um ihre Befreier näher in Augenschein zu nehmen. Ein gepanzertes Fahrzeug nach dem anderen kam die Straße hinunter, die Soldaten drehten ihre Taschen um und warfen den Inhalt – Schokoriegel, K-Rationen[25], Zigaretten und andere Kleinigkeiten – über den Zaun; sie hoben die Hand zum Victory-Zeichen. Viele von ihnen weinten. Die Dinge, die sie über den Zaun warfen, lösten sofort blutige Kämpfe unter den verhungernden Häftlingen aus.

Etwas später machte Brigadegeneral Glyn Hughes einen Rundgang durch das Lager, begleitet von seinen Adjutanten. Sie baten die Insassen darum, sich ruhig zu verhalten, und forderten Personen mit Englischkenntnissen auf, sich zu melden, um bei der Verteilung von Lebensmitteln und bei Erste-Hilfe-Maßnahmen mitzuwirken. Dem General liefen Tränen über das Gesicht, und er machte angesichts des entsetzlichen Elends keinerlei Anstalten, sie zu verstecken. Die Menschen wollten ihn und seine Männer berühren, ihre Hände küssen, aber die gegen Typhus nicht geschützten Soldaten hatten Befehl, einen Mindestabstand von drei Metern einzuhalten.

Am Nachmittag kamen große Lastwagen voller Lebensmittel zur Verteilung im Lager an. Die Nahrungsmittel hatten die Briten offenbar im ersten deutschen Warenlager gefunden, das sie hatten einnehmen können: pro Person ein Kilogramm Dosenfleisch aus der Tschechoslowakei und eine kleine Büchse Kondensmilch. Kitty aß den Inhalt – Schweinefleisch, das zu vierzig Prozent aus reinem Schmalz bestand – in einem Rutsch mit den Fingern und spülte ihn mit der unverdünnten Kondensmilch hinunter. Weil A-4116 keinen einzigen Bissen runterbringen konnte, vermutete sie, sie hätte die Ruhr und würde innerhalb der nächsten Stunden sterben.

Am nächsten Tag machten die Briten das Niemandsland zwischen den beiden Stacheldrahtzäunen und damit das gesamte Gelände für Männer und Frauen zugänglich. Sie öffneten die Türen der Lagerräume der Deutschen. Auf die Dächer dieser Gebäude waren riesige rote Kreuze gemalt; sie enthielten genug Lebensmittel und Kleidung, um eine ganze Armee zu versorgen, ganz zu

25 Die *K Ration* war eine tägliche Lebensmittelnotration für Soldaten im Zweiten Weltkrieg, ursprünglich von der US Army für Fallschirmjäger entwickelt.

schweigen von den vierzigtausend Insassen Bergen-Belsens. Mit geradezu selbstmörderischer Gier drängten die Menschen, die dazu noch in der Lage waren, durch Fenster und Türen hinein in diese Lager. Sie ertranken buchstäblich in einer Art Massenhysterie, weil sie im Inneren kopfüber in Fässern mit Essiggurken, Senf, Pflaumenmus und Ähnlichem landeten, während von draußen andere versuchten, über sie hinwegzusteigen.

A-4116 und Kitty beobachteten die Szene von draußen, sie fühlten sich zu schwach, um an der Schlacht teilzunehmen. Später, als sie sahen, wie einige ihrer skelettierten Kameradinnen in deutschen Uniformen und Stiefeln aus einem weniger überfüllten Lagergebäude kamen, trauten auch sie sich dort hinein. Sie nahmen sich zwei wundervolle pelzgefütterte Militärmäntel, die bis auf den Boden reichten, und dazu ein Zelt.

So ausgerüstet, besetzten sie einen der verlassenen Wachtürme im Niemandsland, in dem Versuch, den Läusen zu entkommen. Es beunruhigte sie auch nicht, dass genau vor dem Turm ein Leichenberg platziert war, der sein Aussehen ständig veränderte, je nach Lichteinfall am Tag oder in der Nacht. Es machte auch nichts, dass der kleine Turm zu allen Seiten hin offen war, eher wie ein kleiner, sehr kalter und zugiger Balkon in drei Meter Höhe. Nachdem sie das Zelt als Schutz vor dem Wind aufgebaut hatten, wickelten sie sich in ihre Pelzmäntel und schliefen ein wie Prinzessinnen in ihrem Schloss.

Die darauffolgenden Tage waren dann wirklich äußerst bizarr. Man konnte die Lagerinsassen nicht einfach nach Hause gehen lassen, inmitten einer ausgewachsenen Epidemie. Und so war es plötzlich eine verkehrte Welt: Ehemalige Häftlinge spazierten durch das Lager und beobachteten SS-Männer und -Frauen, die eingeliefert wurden, um die Toten zu begraben und Schmutzarbeiten zu verrichten.

Innerhalb von drei Tagen sahen sie genauso aus wie die Häftlinge vorher. Beaufsichtigt von britischen Tommies und einer Gruppe johlender Häftlinge, wurden nun sie verhöhnt und zur Arbeit angetrieben: *»Schneller, du Schlampe, du Bastard!«* Körperliche Gewalt wurde von den Soldaten nicht geduldet, aber ansonsten genossen sie den Rollentausch zwischen den Häftlingen und ihren ehemaligen Folterknechten in vollen Zügen. Bubis Anwesenheit war gleich am ersten Tag der Befreiung gemeldet worden. Sie wurde verhaftet und arbeitete nun mit den anderen SS-Frauen zusammen.

Eine der jüngsten Überlebenden unter den Tschechinnen, ein kleines Straßenkind, das im Lager aufgewachsen war, empfand ein besonders intensives Vergnügen beim Betrachten der Szenerie und vermittelte dem britischen Wachmann mit Hilfe einer eindrucksvollen Pantomime ihren Wunsch nach den Stiefeln einer der SS-Frauen. Es dauerte eine Weile, bis er verstand, aber dann grinste er über beide Ohren, ging zu der Frau und befahl: *»Du, Frau. Boots off.«* *»Stiefel«*, rief jemand. *»Schtieh-fell«*, wiederholte er und zeigte mit dem Bajonett darauf. Schließlich verstand sie, und die Kleine marschierte davon unter dem Applaus der umstehenden Menge.

Es kamen ein paar halbherzig vorgebrachte Vorschläge, Sylva könne ein gutes Wort für Bubi einlegen, weil sie wirklich ziemlich harmlos gewesen war und in Sylvas Fall tatsächlich geholfen hatte, deren Mutter am Leben zu halten. Aber Sylva war zu sehr damit beschäftigt, auf drei Meter Entfernung mit den Tommies zu flirten, um sich damit zu belasten.

Die Organisation der Rettungsmaßnahmen durch die Briten war ein Ausbund an Effizienz; innerhalb weniger Tage wurden die Menschen nicht nur regelmäßig verpflegt, sondern man begann auch schon mit der Evakuierung nach Celle in Quarantäneeinrichtungen. Das Ganze war eine gigantische Logistikaufgabe, denn jede Person musste entlaust sowie ihre Kleidung verbrannt und durch saubere ersetzt werden. Dank DDT musste niemand kahl geschoren werden. Kranke hatten Vorrang und durften als Erste das Lager verlassen.

28

Eine Woche nach ihrer Befreiung fanden A-4116 und Kitty sich in der ersten Gruppe von Freiwilligen wieder, die für die Registrierung und Repatriierung ausgesucht worden waren. Sie verließen Bergen-Belsen auf einem kleinen Pritschenwagen, zusammen mit einem britischen Lieutenant und seinem Fahrer sowie fünf anderen Befreiten, die auch Englisch sprachen. Als sie auf dem Paradeplatz der Garnison in Celle ankamen und ihnen von der Ladefläche geholfen wurde, fiel A-4116 dem Offizier direkt in die Arme.

»*This is a very sick girl*«, war das Letzte, was sie noch hörte. Als Nächstes erinnerte sie sich daran, wie sie auf einer Krankenstation lag und immer wieder nach ihrem Namen und Herkunftsland gefragt wurde, die ihr beide beim besten Willen nicht einfallen wollten. Eine zierliche Ärztin, die selbst ehemaliger Häftling und schon auf dem Wege der Besserung nach ihrer Typhusinfektion war, untersuchte sie und sagte: »*Sorry, girl, but you got it.*«

Danach verlor A-4116 immer wieder das Bewusstsein. Wenn sie sich erleichtern musste, raffte sie den letzten Rest ihrer Kräfte zusammen und schleppte sich zu einem Eimer, der in der Ecke stand. Jedes Mal, wenn sie die Augen öffnete, sah sie, wie eine ihrer Kameradinnen, mit den Füßen voran und zugedeckt mit einem Laken, hinausgetragen wurde. Und es waren immer diejenigen, die am Tag zuvor die Kontrolle über Gedärm und Blase verloren hatten.

Die meisten Patientinnen delirierten irgendwann im Laufe ihrer Erkrankung. Einmal kletterte eine aus ihrem Bett, taumelte hinüber zu A-4116 und versuchte sie zu erwürgen, weil sie sie für eine SS-Frau hielt. Tag für Tag versuchte A-4116, sich in den wenigen klaren Momenten, wenn das Fieber nachließ, zu erinnern, wer sie war und woher sie kam, aber die Anstrengung war einfach zu groß, und so driftete sie wieder ab in eine andere Welt.

Nach über zwei Wochen im Dämmerzustand erwachte sie eines Tages schlagartig und in einem Zustand völliger Panik. Sie saß kerzengerade im Bett, schrie, jemand solle die Fenster öffnen und meinte, sie müsse ersticken. Sie rang nach Luft und glaubte, von überallher Gewehrsalven zu hören; in der Angst, die Deutschen würden zurückkommen, wollte sie unbedingt aufstehen und weglaufen. Es brauchte zwei Krankenschwestern und eine Spritze, um sie ruhigzustellen, aber am Ende sank sie in einen tiefen Schlaf.

29

Als ich später am Tag wieder aufwachte, schien die Sonne durch das Fenster herein, und das Zimmer fühlte sich verändert an. Das Mädchen, das versucht hatte, mich zu erwürgen, strahlte mich mit klarem Blick an und verkündete auf Deutsch mit ihrem Akzent, dass es mir von nun an besser gehen werde und die Krise überstanden sei. Mein Fieber war fast auf Normaltemperatur gesunken, und ich erfuhr, dass die Gewehrschüsse, die ich gehört hatte, real gewesen waren: Sie waren zur Feier des Waffenstillstands abgefeuert worden. Es war der 8. Mai 1945.

Noch sehr geschwächt, aber mit klarem Verstand, staunte ich über die weißen Laken und die Sauberkeit des Raumes, in dem ich mich befand. Ich war die einzige Tschechin hier, alle anderen Patientinnen waren Ungarinnen. Die Ärztin und die Krankenschwestern waren überwiegend polnische Staatsangehörige, befreite Gefangene, immun gegen den Typhus, weil alle ihn in Belsen überlebt hatten. Ironischerweise war die einzige Sprache, die wir in diesem Nationalitätengemisch gemein hatten, die deutsche.

Die Briten leiteten und beaufsichtigten die Krankenhäuser, kamen aber nicht in direkten Kontakt mit den Patienten. Ihre Anwesenheit war dennoch spürbar; jeden Tag schob ein Tommy einen Rollwagen durch die Station, auf dem sich eine wundervolle Überraschung befand: Zigaretten, die ich zwar noch nicht rauchen konnte, aber unter meinem Kopfkissen hortete, um ab und zu das Bild auf der »Player's«-Packung zu betrachten; ein Stück »Ivory«-Seife; und das Schönste überhaupt: ein Pyjama aus Kanada, der mit vielen kleinen Blumen bedruckt war. Auch Süßigkeiten, Bonbons, Schokolade oder Kekse wurden verteilt, die ich leider noch nicht vertragen konnte. Ich schlief immer wieder ein, aber zwischendurch versuchte ich das Rätsel zu lösen, warum Kitty mich nicht besuchen kam. Ich befürchtete, dass auch sie an Typhus erkrankt oder vielleicht sogar gestorben sei. In dem lethargischen Zustand, in dem ich mich befand, verdrängte ich jeden Gedanken an meine Eltern oder Joe und beschloss einfach, später über sie nachzudenken.

Jeden Tag kam jemand herein, um für fast alle Patientinnen Daten und Namen von Angehörigen zu notieren, nur für mich nicht. Alle möglichen Nationalitäten waren darunter, Tschechen nicht. Ich wurde immer ungeduldiger, weil ich den Grund nicht verstehen konnte, und beschwerte mich vehement bei der Ärztin, bis eines Morgens eine Verwaltungsbeamtin hereinkam, der ich meine Empörung vortrug. Als ich ihr meinen Namen nannte, stöhnte sie auf und erzählte mir, die arme Kitty sei seit Wochen dabei, die Listen der Krankenhäuser immer wieder aufs Neue zu durchforsten auf der – vergeblichen – Suche nach meinem Namen. Gerade war sie dabei, eine Krankhausbaracke nach der anderen zu besuchen auf der Suche nach mir.

Die Erklärung war simpel. Ich war ohne Identitätsnachweis auf die Krankenstation gebracht und in das erste freie Bett gelegt worden. Das stand zufällig in einem Raum voller Ungarinnen. Man nahm also an, ich sei eine von ihnen. In der Folge wurde ich nur unter meiner Nummer, A-4116, auf einer Liste von Ungarinnen geführt, die Kitty natürlich nicht überprüfte.

Jetzt aber schwebte sie herein, eine Erscheinung aus einer anderen Welt: ihr honigblondes Haar zu einem schimmernden Pagenkopf frisiert, geschminkt mit Lippenstift und Wimperntusche, gekleidet in ein hübsches gemustertes Kleid mit weißen Sandalen. Ihre Abszesse waren abgeheilt, sie strahlte übers ganze Gesicht und sprach Tschechisch.

»Francinko, ich dachte, ich hätte dich verloren, und ich konnte doch nicht ohne dich nach Hause zurück. Ich hol dich hier raus, du stirbst noch in diesem Laden. Ich hab schon angefangen, deine Ärztin zu bearbeiten. Draußen hab ich ein Auto

mit meinem britischen Begleiter stehen. Ich lass dich keine Minute mehr aus den Augen.«

Ich war überwältigt von ihrer Erscheinung. Die Ärztin, die sich inzwischen zu uns gesellt hatte, hatte Bedenken wegen Kittys Idee, sie hielt mich für zu schwach für einen Transport und warnte, dass meine Ernährung überwacht werden müsse und jeder Rückfall tödlich sein könne.

Kitty wollte nichts davon hören und argumentierte, sie sei sehr wohl in der Lage, auf mich aufzupassen. Nachdem sie eine eidesstattliche Erklärung unterschrieben hatte, mit der sie die volle Verantwortung für mich übernahm, wurde vereinbart, dass sie mich am nächsten Tag abholen könne. Kitty kam mit einem Arm voller Kleidung wieder und forderte mich auf, meinen Schlafanzug aus- und neue Sachen anzuziehen. Ich weigerte mich, meinen wertvollsten Besitz, der den langen Weg aus Kanada zu mir gemacht hatte, zurückzulassen. Wir kabbelten uns ein bisschen, und sie gewann mal wieder.

Unter erneuten Ermahnungen der Ärztin, es langsam angehen zu lassen, vorsichtig mit mir umzugehen und mir immer nur kleine Mengen zu essen zu geben, fuhren wir in einem Jeep davon, am Steuer ein Sergeant, der sich als Sunshine vorstellte. Nach kurzer wilder Fahrt, während der Sunshine mich in jeder Kurve festhalten musste, um mich am Hinausfallen zu hindern, kamen wir bei einer modernen, backsteingemauerten Kaserne an. Hier hatte Kitty ihr eigenes Zimmer, mit zwei großen bequemen Betten, mit Ausblick auf den Garnisonsplatz.

Kitty steckte mich ins Bett, in einem gepunkteten Nachthemd. Sie ließ das Radio für mich an, sagte, ich solle ein braves Mädchen sein und dass sie bald zurück sei. Zwei Stunden später fand sie mich halb bewusstlos auf dem Badezimmerboden vor. Die Anweisung der Ärztin befolgend, hatte Kitty alles Essbare außerhalb meiner vermeintlichen Reichweite geschafft, aber nachdem sie weg war, hatte ich begonnen, mein neues Quartier zu erkunden, und dabei zwei große Schüsseln oben auf einem Schrank entdeckt. Unter Mühen kletterte ich auf einen Stuhl. Dann aß ich das Gulasch mit Sauerkraut kurzerhand auf. Die Folgen waren vorhersehbar.

Nach diesem Vorfall sorgte Kitty immer für einen Babysitter für mich, wenn sie etwas zu erledigen hatte. Sie rekrutierte dafür alle, vom früheren Mithäftling bis hin zum Captain der britischen Armee; als Verbindunsgfrau für die Repatriierungsstelle hatte sie einen großen Freundeskreis. Zum Nachmittagstee brachte sie immer mindestens zwei oder drei Offiziere mit, und nach und nach begann ich mich durch die kollektive liebevolle Fürsorge besser zu fühlen.

Einer der Offiziere war Arzt; er schug vor, nach Aufhebung der Quarantäne in einer Art Rotationssystem therapeutische Ausflüge aufs Land, *»out of the camp atmosphere«*, zu machen. Die Stimmung im Lager war alles andere als bedrückend, im Vergleich zu dem, was wir gewohnt gewesen waren, aber der Gedanke war trotzdem wundervoll. Unsere Retter zeigten unendlich viel Güte, Fürsorge und Takt – niemals unverhohlenes Mitleid. Obwohl ich infolge der Erkrankung ziemlich schwerhörig war und mein Haar in Büscheln ausfiel, vermittelten sie mir wieder das Gefühl, eine junge und attraktive Frau zu sein.

Obwohl Kitty und ich es nie wirklich aussprachen, spürten wir beide einen Widerwillen, nach Hause zurückzukehren, um uns dort der Bilanz der letzten Jahre zu stellen. Fürs Erste lieferte die Quarantäne eine gute Ausrede; später war ich noch zu schwach für die Reise. Aber aus Mai wurde Juni, und obwohl viele Busladungen voller Überlebender den Weg nach Hause antraten, machten wir keine Anstalten, zurückzukehren. Unsere Freundin Eva war mit dem ersten Bus nach Prag zurückgefahren und kam – nicht ganz unerwartet – mit deprimierenden Nachrichten zurück. Unsere Eltern waren tot. Joe wurde vermisst. Evas Mann war tot, Kittys Verlobter Ivan hatte im Februar eine andere geheiratet. Eva hatte sich den Umständen zu Hause nicht gewachsen gefühlt und war zu uns und zu ihrem Job bei der Repatriierungsstelle zurückgekehrt.

Unter diesen Umständen schien Eile bei der Rückkehr noch weniger geboten, vor allem, weil Kitty und ich – wir waren dreiundzwanzig und fünfundzwanzig Jahre alt – hier eine ziemlich gute Zeit hatten. Wir arbeiteten, amüsierten uns, gingen zu Tanzveranstaltungen der Rot-Kreuz-Offiziere und genossen es, im

Mittelpunkt der Aufmerksamkeit zu stehen. Je mehr ich an Joe dachte, desto weniger wollte ich zurück zu ihm. Ich traf mich nun häufiger mit einem jungen britischen Captain, der sich freiwillig als einer meiner Fahrer zur Verfügung gestellt hatte und mir auch Fahrunterricht gab.

Jason war groß und dunkelhaarig, hatte die typisch rötliche Gesichtsfarbe der Engländer; an Small Talk war er nicht interessiert, dafür war er ein Meister des Understatements. Ich brauchte eine Weile, um zu begreifen, dass seine vermeintliche Trägheit in Wirklichkeit eine ausgeprägte Zurückhaltung war. Wenn man hinter die Fassade guckte, entdeckte man einen intelligenten und leidenschaftlichen, wenn auch etwas schüchternen Mann.

Während einer Fahrstunde erschreckte ich mich einmal vor einem Lastwagen, der in die Straße einbog, und fuhr gegen einen Baum. Wir waren nicht ernsthaft verletzt, mussten aber versorgt werden, weil Jason am Kopf blutete und ich am Knie.

Die Soldaten aus dem Lastwagen hatten Angst, indirekt an einem Unfall mit einem Offizier schuld zu sein. Sie fuhren uns ins nächstgelegene Krankenhaus, es war ein deutsches. Plötzlich ging mir auf, dass wir von deutschem Personal umzingelt waren. Sicher würden sie Jason nichts tun, aus Angst vor Vergeltungsmaßnahmen, aber ich selbst geriet in Panik bei der Vorstellung, ein deutscher Arzt würde mich auch nur berühren. Ich umklammerte Jasons Hand und bestand darauf, dass sich mir niemand nähern dürfe, wenn er nicht dabei wäre.

Auf dem Weg zurück nach Celle nahm Jason meine Hand und sagte: »*You will have to learn not to be afraid. These people can't hurt you anymore.*« Das konnte schon sein, aber wie um meine Angst zu untermauern, fanden wir nur ein paar Tage später, als wir von einem Spaziergang in der Heide zurückkehrten, alle vier Reifen des Jeeps zerstochen vor.

30

Nachdem ich Jason von Evas Neuigkeiten aus Prag erzählt hatte, wurde unsere Beziehung enger, obwohl wir über bestimmte Dinge nie sprachen. Die jüngste Vergangenheit wurde sorgfältig ausgespart. Das ging so weit, dass ich bei einem Kinobesuch – wir wollten, glaube ich, »Song of Russia«[26] sehen – die im Vorprogramm gezeigte *Wochenschau* über die Befreiung Bergen-Belsens komplett ungerührt anschaute, ungläubig angesichts dessen, was ich da auf der Leinwand sah. Eine Aufnahme zeigte zwei junge Frauen auf einem ehemaligen Wachturm, wie sie in die Kamera winken. Der Wachturm stand neben einem Berg aus Leichen. *»My God, that's you and Kitty!«*, rief Jason, er war ganz aufgeregt, untypisch für ihn.

»Oh, no«, sagte ich, *»it couldn't be.«* Aber ich war zutiefst erschüttert.

Kitty, die, seitdem sie diesen einzigartigen Brief von ihrem Verlobten Ivan erhalten hatte, der fixen Idee verfallen war, ihn sofort nach Kriegsende heiraten zu wollen, ertränkte ihren Kummer in endlosen Partys und in einer Beziehung mit unserem Freund Major Dr. Jack, der bekanntermaßen verheiratet war. Wo man hinsah, flammten Liebesaffären auf, und nicht wenige der

26 »Song of Russia« ist ein 1944 angelaufener US-Kinofilm mit positivem Bezug auf die Rote Armee als Teil der Alliierten. Ein amerikanischer Dirigent (Robert Taylor), der die Sowjetunion kurz vor der deutschen Invasion besucht, verliebt sich dort in eine sowjetische Pianistin (Susan Peters). Ihre Verbindung wird durch die Deutschen zerstört.

tschechischen Frauen heirateten Engländer und kehrten nie wieder nach Hause zurück.

Andere wiederum blieben aus anderen Gründen. Die polnischen Juden zum Beispiel wollten gar nicht mehr zurück in ihre Heimat, sie warteten nur darauf, überlebende Familienmitglieder zu kontaktieren, um nach Palästina oder Amerika auswandern zu können. Das Rote Kreuz war Treffpunkt des Lagers, weil dort an einem riesigen Schwarzen Brett Botschaften und Nachrichten aus der ganzen Welt angeschlagen wurden.

Unter den Tschechen wollten die Juden aus den kleineren Städten, die wenig Deutsch sprachen und am stärksten assimiliert gewesen waren, am dringendsten nach Hause. Solche, die deutsche Schulen besucht hatten, waren hingegen unsicher, was sie erwarten würde. Das lag zum Teil daran, dass die Tschechoslowakei begonnen hatte, alle deutschen Elemente in der Bevölkerung mit Nachdruck zu vertreiben, Juden natürlich ausgenommen. Aber Deutsch sprechende Juden waren sich keineswegs sicher, ob sie wieder willkommen sein würden. Sogar in unserer Gruppe, die ausschließlich aus Tschechinnen bestand, waren viele verunsichert und machten sich Sorgen, wie sie wohl aufgenommen würden.

Allerdings wurden wir von dem Repräsentanten der tschechischen Regierung, Captain Sejnoha, und den Busfahrern, die extra nach Celle gekommen waren, um uns abzuholen, mit Nachdruck aufgefordert, zurückzukehren. Sie versuchten unermüdlich, ihre Schäfchen zusammenzutreiben. Aber aus unserer Sicht waren sie Idealisten, die vielleicht, nur vielleicht, nicht repräsentativ für die Allgemeinbevölkerung waren. Die bloße Tatsache, dass sie mit ihren schrottreifen Bussen, angetrieben mit Holzgas, Tausende von Kilometern hinter sich brachten, um die russische Zone zu umfahren – weil die Russen ihnen keine Transitgenehmigung erteilten –, bewies eigentlich, dass sie uns grundsätzlich freundlich gesonnen waren. Aber misstrauisch, wie wir waren, geprägt von sechs Jahren deutscher Propaganda, waren viele von uns nicht in der Lage, die ausgestreckte Hand zu ergreifen.

Für den Moment schien uns der *Status quo* genau richtig, auch wenn wir immer noch auf Militärgelände lebten. Wir hatten zu essen, mussten keine Miete zahlen, die meisten unserer bescheidenen Wünsche wurden erfüllt, und obendrein war für Unterhaltung gesorgt.

Als Joe Prag 1941 verlassen hatte, hatten wir uns auf einen Ort geeinigt, an dem wir uns nach Kriegsende treffen oder wohin wir Post schicken wollten. Jetzt schrieb ich ihm einen langen Brief an die Adresse unserer Freunde, in dem ich ihn wissen ließ, dass ich am Leben war, aber auch, dass ich mich sehr verändert hatte und nicht zu ihm zurückwollte. Ohne einem von uns beiden einen Vorwurf zu machen, versuchte ich ihm klarzumachen, dass wir unsere Ehe in einer Ausnahmesituation eingegangen waren und dass ich ohnehin den Verdacht hatte, für die Ehe nicht geschaffen zu sein. Ich bat ihn, nicht nach Celle zu kommen, um mich vom Gegenteil zu überzeugen. Ich müsse die Dinge überdenken und hätte in vielerlei Hinsicht das Gefühl, mein Leben würde gerade erst beginnen, ich bräuchte meine Freiheit.

Es lag nicht an Jason, dass ich diesen Brief schrieb. Unsere Beziehung war zwar eng, aber gleichzeitig von einer spürbaren Distanz geprägt, sie stillte zu diesem Zeitpunkt ein Bedürfnis in unser beider Leben. Ich wusste nicht viel über sein Leben in England, sein Leben ohne Uniform, und ich fragte auch nicht – vermutlich weil ich nicht bereit oder in der Lage war, mich in irgendjemanden zu verlieben. Er wiederum akzeptierte mich, so wie ich war, inklusive meiner andauernden Schweigsamkeit; er war einfach da, wenn ich seine Gesellschaft brauchte.

Zusätzlich zu unseren männlichen Freunden hatten Kitty und ich auch einen Schutzengel in Gestalt von Colonel Montgomery, der aus Südafrika stammenden Lady, die das Rote Kreuz leitete und uns beiden aus unerfindlichen Gründen zugetan war. Sie billigte sogar unsere Freundschaft mit den beiden Offizieren, obwohl sie in anderen Fällen weniger tolerant war. Sie ging mit zu den Tanzabenden und setzte ihre Verkupplungskünste bei ihrem eigenen Women's Royal Army Corps ein. Vielleicht waren auch unsere Englischkenntnisse der Grund, warum sie uns anders behandelte. Sie machte uns immer wieder Geschenke, brachte mich zum Zahnarzt, als ich einen entzündeten Zahn hatte, und bemutterte uns rundum.

Mir ging es jetzt viel besser. Mein Haar wuchs nach, und mit den Partys ging ein wiedererwachtes Interesse an Kleidung einher. Ich beschloss, zu Kittys großem Vergnügen, aus ein paar der schönen kanadischen beige-blauen Decken Röcke und Eisenhower-Jacken zu schneidern. Das Einzige, was dem Vorhaben im Weg stand, war die Tatsache, dass wir keine Nähmaschine hatten.

Als wir Colonel Montgomery das Problem schilderten, schickte sie Sunshine mit uns los, um irgendwo auf dem Land eine Maschine zu requirieren. Er war mit Freuden dabei. Wir suchten uns ein beliebiges hübsches Haus in einer netten Wohngegend aus und klingelten an der Tür. Eine Frau öffnete – und in diesem Moment konnte ich in ihren Augen dieselbe Angst sehen, die ich gefühlt hatte, als Jahre zuvor eine deutsche Uniform an meiner Haustür aufgetaucht war. Als sie begriff, dass Sunshine nur ihre Nähmaschine wollte, war sie so offenkundig erleichtert, das sie uns gleich auch noch Garn und andere Nähutensilien anbot. Sunshine gab ihr eine Quittung, und ich machte mich an die Arbeit.

Eines Tages gegen Ende Juli kamen all unsere Freunde zu uns, sie wollten ein ernstes Gespräch mit uns und ein paar der anderen Frauen führen. Sie sahen ziemlich bedrückt aus und hatten Colonel Montgomery zur moralischen Unterstützung mitgebracht. Dann teilten sie uns mit, dass sie von anderen Besatzungstruppen abgelöst würden und sich um unseretwillen und für ihren eigenen Seelenfrieden wünschten, wir mögen nach Hause zurückkehren. Sie vermuteten, dass die Soldaten, die nicht an der Befreiung Bergen-Belsens teilgenommen hatten, uns gegenüber eine ganz andere Haltung an den Tag legen könnten und es ihnen schwerfallen könne, zwischen einer befreiten jüdischen Gefangenen und einem deutschen *»Fräulein«* zu unterscheiden.

Das war tatsächlich so, wie ich schon ein paar Abende zuvor feststellen musste, als ich mit einem neu eingetroffenen Major aus Schottland tanzen war. Während wir gerade einen Swing tanzten, er in seinem Kilt und ich in einer Hose der US Navy, ließ er die Bemerkung fallen, dass er es skurril fände, sich eine Telefonnummer auf den Arm tätowieren zu lassen. Von seiner Dämlichkeit verärgert, ließ ich ihn – ahnungslos, wie er war, warum ich ihn so behandelte – auf der Tanzfläche stehen. Colonel Montgomery zuckte zusammen, als ich ihr das erzählte, und schloss sich dann der festen Überzeugun der anderen an.

Sie hatten natürlich recht. Es war höchste Zeit für uns, nach Hause zu gehen. Der Abschied war schwer und schön zugleich, für jede Einzelne von uns und für die ganze Gruppe. In den folgenden Tagen überhäuften unsere Befreier uns mit einer Mitgift aus Decken, Seifen, Lebensmittelkonserven, Zigaretten, sogar mit deutschem Geld. Als Kitty und ich mit Packen fertig waren, standen wir vor dreizehn Gepäckstücken und einem Radio. Zu viel, um den Bus zu nehmen. Weil wir niemandem unser Hab und Gut anvertrauen wollten, wurde beschlossen, Kitty mit dem alten Sightseeingbus, der zwischen Prag und Celle pendelte, fahren zu lassen. Ich würde mit dem Gepäck auf einem Lastwagen folgen, in Begleitung von drei jungen Ex-Häftlingen und Pepik, dem Fahrer.

31

In der ersten Augustwoche 1945 machten sich die beiden Fahrzeuge auf den Heimweg. Der Lastwagen war ein Oldtimer, und schon bei Einbruch der Dunkelheit hatten wir den Bus aus den Augen verloren. Unser Vehikel blieb verlässlich alle achtzig bis hundert Kilometer liegen, und keiner der Männer sprach Englisch. Es war auch so schwierig genug, den notwendigen Kraftstoff aufzutreiben, aber als wir die amerikanische Zone erreicht hatten, bremsten uns die mechanischen Probleme erst so richtig aus. Die GIs konnten nicht verstehen, warum um alles in der Welt vernunftbegabte Menschen einen solchen Schrotthaufen fuhren, und erteilten den äußerst hilfreichen Ratschlag, ihn in einem Graben stehen zu lassen, anstatt zu versuchen, ihn zu reparieren.

Es bedurfte meiner ganzen Überzeugungskraft, klarzustellen, dass wir politische Gefangene auf dem Nachhauseweg in die Tschechoslowakei seien – die im Übrigen sechs Jahre lang besetzt gewesen war – und dass sich die meisten Fahrzeuge auf europäischem Boden wohl in ähnlichem Zustand befänden. Da ich annähme, die US Army wolle uns keinen ihrer Trucks zum Geschenk machen, seien wir dankbar für ihre Hilfe, unseren für die Weiterfahrt nach Prag wieder fit zu machen. Meistens fühlten sie sich dann bei ihrer Mechanikerehre gepackt und widmeten sich der Reparatur wie einem Puzzle.

Verglichen mit den Briten, empfand ich die amerikanischen GIs auf eine amüsante Art als naiv, neugierig und direkt. Sie kannten keinerlei Zurückhaltung wegen der Tätowierung auf meinem Arm. Vorschläge jeglicher Art konnte man mit einem einfachen »*No*« abwehren. Außer bei einem, der seinen Kumpels rechts und links von ihm Tipps gab, wie sie ein kaputtes Teil zu reparieren hätten, und sich als Taxifahrer aus New York herausstellte. Fasziniert von dem alleinstehenden, Englisch sprechenden Mädchen in Begleitung von vier – aus seiner Sicht – Landstreichern, fragte er noch mal nach – »*Why?*« – und offerierte mir im Anschluss an die Reparatur, die ja in ein paar Stunden erledigt wäre, sein Bett und seine Zuneigung inklusive einer heißen Schokolade und einer Büchse Frühstücksfleisch. Meine Erwiderung, ich sei nicht interessiert und kein deutsches »*Fräulein*«, beeindruckte ihn wenig, aber er ging dann doch seiner Wege.

Wir konnten nur bei Tageslicht fahren, weil wir unserem fahrbaren Untersatz – wir hatten ihn nach »Don Quijote« Rosinante getauft – in der Dunkelheit nicht trauten, denn dann war es fast unmöglich, Hilfe zu finden. Pro Tag schafften wir höchstens zweihundertfünfzig Kilometer. Die Einschränkung stellte uns – vor allem mich – vor ein Schlafplatzproblem. Die Jungs wollten Rosinante nicht unbeaufsichtigt lassen und schliefen deshalb auf den Gepäckstücken. Um für mich eine Unterkunft zu requirieren, tauchte jeden Abend wie aus dem Nichts ein amerikanischer Unteroffizier auf.

Das führte manchmal zu komischen Situationen, denn ich wollte aus Angst vor den Deutschen in ihrer Gegenwart immer einen Bodyguard an meiner Seite haben. Südlich von Kassel, das wir am Nachmittag hinter uns gelassen hatten, mussten wir wieder einmal übernachten, und der vor Ort diensthabende amerikanische Sergeant ging zum erstbesten Privathaus, um nach einem Bett für mich zu fragen. Nach langem Hin und Her stellte sich heraus, dass sie keine Schlafgelegenheit für Gäste hatten, aber man kam überein, mir auf dem Sofa im Wohnzimmer ein Bett aufzuschlagen.

Sergeant Bob verließ mich, nicht ohne mir zu versichern, dass er in der Nähe bliebe und ich bei Bedarf nur aus dem Fenster zu rufen brauche. Weil ich meinen unfreiwilligen Gastgebern gegenüber misstrauisch war, legte ich mich voll bekleidet auf das Sofa.

Eine Stunde später kam der Großvater der Familie herein, ein alter Mann, der mich an Spieß erinnerte, er fragte mich, ob alles in Ordnung bei mir wäre, und schwafelte weiter, wollte mir versichern, dass niemand in der deutschen Bevölkerung gewusst habe, was in den Konzentrationslagern vor sich gegangen sei. Er triefte vor geheucheltem Mitleid und fing an, meinen tätowierten Arm zu tätscheln, und meine Panik wurde mit jeder Sekunde größer. Am Ende sprang ich auf und rannte zum Fenster, schrie: *»Bob, Bob! Help!!«*

Bob war augenblicklich zur Stelle und vertrieb den alten Lustmolch. Dann brachte er mich in einem anderen Haus in derselben Straße unter, wo eine junge Frau mit ihrem kleinen Kind wohnte. Sie ließ mich neben sich im Bett ihres vermissten Ehemanns schlafen und versicherte Bob, dass sie sich gut um mich kümmern würde. Irgendwas sagte mir, dass sie Bob nicht zum ersten Mal getroffen hatte und dass ich hier vielleicht *seinen* angestammten Platz belegte.

Auf unserer Reise durch das sommerliche Nachkriegsdeutschland des Jahres 1945 war die radikale Zerstörung des »Tausendjährigen Reiches« unübersehbar. Wie Hamburg und Bremen, die beiden großen Hafenstädte, lagen auch die Städte im Landesinneren, zum Beispiel Kassel und Schweinfurt, fast vollständig in Schutt und Asche. Die Teile der deutschen Bevölkerung, denen ich begegnete, fand ich in ihrer neuen Unterwürfigkeit ihren Eroberern gegenüber genauso abstoßend wie in ihrem früheren rechtschaffenen und blinden Gehorsam dem »Führer« gegenüber.

In Bad Hersfeld mussten wir wegen einer weiteren Reparatur mehrere Stunden lang warten. Ich traf den befehlshabenden Offizier, Major Klein, einen Juden aus Philadelphia, dessen Familie ursprünglich aus der Tschechoslowakei stammte. Bei einem Frühstück mit Trockenei, Schinken und Nescafé stellte er mir endlose Fragen, in dem herzergreifenden Versuch, so auf eine Spur seiner Verwandten zu stoßen. Er tat alles in seiner Macht Stehende, Rosinante wieder in die Lage zu versetzen, die zweite Hälfte der Reise zu überstehen – was einem Wunder gleichen würde, fuhren wir doch inzwischen mit Kotflügeln, die von Seilen gehalten wurden, und praktisch ohne Bremsen. Zum Glück fuhr Rosinante nicht schneller als 50 km/h, und wenn es bergab ging, bremste Pepik durch Herunterschalten. Schließlich erreichten wir die tschechische Grenze bei Tachov (Tachau), wo wir die amerikanische Zone verließen und ich auf meinen ersten Russen traf.

Während Pepik im Wachhaus war, um unsere Reisepapiere prüfen zu lassen, wurde ich neugierig von einem kleinen, untersetzten Soldaten beäugt, er war bewaffnet mit einer Bazooka, sein Käppi zierte ein roter Stern. Da er sich in keiner anderen Sprache verständigen konnte, zeigte er auf meinen Mund und fragte auf Russisch: *»Ty Kurva?«* (Bist du eine Hure?) Das verstanden sogar wir, und die Jungs auf dem Lastwagen wollten sich kaputtlachen. Pepik, der inzwischen zurück war, klärte unseren Freund und Befreier auf, dass in Europa die meisten Frauen Lippenstift trugen und dass dies nicht zwangsläufig ein Zeichen für lockere Moral sei.

Wir fuhren weiter nach Plzeň (Pilsen), wo ich hoffte, dass Kitty auf uns warten würde, weil sie eine Halbschwester hatte, die hier mit einem christlichen Arzt verheiratet war. Aber wir erfuhren, dass der Busfahrer die Leute, die von hier kamen, abgesetzt und zwei Tage lang auf uns gewartet hatte; heute Morgen erst war er weiter Richtung Prag gefahren, weil er glaubte, wir hätten die Grenze an einer anderen Stelle überquert. Wir luden das für Plzeň bestimmte Gepäck ab und beschlossen, weiter bis nach Prag zu fahren, egal, wie lange es dauern würde, und trotz der Dunkelheit.

Von dem Moment an, in dem wir die Grenze überquerten, wurde ich wie von einer Lawine von meiner Liebe zur böhmischen Landschaft überwältigt, mit jedem Kilometer, den wir hinter uns brachten, wuchs meine Ungeduld. Um drei Uhr morgens, an einer Steigung etwa fünfzehn Kilometer vor Prag, stotterte und hustete Rosinante und rührte sich nicht mehr. Pepik war mit seiner Geduld am Ende und stieß einen saftigen altvertrauten Fluch aus: *»Do prdele!«* – ein unübersetzbarer Fluch auf Tschechisch, der so viel wie *»Oh, Scheiße!«* bedeutet –, warf sich quer über die Fahrerbank und verkündete, er würde jetzt schlafen. Ich bettelte, schmeichelte und bot an, Rosinante zu schieben, alles vergebens. Er schnarchte bereits lautstark.

Frustriert lief ich die paar Hundert Meter zur Hügelkuppe, von wo aus ich die über Prag schwebende Lichtkuppel sehen konnte, während ich hier mit einem liegen gebliebenen Lastwagen samt schnarchendem Fahrer festsaß. Es war einfach nicht fair.

Bei Sonnenaufgang erwachte Pepik. Als er mein unglückliches Gesicht sah, öffnete er die Motorhaube und stocherte ein bisschen im Motor herum. In seiner Verzweiflung gab er der Kiste einen gewaltigen Tritt, und dann, kaum zu glauben, sprang sie an. Um fünf Uhr morgens fuhren wir in die Stadt ein und umgingen auf die Art solche Trivialitäten wie Quarantäne und Registrierung; wir fuhren direkt zum Haus eines früheren Schulkameraden von Kitty, wo wir verabredet waren. Die ganze Straße wachte von dem Lärm auf, den wir machten, als Kittys Freund Jirka, seine Mutter und sogar eine Großmutter die Straße hinunterliefen, um uns zu begrüßen. Ich war wieder zu Hause, genau drei Jahre, nachdem ich fortgegangen war.

32

Aber war das wirklich mein Zuhause? Hier war ich, zusammen mit diesen drei liebenswerten Menschen, die ich vor zehn Minuten erst kennengelernt hatte und die einen Riesenwirbel ums Essen machten, als müssten sie die drei Jahre unserer Mangelernährung mit einer einzigen Mahlzeit wettmachen, und das in ihrer winzigen Dreizimmerwohnung, die sie bereitwillig mit uns teilten.

Nach dem Frühstück und ein paar Telefonanrufen fuhren wir in die Stadt. Wie gut abgerichtete Hunde gingen wir brav zurück zum letzten Waggon der Straßenbahn und stellten uns auf den hinteren Perron, obwohl drinnen noch ausreichend Plätze frei waren. Wir hatten noch gar nicht realisiert, dass die antisemitischen Schilder alle verschwunden waren. Ich war mit Max verabredet, einem Freund der Familie, der mit einer Christin verheiratet war und bei dem zu Hause Joe und ich uns hatten treffen beziehungsweise Nachrichten hinterlassen wollen, so war es vereinbart.

Die Stadt sah prächtig aus im Sonnenlicht, sie war nur wenig zerstört. Da sie nicht bombardiert worden war, sah sie genauso aus wie seit Hunderten von Jahren – für mich persönlich allerdings nicht. Die Geschäfte trugen neue Namen, und all die Menschen in Zivilkleidung waren ein ungewohnter Anblick für mich. Ich fühlte mich fehl am Platz in meinem billigen Baumwollkleidchen mit nackten Beinen inmitten der immer noch schicken, wenn auch etwas altmodischen Eleganz der Menschen, die an diesem Spätvormittag auf dem Wenzelsplatz waren.

Max – in einem passgenau geschneiderten Anzug aus Vorkriegszeiten – wirkte, als sei ihm unbehaglich, er wusste nicht, was er sagen oder tun sollte. Als Erstes überreichte er mir den ungeöffneten Brief, den ich an Joe geschrieben hatte. Mein Mann sei tot, sagte er. Ich hätte nie gedacht, dass Joe nicht überleben würde, eine heiße Welle aus Scham und Reue über diesen Brief, den ich verfasst hatte, überrollte mich. Während er mir verschämt einen Tausend-Kronen-Schein gab, der mich über die nächsten Tage bringen sollte, lud er mich zum Abendessen ein, dann verabschiedete er sich unter einem Vorwand.

Ich ging zum jüdischen Gemeindezentrum, um herauszufinden, wie ich wieder zu einer vollwertigen Staatsbürgerin werden und an eine Wohnung gelangen konnte. Ich besaß kein einziges Dokument mehr – alle meine Papiere waren vor drei Jahren eingezogen worden. Also füllte ich endlose Formulare aus und erhielt eine Liste mit Adressen, wo sich unter Umständen Kopien meiner Papiere befinden könnten. Man informierte mich über den akuten Wohnungsmangel und dass Alleinstehende kein Anrecht auf eine eigene Wohnung hätten, Familien und Verheiratete würden bevorzugt. Ich ging die Listen der Toten und Vermissten und der Orte durch, an die sie deportiert worden waren, und das deprimierte mich derart, dass ich den ersten Bus zurück nach Deutschland genommen hätte, wenn das irgendetwas geändert hätte.

Dann schaute ich bei meinem ehemaligen Geschäft vorbei. Marie begrüßte mich mit dem gleichen verlegenen Gesichtsausdruck wie Max und stellte sofort klar, dass sich von meinen Sachen nichts mehr in den Räumlichkeiten befände. Sie hatte gegen Kriegsende alles eingelagert, für den Fall, dass die tschechischen Behörden sie beschuldigen würden, sich an jüdischem Eigentum bereichert zu haben. Außerdem beeilte sie sich, mich wissen zu lassen, dass von unserer alten Kundschaft niemand mehr zu ihr und ihrem Mann, er war Schneider, käme. Sie hatten den Laden auf eigene Kosten neu möbliert, und durch den neuen Mietvertrag auf ihren Namen … gehöre nun alles ihnen.

Die Botschaft kam unmissverständlich bei mir an, und ich verließ sie, um Max und seine Familie zu besuchen. Dort servierte man mir das Abendessen auf meinem eigenen Tischtuch. Wir tranken aus den Gläsern meiner Mutter, ohne dass sie auch nur ansatzweise erkennen ließen, dass mir das möglicherweise seltsam vorkommen könne. Ich schämte mich so sehr für sie, dass ich nichts sagte, fragte im Laufe der Unterhaltung aber nach Joes Kleidung, die ich bei ihnen gelassen hatte. Ich hatte nicht viel anzuziehen für den Winter und hätte gut einige seiner Anzüge für mich ändern können.

Sie erzählten mir von den furchtbar harten Zeiten, die sie alle durchgemacht hätten, und dass ein Großteil unserer Sachen gegen Lebensmittel eingetauscht worden wäre. Und in dem Moment kam der ältere der Söhne, er war inzwischen achtzehn, herein – in Joes Anzug. Alena wurde rot, und ich beeilte mich, ihr zu versichern, dass das nichts mache, dass ich es schon verstehen würde und dass der Anzug Jarousek sowieso besser stünde als mir. Aber ich verstand es *nicht*. Damals nicht und in den Wochen danach, als sich diese Szene in Variationen mehrfach wiederholte, sogar noch weniger.

Natürlich gab es viele Menschen, die auf meine Rückkehr ganz anders reagierten, aber es war schwer, die anfängliche Verbitterung abzuschütteln. In einer Kleinstadt besuchte ich eine unserer früheren Kundinnen, bei der meine Mutter etwas Geld und ihre Diamantohrringe zurückgelassen hatte. Meine Mutter hatte damals das Hochzeitskleid für die Kundin genäht. Jetzt wurde ich von ihr, ihrer Mutter und ihrem Ehemann begrüßt wie ein lange vermisstes Kind. Sie gaben mir das Dreifache der Summe wieder, die mir zustand, meinten, das Geld habe inzwischen stark an Kaufkraft verloren, und wollten mich nicht wieder gehen lassen. Sie hatten keine eigenen Kinder und kamen tatsächlich auf die Idee, mich legal zu adoptieren. Ich war ihnen dankbar, fand aber zu diesem Zeitpunkt die Idee, in einer kleinen Stadt bei fast Fremden zu leben, unvorstellbar.

Es gab andere, die mich zu sich nach Hause einluden und ein ziemliches Gewese um mich machten, die versuchten, mein Leben zu ordnen, und die ständig befürchteten, unabsichtlich meine Gefühle zu verletzen. Ich begann, die Klischees, die man mir überstülpte, zu hassen.

»Wie eure Leute das überleben konnten, ist ein Wunder!«

Kein Mensch hatte uns vor dem Krieg je als *»eure Leute«* bezeichnet.

Immer wieder bekam ich zu hören: *»Du hast keine Vorstellung davon, wie sehr wir hungern mussten. Nichts gab es ohne Lebensmittelkarte!«*

Und: *»Ein hübsches, cleveres Mädchen wie du wird in null komma nix verheiratet sein, und dann bist du deine Probleme los.«*

Solche und Dutzende ähnlicher Sätze ärgerten mich maßlos. Nur in Gegenwart meiner überlebenden Freunde aus Terezín konnte ich mich ein wenig entspannen. Einige von ihnen, die gleich nach der Befreiung zurückgekehrt waren, lebten in Wohnungen, die von Deutschen beschlagnahmt worden waren. Andere wohnten wieder in ihren alten Häusern, vor allem, wenn die Häuser ihr Eigentum gewesen waren, allerdings fehlten nun oft alle Möbel. Zumindest bei diesen Freunden hatte ich nicht das Gefühl, mich für meine Existenz entschuldigen zu müssen. Sie versuchten, mich aufzumuntern, versicherten mir, dass ich mich noch eingewöhnen würde und dass die Dinge sich von selbst regeln würden – und, übrigens, warum um alles in der Welt war ich so spät zurückgekehrt? Unterm Strich betrachtet, waren wir am Leben, was wollte ich mehr?

Das stimmte natürlich, aber trotzdem fühlte ich mich – das erste Mal seit sechs Jahren – total ausgelaugt, verunsichert, müde und hoffnungslos allein. Jetzt war es Kitty, die mich drängte, dies und jenes zu tun, meine Besitztümer zusammenzusammeln, auszugehen, *irgendwas* zu tun – sofern sie dazu kam, bei ihrem aufblühenden Sozialleben.

Sie hatte eine Unterkunft für uns beide bei der Familie ihres früheren Chefs gefunden; er besaß ein großes, nicht voll belegtes Apartment am Altstadtplatz gegenüber dem Jan-Hus-Denkmal. Man bot uns ein Zimmer an, in der Hoffnung, dass Kitty letzten Endes doch noch den fünfundvierzigjährigen Junggesellen heiraten würde, der in sie verliebt war, seit sie als Teenager begonnen hatte, für seine Familie zu arbeiten. Jahrelang hatte er darauf gewartet, dass sie endlich volljährig sein würde; er saß sogar zwei

Jahre in Haft, weil er beim Verlassen des Ghettos nach einem seiner heimlichen Besuche bei Kitty und ihren Eltern erwischt worden war. Wir hatten also erst mal ein Dach über dem Kopf.

Im Unterschied zu Kitty war ich nicht in der Lage, auf die Freundlichkeit und Fürsorge anderer Menschen positiv zu reagieren, und brauchte ihre Gesellschaft dennoch mehr denn je. Die ganze Bürokratie machte mich wahnsinnig. Es dauerte Wochen, Kopien meiner Papiere zu beschaffen. Man hatte mir eine Stelle als mehrsprachige Mitarbeiterin einer Exportfirma angeboten, reizvoll, weil sie mit sofortiger Reisetätigkeit verbunden war. Als ich einen Reisepass beantragen wollte, stellte sich heraus, dass ich zusätzlich zu meinen anderen Papieren nachweisen musste, dass ich bei der Volkszählung 1930 als tschechische Staatsangehörige registriert worden war. Nach zwei Wochen Wartezeit erhielt ich per Post ein Schreiben mit der Information, dass mein Vater *»deutsch«* als seine und meine Nationalität angegeben habe. Angewidert zerriss ich die offizielle Benachrichtigung, die die Ausstellung eines Reisepasses verhinderte oder zumindest verzögerte, obwohl ich tschechische Staatsbürgerin, in der Tschechoslowakischen Republik geboren und zum Zeitpunkt der Erhebung zehn Jahre alt gewesen war. Den Nachweis über meine französische Schulbildung erbrachte ich später – sie wurde der tschechischen als gleichwertig angesehen –, aber inzwischen war die Stelle mit jemand anderem besetzt.

Ich verspürte überhaupt keine Lust, mich nach einem anderen Job umzusehen oder mein altes Geschäft wieder zu eröffnen. Weil ich etwas Geld, eine staatliche Rente und kaum Ausgaben hatte, machte ich mir finanziell keine Sorgen und ließ mich einfach treiben. Stundenlang durchwanderte ich die Straßen, an jeder vertrauten Ecke stellte ich mir meine Eltern vor. Der einzige Ort, an dem ich mich aus diesem Zustand der Melancholie befreien konnte, war der Smetana-Saal, der die Tschechische Philharmonie beherbergte. Musik war die einzige Sprache, die mir nicht von Zweideutigkeit geprägt zu sein schien.

Unterdessen ging ich mit verschiedenen Männern aus, weil ich es hasste, allein zu Hause zu sitzen und auf die leeren Wände zu starren. Dabei manövrierte ich mich in einige unmögliche

Situationen. So traf ich mich eindeutig zu oft mit einem verheirateten Mann, einem früheren Freund von Joe, dessen Mutter auch in Terezín gewesen war, während er – verheiratet mit einer christlichen Frau und Vater von zwei amtlich »arischen« Kindern – auf recht komfortable Art in Prag überlebte. Er war von der Vorstellung besessen, seine tote Mutter hätte unsere Heirat gewollt, weil sie vor Jahren – als ich ihr als Joes Verlobte vorgestellt worden war – gesagt hatte, ich sei die Art Mädchen, die er hätte heiraten sollen. Seine Absichten waren mir völlig egal, aber leider eben auch die Gefühle seiner Frau, die einen Suizidversuch unternahm, als sie herausfand, wo und mit wem ihr Mann einen Großteil seiner Zeit verbrachte. Offenbar war die Äußerung ihrer Schwiegermutter schon früher Anlass für Zwistigkeiten in der Ehe gewesen, weil sie implizierte, dass er eine Jüdin hätte heiraten sollen.

Schließlich machte mein alter Freund aus Terezín, Dr. V., dem von ihm äußerst missbilligten Unfug ein Ende, indem er behauptete, ich sei seine Geliebte, was zu dem Zeitpunkt gar nicht stimmte. Eine Rolle spielte auch noch ein slowakischer Partisan mit langen Haaren und eindrucksvollem Schnurrbart à la Stalin, der mich wegen meiner Schwäche für die Mysterien des Untergrunds reizte, sich dann aber eher als Trottel denn als Held erwies. Und da waren auch noch ein paar alte Flammen, für die ich als Sechzehnjährige geschwärmt hatte und die ich damals interessant gefunden hatte.

Nach ein paar Verabredungen stellte sich für gewöhnlich heraus, dass all diese Idole meiner Jugend so ihre Schattenseiten hatten, aber vor allem, dass sie ganz anders tickten als ich. Sie gehörten unterschiedlichen politischen Parteien an, aber alle wollten mich dazu bringen, *ihrer* Partei beizutreten. Alles, was ich wollte, war, wieder Teil der Menschheit zu werden.

In der Tschechoslowakei hatten wir unter dem aus dem Exil zurückgekehrten Präsidenten Beneš zu der Zeit eine Koalitionsregierung mit einer recht starken Kommunistischen Partei. In ihren Reihen befanden sich viele ebenfalls zurückgekehrte ehemalige Häftlinge, die außer ihrer Freiheit nichts zu verlieren hatten – eine Tatsache, die vielen einmal mehr nicht bewusst war.

Nach dem Verrat von München hatte sich unter Angehörigen meiner Generation die Ansicht verbreitet, dass nur der Kommunismus ein Wiedererstarken des Faschismus würde verhindern können. Ich verbrachte ganze Nächte – vor allem unter Künstlern – damit, solchen Argumenten zuzuhören.

Meine eigene Meinung war noch nicht ausgereift, aber ich war der Ansicht, dass die Kommunisten die Juden einfach gegen die Bourgeoisie austauschen würden, nur in einem anderen, genauso totalitären System. Ich hielt mich fern von jeglichem Engagement, war eh nie eine, die gerne mitmischt. Die gesellschaftliche Situation im Land war immer noch ziemlich schräg, mit der grassierenden Inflationsrate, der anhaltenden Wohnungsnot und einer prinzipiell niedrigen Arbeitsmoral. Ich, zum Beispiel, war so darauf konditioniert, dass man mir sagte, was ich zu tun habe, dass ich keinerlei Eigeninitiative entwickelte. Der Gedanke daran, eine Behörde aufsuchen zu müssen, um dort bei einem Amtsträger ein Dokument zu beantragen, ließ mich vor Angst und gleichzeitig vor Verachtung zittern. Das Wort *»Behörde«* war inzwischen zu einem Schimpfwort geworden. Meine ausgeprägte Selbstdisziplin war in Bergen-Belsen abhandengekommen; weder Geld noch Besitztümer waren es in meinen Augen wert, dafür zu arbeiten.

Auf Anregung von Colonel Montgomery hatte ich damals in Celle dem Roten Kreuz eine Liste mit Namen von Verwandten übergeben, die in den ersten Tagen der Verfolgung geflohen waren, auch wenn ich gar nicht wusste, wohin sie gegangen waren. Diese Art Listen wurden von den Botschaften und Konsulaten der meisten Städte der westlichen Welt veröffentlicht, und so erfuhr auch mein Cousin Peter Sachsel, dass ich überlebt hatte.

Als sein erster Brief eintraf, war ich fassungslos und gleichzeitig überglücklich. Peter war ein besonderer Mensch. Wir waren beide Jahrgang 1920 und bis zum Alter von fünf Jahren Spielkameraden gewesen. Dann zog er mit seinen Eltern nach Bratislava. Aber wir besuchten uns oft, und Peters Vater, Emil Sachsel, der Lieblingsbruder meiner Mutter und mein Lieblingsonkel, besuchte uns häufiger auf seinen Geschäftsreisen nach Prag. Das letzte Mal, dass ich Onkel Emil gesehen hatte, war

1939, noch vor meiner Heirat, gewesen. Er hatte erzählt, wie erleichtert er war, dass Peter damals schon in Lyon lebte. Peter war vor der deutschen Invasion zum Studium nach Frankreich gegangen. Zurückkehren konnte er danach nicht mehr – und er war auch klug genug, es nicht zu versuchen –, darum wanderte er, mit Zwischenstopp in Kuba, in die Vereinigten Staaten aus, in der Hoffnung, dass seine Eltern und sein jüngerer Bruder ihm folgen würden.

Im Herbst 1945, als mein Blick auf Peters Absender fiel, hatte ich schon jede Hoffnung aufgegeben, irgendjemanden aus meiner Familie je wiederzusehen. Während ich seinen Brief las, stellte ich mir vor, wie groß seine Freude damals gewesen sein muss, als ein Freund ihm mitteilte, dass das tschechoslowakische Konsulat nach ihm suchte, und wie groß dann sicher seine Enttäuschung war, weil es nicht seine Eltern oder sein Bruder waren, die ihn suchten, sondern ich.

Die Sachsels, Peters Eltern und sein jüngerer Bruder, waren aus Bratislava deportiert worden. Sie verschwanden spurlos in der Todesmaschinerie Osteuropas. Im Laufe unserer Korrespondenz wurde mir schmerzhaft klar, dass Peter eine Rückkehr in die Tschechoslowakei nicht verkraften würde, auch nicht, um seinen Besitz zurückzufordern oder weil ich ihn so gerne sehen wollte. Wie ich versuchte er offenbar, sich von den katastrophalen Ereignissen der jüngsten Vergangenheit abzuschotten und neu anzufangen. Leicht gesagt, aber schwer getan, weil die Erinnerungen und die Fragen, warum man selbst von dem Gemetzel verschont geblieben war, sich hartnäckig weigerten, zu verstummen.

33

Der Herbst brachte schlechtes Wetter und die Abwertung der tschechoslowakischen Währung. Ersteres bremste meine ziellosen Wanderungen durch die Stadt aus; Letzteres reduzierte meine Bargeldreserven auf ein Zehntel ihres Wertes. Unsere Sparkonten wurden eingefroren, nur in Notfällen wurden für zurückkehrende Häftlinge kleine Summen freigegeben. Ich hatte noch meine Rente, war aber jetzt wirklich knapp bei Kasse.

Deshalb, aber mehr noch, weil ich die Zeit, die ich nun nicht mehr mit Spazierengehen verbrachte, füllen wollte, nahm ich einen Job an. Die Arbeit war keine Herausforderung, langweilte mich zu Tode, war aber ziemlich gut bezahlt, vor allem, weil mein neuer Chef sich geschmeichelt fühlte, die frühere Inhaberin eines recht bekannten Modegeschäfts als Angestellte zu haben. Ich traf auf unsere alten Kundinnen, die sich zuerst nach meiner Mutter erkundigten und dann fragten, wann ich denn meinen Salon wiedereröffnen würde. Seit ich weg war, hatten sie sich keine neue Garderobe zugelegt und fanden es sehr bedauerlich, dass ich angestellt arbeitete. Aber ich scheute die bürokratischen Hürden, die für die Rückerstattung von Geschäft und Lizenzen zu überwinden gewesen wären, und auch, die Verantwortung für Mitarbeiter zu tragen.

Am Ende schaute ich mir meine alte Salonausstattung doch noch an, am Ort ihrer Einlagerung, einem halb offenen Schuppen. Die Louis-XIV.-Möbelstücke waren verschimmelt und fielen bei der kleinsten Berührung auseinander. Natürlich existierte kein Zentimeter Stoff oder anderes Material mehr, Marie hatte alles verbraucht. Nur die Nähmaschinen waren noch funktionsfähig, weil ihre Mechanik gut geölt worden war.

Noch mal von vorne anzufangen, schien mir einfach zu viel Aufwand. Aber eine alte Kundin, die eine gute Freundin meiner Mutter gewesen war, ließ nicht locker und behauptete, Mutti hätten meine Passivität und meine Unentschlossenheit überhaupt nicht gefallen. Auf meinen Protest hin bot sie mir ein Atelier an, das an ihr Geschäft angrenzte.

Weil sie behauptete, sie hätte über die Kommunistische Partei politische Druckmittel, um die Wiedereinsetzung meiner Lizenz voranzutreiben, und in der – korrekten – Annahme, es würde auch dann Monate dauern, bis etwas Konkretes dabei herauskäme, ließ ich sie gewähren. Mein fehlender Enthusiasmus muss sie zur Verzweiflung getrieben haben, aber sie brachte mich trotzdem in Kontakt mit einem Herrn, der Mitglied in der Kommission für die Rückgabe jüdischer Geschäfte war. Er erklärte sich bereit zu helfen – im Tausch gegen die Skistiefel meines toten Mannes –, obwohl ich nicht Mitglied der Kommunistischen Partei war. Jede Kommission hatte vier Mitglieder, die jeweils eine Partei der Regierungskoalition repräsentierten; sie arbeiteten nach dem Prinzip »Eine Hand wäscht die andere«.

Nachdem wochenlang nichts passiert war, informierte mich mein Kontaktmann inoffiziell, dass sich ein enormer Rückstau an Anträgen aufgebaut habe und man dazu tendiere, sich *»nicht mit der Restitution jüdischer Geschäfte zu beeilen«*. Ich habe nie herausgefunden, ob dies nur die kommunistische Sichtweise war oder ob das die Einstellung der gesamten Kommission widerspiegelte. Offensichtlich war jedoch, dass die deutsche Besetzung ein antisemitisches Erbe hinterlassen hatte, selbst wenn dies nun deutlich subtiler und versteckter zutage trat. Das zeigte sich auch im Verband der befreiten politischen Häftlinge, in dem eine sehr feine Linie zwischen repatriierten Juden und Christen gezogen wurde.

Auf die normale Bevölkerung schien all das wenig Einfluss zu haben, denn hier gab es – neben den Ehen zwischen zurückgekehrten Witwen und Witwern – Hunderte neuer »Mischehen«. Viele der Menschen stellten bald fest, dass das Leben ohne ihre

Familien viele schmerzhafte Erinnerungen mit sich brachte und dass die offizielle Lesart unserer Befreiung – durch die Russen – nichts Gutes für die Zukunft verhieß. Die Leute begannen, ihre Emigration vorzubereiten. Sie zogen es vor, ihre Kinder in Ländern großzuziehen, die aufgrund ihrer geografischen Lage weniger verwundbar waren.

Ich selbst ließ mich vom Heirats- oder Auswanderungsfieber nicht anstecken. Zum einen, weil ich mir aufgrund des Fiaskos beim ersten Versuch geschworen hatte, nie wieder zu heiraten; zum Zweiten fühlte ich mich außerstande beziehungsweise hatte einfach große Angst davor, mich ernsthaft an einen anderen Menschen zu binden. Was eine Emigration betraf, lagen meine Wurzeln in Prag, egal, wie ich meine jetzige Situation beurteilte. Immer noch glaubte ich an einen grundlegenden Anstand in diesem Land, vor allem mit Beneš als seinem Präsidenten und mit seinem innig geliebten und bewunderten Außenminister Jan Masaryk, der die Tschechoslowakische Republik bei den Vereinten Nationen repräsentierte.

Diese beiden Vorkriegssymbolfiguren »bauten Brücken in den Westen«, und viele von uns waren überzeugt, dass sie damit erfolgreich sein würden, dass die politische Situation sich beruhigen und die Macht der Kommunisten schwinden würde. Colonel Montgomery, die brieflich mit mir Kontakt hielt, brachte in einem ihrer Briefe Südafrika als Idee ins Spiel. Sie fand, ich sei in meinem Heimatland nicht glücklich, aber für mich klangen die Nachrichten aus dem ihren zu sehr nach Antisemitismus. Ich verwarf die Idee.

Bei jeder Begegnung mit einem Mann fühlte ich mich zunehmend wie Freiwild, eine Situation, die ich aus meinem Bedürfnis nach menschlicher Wärme heraus vielleicht unbewusst heraufbeschwor. Es fühlte sich an, als würde für jede Einladung zum Abendessen oder ins Theater eine gemeinsam verbrachte Nacht erwartet – und als müsse ich mich dadurch auch noch geschmeichelt fühlen. Um diesem Zustand etwas entgegenzusetzen, kaufte ich mir einen Hund, einen Drahthaar-Foxterrier, der meinem ermordeten Tommy ähnlich sah. Ich nahm ihn überall mit hin, sogar zur Arbeit, wo er im ganzen Betrieb kleine Seen hinterließ, zum Leidwesen der Kunden, aber toleriert von meinem Chef, der ohnehin nur einmal die Woche aufschlug, um die Quittungen einzusammeln. Meine Selbsttherapie funktionierte fast zu gut. Ich hing so sehr an diesem kleinen zarten Wesen, dass ich voller Panik war, es könne ihm etwas in meiner Obhut zustoßen. In einer Kurzschlusshandlung schenkte ich ihn deshalb den Kindern meines Chefs.

Eines Tages erhielt ich einen Anruf von einem alten Freund aus Terezín, der als Vermittler für unseren netten Gendarm Karel auftrat; er bat mich um ein Treffen mit Karel, der zu schüchtern war, um mich selbst anzurufen. Ich betrat das Restaurant, auf das wir uns geeinigt hatten, und hielt Ausschau nach einem Polizisten in Uniform, als ein schlanker, blonder Mann in einem Marineanzug mit Krawattenperle aufstand, um mich zu begrüßen. Wir setzten uns, und es folgten einige unbehagliche Momente, weil wir wegen unserer veränderten Erscheinung und der Situation an sich verlegen waren.

Auf seine Frage hin erzählte ich ihm in groben Zügen, was mir widerfahren war. Etwas später rückte er zögerlich damit heraus, warum er um dieses Rendezvous gebeten hatte. Er hatte gehört, dass mein Mann nicht mehr am Leben war, und das brachte ihn auf den Gedanken, nun, dass wir vielleicht miteinander ausgehen könnten und dass, wenn, falls das gut liefe – er errötete – wir eines Tages heiraten könnten ... Es war ihm todernst. Und in guter alter böhmischer Tradition beeilte er sich, mir zu versichern, dass ich gut versorgt sein würde. Er hatte die Gendarmerie verlassen und einen Bauernhof gekauft, so groß, dass er ihn nur mit Hilfe von Angestellten bewirtschaften konnte.

Karel musste mir gar nicht erst sagen, dass er wohlhabend war; ich hatte den großen Diamantring an seinem Finger schon bemerkt. Jüdisches Eigentum, schoss es mir durch den Kopf, aber ich schwieg. Schließlich hatte Karel sehr vielen Menschen geholfen und war mehr als nur freundlich zu mir gewesen. Sein Vorschlag schien mir trotzdem völlig unpassend, auch wenn ich von einer ehemaligen Bewohnerin Terezíns wusste, die »ihren« Gendarmen direkt nach dem Krieg geheiratet hatte und bereits ein Kind erwartete. Um Karels Gefühle nicht zu verletzen, erzählte ich ihm, wie sehr sein Vorschlag mich überrasche und ehre, dass ich aber beschlossen hätte, nie wieder zu heiraten.

Als er Einwände gegen einen solchen im Alter von fünfundzwanzig Jahren offensichtlich voreilig getroffenen Entschluss erhob, erklärte ich ihm, dass das ganze Thema ohnehin nur von theoretischem Interesse sei, weil ich rein rechtlich gar nicht frei sei. Und das stimmte. Es würde sechs Monate dauern, bis man mir eine offizielle Sterbeurkunde für meinen Ehemann ausstellen würde, vorausgesetzt, ich fand einen Augenzeugen für seinen Tod, ohne Beweise würde es noch länger dauern. Karels Abschiedsworte waren: *»Ich werde warten. In der Zwischenzeit können wir Freunde bleiben.«*

Von Karel hatte ich erfahren, dass Honza wieder da war; er lag mit Tuberkulose in einem staatlichen Krankenhaus. Honza war erst Anfang dreißig, ich freute mich sehr, dass er am Leben war, ließ aber ein paar Wochen verstreichen, bevor ich ihn besuchte. Als ich es schließlich tat, war ich entsetzt, ihn im Endstadium der Krankheit vorzufinden, ohne Aussicht auf Besserung. Er brachte ein schwaches Lächeln zustande, als ich seine knochige Hand nahm, konnte aber kaum sprechen wegen eines quälenden Hustens, der seinen ausgemergelten Körper die letzten Tropfen Blut zu kosten schien, die er noch in sich hatte. Warum, warum musste dieser brillante, gute Mann, der der Menschheit noch so viel zu geben gehabt hätte, sterben, jetzt, wo alles vorbei war? Warum war das Schicksal so launisch und zerstörte immer die Besten unter uns? Von solchen Gedanken gequält, verfiel ich in unkontrollierbares Weinen, so wie damals, als meine Eltern Terezín verließen.

Wie aufs Stichwort traf ich im Wartezimmer des Arztes, den wir in der Vergangenheit beide wegen verschiedener Beschwerden aufgesucht hatten, auf Margot. Weinend fielen wir uns in die Arme, und sofort dachten wir an die Prophezeiung der alten Frau damals im Ghetto. Margot hatte die letzten Jahre ihrer Gefangenschaft in Mauthausen in Österreich verbracht, wo sie, dem Tode nah, von einem tschechischen Oberst gefunden worden war, er selbst war fast sechs Jahre in Haft. Obwohl Margot deutsche Staatsbürgerin war, wollte sie zurück nach Prag, weil sie hoffte, dort Arthur zu finden. Oberst S. bot ihr an, seinen Einfluss geltend zu machen, damit sie eine vorläufige Sondergenehmigung erhielt. Margot kam in Prag an, nur um festzustellen, dass sie Witwe war. Arthur war auf einem der Todesmärsche gestorben, in den letzten Wochen des Krieges.

Sie zog mit Freunden zusammen und war entschlossen, nie wieder nach Deutschland zurückzukehren. Sie hatte ein Auswanderungsverfahren für die USA eingeleitet, in Cincinnati lebte ein Bruder ihres verstorbenen Mannes. Wegen des komplizierten amerikanischen Quotensystems stand ihr eine lange Wartezeit bevor, und ihre befristete tschechische Aufenthaltsgenehmigung machte die Sache nicht leichter. Die Prozedur ihrer monatlichen Erneuerung war obligatorisch und lästig. Als ich sie traf, war sie gerade mitten in einer Liaison mit Oberst S., auch aus Dankbarkeit für seine Hilfe bei der Rückkehr in die Tschechoslowakei. Er war Jude und durch einen seltsamen Zufall der Mensch, der mir Näheres über Joes Odyssee erzählen konnte.

Als man Joe in die Kleine Festung in Terezín steckte, legte man ihn in einen Zellenblock mit verhafteten Offizieren der tschechischen Armee. Als diese Gefangenen später nach Auschwitz verlegt wurden, war er unter ihnen, aber durch einen Fehler der Aufseher ging seine Kategorisierung als Jude verloren. Nicht einmal in Auschwitz wurde dieses Versehen bemerkt, vor allem, weil seine Mutter ihn nicht hatte beschneiden lassen, aber auch, weil sein Name nicht jüdisch klang. Die Gefangenen in seiner Gruppe akzeptierten ihn und Oberst S. als zu ihnen gehörig und gaben den Deutschen nie auch nur den kleinsten Hinweis, dass sich Juden unter ihnen befanden. Auf diese Art schaffte Joe es, den Verbrennungsöfen zu entkommen.

Als die Ostfront näher rückte, wurden diese Häftlinge – die Nazis betrachteten sie als Geiseln – nach Mauthausen verlegt, wo ähnliche Bedingungen wie in Bergen-Belsen herrschten. Man erzählte mir, dass Joe sich die Goldkronen aus dem Mund gerissen habe, um sie gegen Brot einzutauschen, denn seine Beine waren durch ein Hungerödem auf dreifache Größe angeschwollen. Mitte März erging ein Aufruf an Freiwillige für die Salzbergwerke in Ebensee, verbunden mit dem Versprechen größerer

Essensrationen. Ungeachtet der uralten Grundregel beim Militär »Melde dich nie für etwas freiwillig« schluckte Joe den vergifteten Köder und meldete sich.

Er starb in den Minen etwa zur gleichen Zeit, als ich in Bergen-Belsen befreit wurde. Auf mich hatte es immer so gewirkt, als habe er den Tod im selben Augenblick herausgefordert und hofiert. Mit ihm wurde das letzte Mitglied seiner Familie ausgelöscht, so als habe es sie nie gegeben. Ich hatte schon länger gewusst, dass mein Mann tot war, aber das Wissen um die Einzelheiten machte jetzt etwas Endgültiges daraus. Bis dahin hatte ich wider besseres Wissen immer noch erwartet, dass er eines Tages durch die Tür kommen würde, mit seinem breiten Grinsen im Gesicht, eine wilde, unwahrscheinliche Abenteuergeschichte im Gepäck.

Mit meinen Eltern war es anders. Egal, mit wie vielen Menschen ich sprach und wie viele Fragen ich stellte, ich konnte keinen einzigen am Leben gebliebenen Menschen aus ihrem Transport ausfindig machen. Der Zielort ihres Transports war in den offiziellen Akten mit Riga angegeben, aber das konnte sich auf irgendeines der dortigen kleinen Lager beziehen. Entgegen jeder Vernunft konnte ich im Innersten einfach nicht glauben, dass sie für immer verschwunden waren. Ich wusste es, konnte mich aber nicht dazu durchringen, diese Realität anzuerkennen.

Kitty und ich lebten weiterhin zusammen in einer Wohnung, aber seit unser Bedürfnis nach gegenseitigem äußeren Schutz abgenommen hatte, entfernten wir uns nach und nach voneinander. Abgesehen von einer Handvoll Freunden waren unsere Kreise weitgehend unvereinbar. Ich fühlte mich eher zu Künstlern und Intellektuellen hingezogen, Kitty zog die gut betuchten, vergnügungsfreudigen Leute vor, die möglichst schnell ihren Vorkriegslebensstil wiederherstellen wollten.

Kitty weigerte sich, mit ihrem früheren Verlobten Ivan zu sprechen, noch nicht mal am Telefon, also fiel die Aufgabe, ihren alten Besitz einzusammeln, mir zu. Als ich Ivan besuchte, konnte ich eine sarkastische Frage nicht unterdrücken: Warum hatte er noch im Dezember diesen glühenden Liebesbrief geschrieben, einen Brief, der einem großen Dichter Ehre gemacht hätte, wenn er schon im Februar ein anderes Mädchen heiratete? Ich fand, dass er vor dem Hintergrund der ihm in Prag zugänglichen Informationen über das nahe Kriegsende wenigstens bis Kittys Rückkehr hätte warten können.

Das Einzige, was er dazu – sichtlich verlegen – sagen konnte, war, es ginge mich zwar nichts an, aber er habe gedacht, Kitty wäre so unheilbar krank, dass es Wahnsinn gewesen wäre, zu glauben, sie könne jemals die Mutter seiner Kinder werden. Seine Überzeugung muss wirklich stark gewesen sein, denn die Kleidung, die er mir nun für Kitty zurückgab, ohne dass sich jemand die Mühe gemacht hätte, sie vorher zu reinigen, war bereits auf die Größe seiner Frau geändert worden.

Im November 1945, nach drei Monaten in der Wohnung von Kittys Chef und seiner Familie, erhöhte die Familie den Druck, einen Hochzeitstermin festzulegen. Es kam zu einem Streit, in dessen Verlauf Kitty erklärte, dass sie niemals offiziell mit ihrem Chef verlobt gewesen sei und sowieso keinerlei Heiratsabsichten habe – weder jetzt noch in naher Zukunft, weder mit ihm noch mit sonst jemandem.

Danach mussten wir recht überstürzt ausziehen.

Kitty zog zu einem entfernten Verwandten ihres Vaters, der eine Einzimmerwohnung hatte, in der auch nur für eine Person Platz war. Ich war ein paar Wochen lang ohne feste Bleibe, nahm hie und da die Gastfreundschaft verschiedener Leute an und wusste manchmal am Nachmittag nicht, wo ich die Nacht verbringen würde. Dann bot mir der gute alte Dr. V. für ein paar Monate seine Wohnung an, während er einen kranken Kollegen in einer kleinen Stadt auf dem Land vertrat. Die Wohnung hatte ihm schon vor dem Krieg gehört, und er hatte es geschafft, sie zurückzubekommen, aber alle Möbel waren weg, und sie enthielt praktisch nichts außer ein paar Koffern, die als Couchtisch dienten, und einem Klappbett. Dankbar, ein Dach über dem Kopf zu haben, kaufte ich eine Couch und zog ein.

Dr. V.s Vertretungsübername für den Kollegen war eher eine Flucht aus Prag als Notwendigkeit. Ich hatte ihn zum ersten Mal in Terezín getroffen, als »Kunden« für Joes Postdienste. Er war mit einer Christin verlobt gewesen, seiner früheren OP-Schwester.

Im Ghetto war er wegen seiner unerschütterlichen Treue zu dieser Verlobten eine geradezu legendäre Figur und musste wegen dieser mittelalterlichen Hingabe so einigen Spott über sich ergehen lassen. Als seine Vertraute hatte ich endlosen Lobeshymne auf den Chrakter seiner Schönen gelauscht. Außerdem war Dr. V. ein überzeugter Anhänger der Assimilation, der das Prinzip auf die Spitze trieb. Er behauptete, die Rettung der Juden würde allein in ihrer Verschmelzung mit der Gesamtbevölkerung bestehen, und führte das Beispiel seiner Lieblingstante an, die einen sehr bekannten tschechischen Maler geheiratet hatte. Er fand auch, dass jüdische Frauen ihren Männern gegenüber zu dominant seien.

Kaum war er in Prag zurück, spielte ihm der Krankenhaustratsch die Nachricht zu, dass seine Geliebte drei Jahre lang mit einem SS-Offizier zusammengelebt habe. Der Deutsche war einer der Krankenhausverwalter gewesen und tatsächlich in ihrer Wohnung verhaftet worden. Zuerst tat Dr. V. die Information als böswilligen Klatsch ab, aber am Ende konfrontierte er Jarmila doch mit den Anschuldigungen. Ihre Version der Geschichte war, dass sie unter Androhung von Verhaftung und Schlimmerem in die Verbindung mit dem Deutschen gezwungen worden war.

Tief verletzt und im Unklaren darüber, was nun stimmte, hatte er sich in die Arbeit und in seine leere Wohnung zurückgezogen, Jarmila traf er ab und zu. In diesem Zustand fand ich ihn vor, als ich nach Prag zurückkam. Ich hörte mir seine selbstquälerischen Fragen nach einer möglichen Lösung des Problems an und fand, dass er im Grunde in sein eigenes Bild von Jarmila verliebt war, das wenig mit der Realität zu tun hatte. Am Ende beschloss Dr. V., Intelligenz und Großmut über seine verletzten Gefühle siegen zu lassen, und gab ihr eine zweite Chance. Gesagt, getan, denn sein Geist war willig … aber der Körper machte schlapp. Und so entfloh er der Situation aufs Land.

Die Wohnung von Dr. V. überlassen zu bekommen, war ein zweischneidiges Schwert, denn durch seine Abwesenheit wurde ich auch meiner liebsten Begleitung zu Konzerten beraubt. Ich schätzte Dr. V. vor allem, weil er – wie die meisten Lagerinsassen, die der vierzig näher waren als der zwanzig – zum Zeitpunkt unserer

Inhaftierung ein festgefügtes Wertesystem besaß; er war durch die Lagererfahrung so gut wie gar nicht vulgär oder korrupt geworden. Dies hing sicher auch mit der Lebensphase zusammen, in der er sich damals befand. Mein eigener Glaube an die Menschheit war jedoch schwer erschüttert, ich war zur Zynikerin geworden.

In der Musik Gustav Mahlers entdeckte ich ein Spiegelbild meiner eigenen Gemütsverfassung, die zwischen heftigen Energieschüben, Hoffnung und tiefer Verzweiflung schwankte. Ich wollte so gerne eine unabhängige, souveräne und freie Frau sein. Und doch suchte ich immer wieder nach der Vaterfigur, die mich von meinen dummen Eskapaden abhalten würde, da ich meinem eigenen Urteilsvermögen nicht traute. Die immer vorhandene männliche Seite meiner Persönlichkeit, die mein Vater stets gefördert hatte, war in den Jahren meiner Gefangenschaft – als ich die Beschützerrolle für Kitty übernommen und wie ein Soldat im Feld gelebt und gearbeitet hatte – erheblich gestärkt geworden. Das zeigte sich in meinen Gesten, sogar meine Stimme war viel tiefer als früher.

Zum ersten Mal seit Jahren lebte ich nun ganz allein in der mitunter gespenstischen Stille meiner neuen Bleibe. Manchmal genoss ich das Alleinsein, aber es lud auch zu endlosem Nachgrübeln über die Vergangenheit ein. Irgendwo auf dem verschlungenen Pfad meiner Gedanken hatte ich den Eindruck gewonnen, eine gewisse Mitschuld an der Ermordung meiner Eltern zu tragen, und ich war nicht in der Lage, mit Argumenten dagegenzuhalten. Ich hatte mein Versprechen gehalten, hatte mit Glück und reiner Willenskraft überlebt, aber das reichte nicht, um meine Selbstvorwürfe zu entkräften, ich hätte zu wenig getan, um meine Eltern zu retten. Dabei wusste ich gar nicht, was ich hätte tun können.

Weihnachten rückte näher, und mein Stolz verbot mir, eine Einladung anzunehmen – sie kam mir vor wie ein Knochen, den man einem hungrigen Hund zuwirft. Es hatte geschneit, und mein Blick fiel auf meine in der Ecke stehenden Skier und Skistiefel; sie gehörten zu den wenigen Besitztümern, die ich zurückbekommen hatte. Ich spielte mit der Idee, die Flucht aus der Stadt der vielen Erinnerungen hinauf in die Berge anzutreten.

Den Silvesterabend verbrachte ich dort, wo ich mich am wohlsten fühlte, wenn ich deprimiert war: in der heißen Badewanne. In einem Loch in der Wand tauchte eine kleine Maus auf, sie balancierte langsam auf dem Badewannenrand auf mich zu. Verloren und unschlüssig, welche Richtung sie einschlagen sollte, schien sie mir ein Abbild meiner selbst zu sein. Wir starrten uns eine Weile an, dann beschloss sie, in ihr Loch zurückzukehren. Mit einem Mal fühlte sich das an wie ein letzter, unerträglicher Verlust, und ich floh aus der Wohnung, um doch noch auf eine der Partys zu gehen. Aber stattdessen wanderte ich dann durch die Gassen der Altstadt hinunter zum Fluss, zum tiefer gelegenen Ufer, das im Frühjahr und Sommer ein Treffpunkt für Verliebte war und wo auch ich meinen ersten Kuss bekommen hatte. Das war neun Jahre her.

Ich steuerte auf eine Aussparung in der Befestigungsmauer zu, von der aus Treppen hinunter ins Wasser führten; oben war ein schwerer Eisenring zum Anbinden von Booten eingelassen. Plötzlich tauchte vor meinem inneren Auge eine lebhafte Erinnerung auf, wie ich im Alter von fünf Jahren in Begleitung unserer *Mademoiselle* auf dem Heimweg vom Sportunterricht war. An dem Tag hatte ich das erste Mal im Leben einen ertrunkenen Menschen gesehen. Jemand hatte den Mann aus dem Wasser gezogen und an dem Ring festgebunden. Er musste sehr lange im Wasser gelegen haben, denn er war ganz grün und schleimig, und es roch nach totem Fisch und Verwesung. Ich hatte mich zwischen den Beinen der Schaulustigen hindurch nach vorne gedrängelt und das Wesen eine Weile lang angestarrt, bis unsere Erzieherin auf die Idee kam, dass das kein geeigneter Anblick für ein kleines Mädchen war.

In der folgenden Nacht hatte ich einen Albtraum gehabt, in dem ich den Ertrunkenen für den Wassermann hielt, eine bekannte Figur aus der tschechischen Folklore, die unschuldige Mädchen in die Tiefen des Wassers lockt. Die Dienstmädchen hatten mir oft damit gedroht, der Wassermann würde mich holen kommen, wenn ich mich nicht benähme. Jetzt, zwanzig Jahre später, war das Bild wieder ganz lebendig. Er rief meinen Namen und erzählte mir, wie dunkel und weich das Wasser sei.

Ich stand da wie gebannt, starrte auf meinen geliebten Fluss und die langsam vorbeiziehenden Eisschollen. Ich erinnerte mich, wie ich oft unweit der Stelle, an der ich jetzt stand, Schlittschuh gelaufen war und wie gerne ich im Sommer am gegenüberliegenden Ufer schwimmen gegangen war. Das Wasser sah kalt, aber friedlich aus, und die Straßenlaternen spiegelten sich wie Sterne auf seiner Oberfläche.

Ich spürte eine Hand auf meiner Schulter. Ein weißhaariger Polizist sagte: »*Fräulein, das ist kein guter Ort für einen Spaziergang mitten in der Nacht. Dafür ist es zu kalt. Wo wohnen Sie denn, sagen Sie mir das? Ich begleite Sie nach Hause.*« Als würde ich aus einem Traum erwachen, ließ ich mich wegführen, zu Hause fiel ich erschöpft ins Bett.

Am nächsten Morgen, dem Neujahrsmorgen 1946, wachte ich mit klarem Kopf auf, packte eine Tasche, nahm meine Skier und dann den ersten Zug in die Berge, wo ich am späten Nachmittag ankam. Am Tag danach fuhr ich mit der Gondel hinauf auf den Gipfel, etwas besorgt, wie ich nach sechs Jahren Unterbrechung wohl auf Skiern zurechtkommen würde.

Oben angekommen, zeigten die Berge sich von ihrer schönsten Seite. Der Himmel war wolkenlos, die Kiefern waren wie überzuckert mit Neuschnee. Keine Seele war da, um mich in meiner urplötzlichen Verbundenheit mit dem Universum zu stören. Ehrfürchtig betrachtete ich die mich umgebende magische Schönheit, als sei sie eigens geschaffen worden, um mich willkommen zu heißen. Wenn es einen Gott gab, dann fühlte ich seine Gegenwart in diesem Moment, und ich fühlte auch Dankbarkeit, am Leben zu sein. Ich schnallte mir die Skier an und fuhr, den letzten Satz meiner liebsten Brahms-Sinfonie pfeifend, den Berg hinunter.

***

Nachwort

von Helen Epstein

Im Frühjahr 1946 machte Franci Solar sich daran, die notwendigen Dokumente, Geschäftsräume und das Personal für eine Neueröffnung ihres Salons zu besorgen. Sie bat ihren Cousin Peter, der inzwischen in der US Army war, ihr Stoffe und die neuesten Ausgaben von »Vogue« und »Harper's Bazaar« zu schicken. Und sie plante, vor der Eröffnung im Herbst den August über zur Erholung in einen slowakischen Kurort zu fahren. Dann schrieb sie Peter im Juli, sie würde heiraten:

»Es ist alles ganz schnell passiert, eigentlich in nur einer Woche ... Sein Name ist Kurt Epstein ... Er ist zweiundvierzig, einen Kopf größer als ich und sieht sehr gut aus (er ist ein recht bekannter Sportler, Schwimmer und mit der Familie Petschek verwandt). Ich kenne ihn seit meinem zwölften Lebensjahr. Damals war er unser Trainer im Schwimmverein, und ich hab ihn wirklich gehasst, weil er uns Teenagern gegenüber immer so unausstehlich war, dass ich ihn für einen schrecklichen, arroganten Menschen hielt. Und plötzlich war Herr Epstein gar nicht mehr so unausstehlich.«

Kurt Epstein gehörte zu den eintausend jüdischen Männern, die im Dezember 1941 nach Terezín deportiert wurden. Als Reserveleutnant der tschechischen Armee war Terezín Kurts Garnisonsstadt gewesen; darum wurde er früh als einer von acht Quartiermeistern in der Truppenversorgung des Lagers eingesetzt. Anders als Joe Solar war er das genaue Gegenteil eines Schwarzmarkthändlers; er setzte sich dafür ein, dass die Lebensmittel, die er verteilte, auch wirklich bei den Häftlingen ankamen, für die sie bestimmt waren. Seine Eltern wurden mit demselben Transport nach Auschwitz geschickt wie Francis Eltern; sie wurden in Auschwitz ermordet. Wie Franci war Kurt von Dr. Mengele für die Zwangsarbeit selektiert worden, und er war später der einzige Überlebende seiner Familie.

»Er ist ein wundervoller Mensch, der ziemlich altmodische Ansichten über Frauen hat«, schrieb Franci an Peter im September. *»Das ist gut, weil sein Verhalten von einem gewissen Anstand geprägt ist, den jüngere Männer vermissen lassen. Außerdem liebt er mich – was ihn aber nicht blind macht für meine Fehler. Es ist in jeder Hinsicht das Gegenteil meiner ersten Ehe, in der mein Mann mich vergötterte und mir alle möglichen Dummheiten durchgehen ließ. Am Ende hasste ich ihn für seine Schwäche und verlor jeden Respekt vor ihm. Es sieht so aus, als würde Kurt diesen Fehler nicht machen und sich eine gewisse Autorität erhalten. Der Altersunterschied von sechzehn Jahren hilft dabei. Übrigens sind meine Freundinnen am gücklichsten darüber. Ich war immer so ein ›enfant terrible‹, und jeder, der mich kennt, freut sich, dass jetzt endlich jemand da ist, der sich nicht von mir auf der Nase herumtanzen lässt.*

Was die Finanzen angeht, so verdient Kurt genug, aber ich möchte mein eigenes Geschäft haben. Ich fühle mich nicht wohl, wenn ich mich nur um den Haushalt kümmere. Außerdem weiß man nie, und es wäre Wahnsinn, meine Kundschaft zu verlieren. Zu Hause wäre ich schrecklich unglücklich, und Kurt weiß, dass ich zu viel Energie für's Staubwischen als Lebensziel habe.«

Kitty bekniete Franci, Kurt zu heiraten, obwohl er nicht ihr üblicher Männertyp war. Andere Freunde meinten, sie mache einen Fehler. Er sei ein Provinzler, der bei Konzerten einschlafe und der, obwohl ein guter Schwimmer, nicht mal Ski fahre. Francis beste Freundin Helena erzählte mir später, dass sie geglaubt habe, dass Kurt einen guten Ehemann abgeben würde, aber nicht, dass Franci verliebt in ihn gewesen sei. Er sprach nur Tschechisch und war nicht gerade der ausgebuffte Typ.

Sie heirateten am 21. Dezember 1946 im Prager Rathaus und kauften – nach Aufnahme einer Hypothek auf das Haus der Epsteins in Roudnice nad Labem (Raudnitz an der Elbe) – eine Wohnung am Wenzelsplatz. Franci eröffnete ihren Salon am Staromestské náměstí Nr. 20, dem früheren Altstädter Ring. Sie schrieb Peter, dass sie inzwischen sieben Näherinnen beschäftige, eine Reise nach Paris plane, um sich dort die Modekollektionen anzusehen, und dass Kurt als Mitarbeiter in der Firma eines anderen Holocaust-Überlebenden gut verdiene. Außerdem trainiere er die Nationalmannschaft im Wasserball und sei Mitglied des Nationalen Olympischen Komitees. Und … sie erwarte ein Kind.

»Lieber Onkel«, schrieb Franci am 9. Januar 1948, *»ich bin eine passionierte Mutter geworden … Helen soll ein Kindermädchen bekommen, aber das ist noch nicht da, und darum mache ich im Moment alles selbst. Im Moment braucht das Kind noch nicht viel, und stillen kann sie sowieso niemand anderes. Der Tag müsste mindestens sechsunddreißig Stunden für mich haben. Aber ich liebe die Mutterrolle auf jeden Fall und habe bereits beschlossen (natürlich zusammen mit dem Vater), dass wir noch mehr Kinder haben werden … Ich gehe immer noch gerne ins Theater oder zum Tanzen, aber wenn ich dann dort bin, mache ich mir tatsächlich Sorgen, ob mein kleines Mädchen zu Hause gerade weint. Es ist gut, dass ich zur Zeit stille, denn Milch ist äußerst knapp.«*

Der Januar war der letzte Monat, in dem die Tschechoslowakei noch ein demokratischer Staat war. Die Milchknappheit wurde durch eine Dürre hervorgerufen und verstärkt durch die sowjetische Politik, die die tschechische Agrarwirtschaft in eine Krise hineinmanövriert hatte. Auch die Koalitionsregierung befand sich im Krisenmodus. Die Kommunistische Partei organisierte Massendemonstrationen, und ein sowjetischer Gesandter traf in Prag ein. Am 25. Februar 1948 ernannte Präsident Edvard Beneš eine neue kommunistische Regierung.

Es existiert kein Brief an Peter, in dem der Entschluss meiner Eltern, zu emigrieren, dokumentiert wäre. In der Familie wurde erzählt, dass Kurt die bewaffneten Milizen, die er *»Nazis in andersfarbigen Uniformen«* nannte, auf der Straße beobachtete und sich schwor, nicht noch einmal den gleichen Fehler zu machen, zu lange in seinem Land zu bleiben. Franci hielt dagegen, sie würde nirgendwo hingehen. Sie war gerade achtundzwanzig geworden und hatte eben erst ihren Salon wiedereröffnet. Und sie hatte ein drei Monate altes Baby. Zum ersten und einzigen Mal in ihrer Ehe gab mein Vater ihr eine Ohrfeige.

Wutenbrannt rannte Franci hinaus in die Kälte. Dann kam sie zurück. Ihre letzten Zweifel bezüglich der Auswandung wurden am 10. März zerstreut, als der Leichnam von Jan Masaryk, Hoffnung aller Demokraten, im Hof unter seinem Büro im tschechischen Außenministerium gefunden wurde.

Tausende Tschechen flohen auf der Stelle. Glücklicherweise hatte Kurt schon 1945, als er aus den Lagern zurückgekehrt war, ein amerikanisches Visum beantragt. Auf einer Reise nach Frankreich mit der Wasserball-Nationalmannschaft im März 1948 schickte er seiner Cousine Franzi Petschek in New York ein Telegramm. Sie hatte in eine Bankiersfamilie eingeheiratet, die 1938 die Mitglieder ihrer Familie mitsamt ihren Angestellten in einem Sonderzug evakuiert hatte. Die Epsteins waren damals gefragt worden, ob auch sie die Tschechoslowakei mit diesem Zug verlassen wollten, aber sie blieben.

Meine Eltern flohen am 21. Juli 1948 aus Prag, mit zwei Koffern und einer Stofftasche, in der ich lag. Franci trug alles an Kleidung übereinander, was möglich war. Außer Windeln hatte sie die Familienfotos der Epsteins und der Rabineks eingepackt, dazu drei Porzellanfiguren, die ihrer Mutter gehört hatten.

Auf meine Fragen nach ihrer Ankunft in New York antwortete Franci, es seien fast vierzig Grad gewesen, der Flug habe sechsundzwanzig Stunden gedauert und von den zehn Dollar, die jeder hätte ausführen dürfen, habe die New Yorker Port Authority acht einkassiert. Die Petscheks brachten sie im »Hotel Colonial« gegenüber vom Planetarium in der Upper Westside von Manhattan unter. Über ihre Gefühle sprach sie nie.

Francis Freundin Helena Slavíčková hatte prophezeit, dass Kurt Epsteins gute Reputation im Sport die Emigration nicht überstehen würde und dass Franci die Ernährerin der Familie sein würde. Sie sollte recht behalten: Kurt sprach kein Englisch, und er konnte keine Arbeit finden. Die Petscheks hielten nichts davon, Verwandte einzustellen, und für Wasserballtrainer bestand keine Nachfrage in Manhattan, es gab ohnehin nur wenige Schwimmbäder.

Franci wandte sich Hilfe suchend an ihren Prager Geburtshelfer, Dr. Karel Steinbach, der ebenfalls emigriert und in Manhattan inzwischen eine Schlüsselperson der tschechischen Gemeinde war. Innerhalb von zwei Wochen vermittelte Dr. Steinbach ihr eine Kundin: die tschechische Sopranistin Jarmila Novotná, die an der Metropolitan Opera sang und eine Schneiderin brauchte. Weil es illegal war, im »Hotel Colonial« zu arbeiten, fand Franci eine günstige Souterrainwohnung, kaufte eine Nähmaschine und fing wieder an zu nähen.

Die ersten zehn Jahre in den Vereinigten Staaten waren sehr schwierig für meine Eltern. Obwohl Franci oft betonte, dass der tschechische Freundeskreis in Manhattan viel interessanter sei als ihr alter in Prag, hatte sie ernst zu nehmende gesundheitliche Probleme. Den Großteil der 1950er Jahre hindurch ernährte sie die Familie, schmiss den Haushalt, war Köchin, Mutter und Ehefrau zugleich. Die Geburt meines Bruders Tommy 1951 war schwer für sie. Und die finanzielle Situation der Familie war prekär: Meine Eltern jonglierten mit den monatlichen Mietkosten und Salonkrediten und versuchten, einen bürgerlichen Lebensstandard aufrechtzuerhalten. Nachdem sie in den Lagern fast verhungert waren, bestanden sie darauf, täglich Fleisch auf dem Teller zu haben. Franci beharrte auch auf Konzert- und Theaterbesuchen. 1956 erlitt sie einen Nervenzusammenbruch, der so schwerwiegend war, dass sie eine lange und intensive psychoanalytische Behandlung brauchte. Ihr Cousin Peter, der inzwischen als Chemiker gut verdiente, half, die Behandlung zu bezahlen.

Kurt lernte langsam Englisch und übernahm sporadisch Gelegenheitsarbeiten. Er war ein hingebungsvoller Vater, aber ein hoffnungsloser Fall in der Küche und im Haushalt. Wie Francis Vater, Emil Rabinek, half er seiner Frau, indem er die Buchhaltung für ihr Geschäft erledigte. Schließlich trat er in die Gewerkschaft ein, die *International Ladies' Garment Workers' Union*, und war in einer Fabrik in Manhattans *Fashion Center* als Zuschneider tätig. 1960 kam dann das dritte Kind der Epsteins zur Welt, David.

In den 1950er und 1960er Jahren korrespondierte Franci mit ihren »Lagerschwestern« – Kitty in Prag, Margot in Jerusalem und mit anderen in Israel, Nordamerika und Australien. Gelegentlich stieß ich auf eine von ihnen in unserem Wohnzimmer. 1964 erhielt Franci schließlich – nach einem langwierigen und schmerzlichen Rechtsstreit – eine Entschädigung vom deutschen Staat. Sie nutzte das Geld auch dafür, die beiden Frauen zu besuchen, mit denen sie zusammen im Lager gewesen war: Kitty und Margot.

Seit 1948 lebte Kitty in einer winzigen Wohnung mit Mann und Sohn im Zentrum von Prag. Kitty, die selbst in der tristen Welt des Kommunismus das schillernde, kontaktfreudige Wesen blieb, das sie immer gewesen war, eiferte den Hollywood-Starlets nach und blondierte sich die Haare. Auch sie war die einzige Überlebende ihrer Familie. Sie heiratete Kurt Egerer, einen anderen Holocaust-Überlebenden, von dem sie einen Sohn bekam. Mit ihren Deutsch-, Französisch- und Englischkenntnissen war sie als Fremdsprachensekretärin tätig, zunächst bei einer Exportfirma, dann für den Prager Oberrabbiner. Nach dem Tod ihres Mannes lebte sie mit ihrem tschechischen evangelischen Freund zusammen; auch er war ein sehr lebensfreudiger Mensch. Als ich sie in Prag besuchte, sprach sie sehr wenig über den Krieg, aber die Narben, die sie trug, waren nicht nur eine Folge der damals in Hamburg erstmals aufgetretenen Geschwüre.

Margot, die bei meinen Eltern am Wenzelsplatz wohnte, als ich geboren wurde, hatte Probleme anderer Art. Sie war in Mauthausen befreit worden und an der Seite eines dort ebenfalls inhaftierten tschechischen Oberst nach Prag zurückgekehrt. Aber als frühere deutsche Staatsangehörige war sie in der Tschechoslowakei, wo Deutsche ausgewiesen wurden, nicht willkommen. Sie emigrierte 1949 in den neu gegründeten Staat Israel, wo sie einen in Berlin geborenen Überlebenden namens Bier kennenlernte. Die beiden lebten – man glaubt es kaum – in einem alten arabischen Haus auf dem Gelände eines französischen Nonnenklosters im Jerusalemer Viertel En Karem. Bier war Hausmeister bei den Nonnen und Chauffeur des Direktors des Israel-Museum. Margot arbeitete einige Jahre lang in einem Bekleidungsgeschäft; sie hatte keine Kinder, war aber so etwas wie eine Ersatzmutter für mich, als ich in Jerusalem an der Universität studierte. Damals erzählte sie mir viel über ihre Freundschaft mit meiner Mutter während des Krieges.

Die Gemeinschaft der überlebenden Frauen tschechisch-jüdischer Herkunft blieb weiter in engem Kontakt. Sie tauschten sich über ihre aktuelle Lebenssituation und über Kriegserlebnisse aus – wer hatte wem was angetan, und was hatte das für Folgen nach Kriegsende? Sie diskutierten über die im Fernsehen übertragenen Eichmann-Prozesse im Jahre 1961. Sie sprachen über jeden Kriegsfilm, den sie gesehen hatten, inklusive »Nacht und Nebel« (1956, »Nuit et brouillard«, frz. Dokumentarfilm von Alain Resnais), »Urteil von Nürnberg« (1961, »Judgment at Nuremberg«, engl. Gerichtsfilm von Stanley Kramer), »Der Pfandleiher« (1964, »The Pawnbroker«, US-Film von Sidney Lumet) und »Das Geschäft in der Hauptstraße« (1965, »Obchod na korze«, tschechoslowakischer, oscarprämierter Film von Ján Kadár). Auch Bücher gehörten zu ihren Themen.

Franci war vermutlich die Belesenste in ihrem Freundeskreis. Sie hatte französische, deutsche und englische Schulen in Prag besucht und war mit den Klassikern aller drei Sprachen vertraut. Sie liebte auch die russischen Schriftsteller. Jeden Sonntag las sie die *New York Times Book Review* und bestellte, was sie interessierte, in der öffentlichen Bibliothek New Yorks. Sie liebte die Erzählungen Vladimir Nabokovs und die von Autoren, die den Holocaust überlebt hatten; allen voran bewunderte sie das Werk von Primo Levi.

Ich weiß nicht, ob sie Olga Lengyed, Gisella Perl oder Vladka Meed gelesen hat, Überlebende, die ihre Werke in den späten 1940er Jahren veröffentlichten. Aber ich erinnere mich, dass sie 1961 den autobiografischen Roman der tschechischen Überlebenden Zdena Berger »Tell Me Another Morning« gekauft hat. 1964 rezensierte die *New York Times Book Review* eine Übersetzung von Ilse Aichingers Roman »Die größere Hoffnung« (1948, engl.

»Herod's Children«), der auf ihren Erfahrungen als Halbjüdin in Wien während des Krieges basierte. Franci erkannte die Charaktere wieder und stellte fest, dass ihre Cousine Ilse eine berühmte österreichische Autorin geworden war. Sie schrieb ihr und nahm so wieder Verbindung mit dem Wiener Zweig der Familie Rabinek auf – die Familie ist heute in alle Winde verstreut. Sie hatten angenommen, dass Franci im Krieg ermordet worden sei. Die folgenden zehn Jahre über teilte sie ihre Kriegserlebnisse immer wieder aufs Neue mit ihnen.

Ich weiß nicht, wann Franci anfing, darüber nachzudenken, ihr eigenes Buch zu schreiben. Vielleicht hatte sie auch nie das Notizbuch mit den Briefen an ihre Mutter vergessen, die sie in Neugraben geschrieben hatte und dann gezwungen war, Seite für Seite zu verbrennen. Mitte der 1950er Jahre sprach sie erneut über ihre Lagererlebnisse, erst vor einem eher feindlich gesonnenen deutschen Arzt, der ihre Kriegsverletzungen in Hinsicht auf eine finanzielle Entschädigung begutachtete, und dann vor einem mitfühlenden amerikanisch-jüdischen Psychoanalytiker. Im Februar 1974 berichtete sie über ihre Erlebnisse in chronologischer Abfolge im Rahmen des Projektes William E. Wiener Oral History of American Holocaust Survivors, damals ein einzigartiges Projekt, für das zweihundert Zeugnisse auf Tonband aufgezeichnet wurden. Da war sie fast vierundfünfzig.

Diese Anerkennung ihrer Geschichte mag der Auslöser für Franci gewesen sein, ihren eigenen Text zu Ende zu bringen. Sie betitelte ihn »Roundtrip« (dt. Rundreise), eine sardonische Anspielung auf den Weg, den sie im Zweiten Weltkrieg von Prag aus über Terezín, Auschwitz, Hamburg, Bergen-Belsen, Celle und zurück nach Prag gehen musste. In ihrem auf 1974 datierten Vorwort, das sie »Explanation« (dt. »Erklärung«) nannte, schrieb Franci:

»Warum fühle ich mich verpflichtet, meine Stimme dem vielstimmigen Chor aus Statistiken, wissenschaftlichen Abhandlungen, psychologischen Studien und den mehr oder weniger gelungenen belletristischen oder dramatischen Verarbeitungen des Themas hinzuzufügen? Darauf gibt es keine Antwort, aber vielleicht gilt meine erste und größte Sorge meinen Kindern und

ihrer Generation, die mir fast genauso belastet erscheint, wie ich es in dem Alter war. Sie sind anfällig dafür, an der heutigen Situation zu verzweifeln und in die Welt der Drogen zu flüchten. Meine Tochter hat mir Fragen gestellt, seit sie alt genug ist, die Tätowierung auf meinem Arm bewusst wahrzunehmen, sie hat bis heute nicht damit aufgehört – was vielleicht durch die naheliegende Identifikation einer Tochter mit ihrer Mutter hervorgerufen wird. Meine Söhne haben nie großes Interesse an dem Thema gezeigt und fühlten sich sichtlich unbehaglich oder waren gelangweilt, wenn es in unseren Unterhaltungen darum ging.

Da Kindern die Erlebniswelt, die Beweggründe und Handlungen ihrer Eltern meist fremd sind – und ich ansonsten auch keine Reichtümer zu vererben habe –, kann ich nur versuchen, ihnen ein ehrliches und wahrhaftiges Jugendbildnis ihrer Mutter mit auf den Weg zu geben, und ihnen erklären, wie ich den Irrungen und Wirrungen in meinem Leben begegnet bin. So mögen sie eine Vorstellung vom vielfältigen und oft rätselhaften Verhalten des Menschen, der ja auch nur ein Tier ist, entwickeln, aber auch von der gefährlich korrumpierenden Macht in den Händen einiger weniger Individuen, die sie sich mit Hilfe einer gleichgültigen, eingeschüchterten und unzufriedenen Bevölkerung angeeignet haben.

Der ausschlaggebende Moment war eine Reise nach Colorado, wo ich Freunde besuchte, deren Vorfahren den Westen besiedelt hatten. Ich befand mich in Gesellschaft einer Gruppe junger Menschen, deren Lebenserfahrung meilenweit entfernt von jemandem mit meinem Hintergrund war. Sie hatten Geschichte studiert, die des 20. Jahrhunderts; verstört von den erschütternden Tatsachen des Zweiten Weltkriegs, löcherten sie mich mit Fragen, wie es sich angefühlt habe, und zeigten dabei nicht das Feingefühl der älteren Generationen. Sie überzeugten mich davon, dass es eine Generation gab, die wirklich wissen wollte, was mir geschehen war, und die meine Antworten mit ihrer eigenen Lebenswirklichkeit in Einklang zu bringen versuchte. Wie meine eigenen Kinder waren diese jungen Leute in einer Welt, die noch immer voller Ungerechtigkeit, Gewalt und Unterdrückung war, verzweifelt auf der Suche nach ihrer eigenen Raison d'Être. Sie engagierten sich in verschiedensten Formen des politischen Protests, verweigerten den Wehrdienst oder flüchteten sich gleich ganz aus der Realität. Mir kam der Gedanke, dass uns Terror und Massenvernichtung der Hitler-Ära vielleicht erspart geblieben wären, wenn meine eigenen Zeitgenossen – allen voran die deutschen – ihre Zweifel und Meinungen fundierter und mit mehr Nachdruck formuliert hätten.«

1973 und 1974, als Franci ihr Manuskript vermutlich abschloss, war Deutschland durch die Mauer noch geteilt. Präsident Richard Nixon kämpfte um seinen Verbleib im Amt infolge der Senatsanhörungen zum Watergate-Skandal. Die Bürgerrechtsbewegung, der Vietnamkrieg und die Frauenbewegung hatten Amerika stark polarisiert. In Israel warf 1973 der Jom-Kippur-Krieg erneut die Frage jüdischen Überlebens (und damit Margots) auf. Franci und ihre Kundinnen sprachen über all dies während der Anproben. Einige von ihnen waren selbst Flüchtlinge mit ähnlichem Hintergrund. Andere waren Amerikaner mit nur wenigen Verbindungen nach Europa oder zu Juden.

Wie schon damals in Prag war Franci die Vertraute ihrer Kundinnen, und sie waren die ihren. Alle wussten, dass sie den Zweiten Weltkrieg in Konzentrationslagern überlebt hatte. Einige zogen es vor, darüber nicht zu sprechen, aber niemand konnte über die Auschwitz-Tätowierung auf ihrem Unterarm hinwegsehen. Ihre liebste Kundin, Marya Mannes, eine prominente Journalistin, die in einem ihrer Bücher über Franci geschrieben hatte, mag sie ermutigt haben, ihre Geschichte festzuhalten. Eine andere Kundin, die Literaturagentin Cyrilly Abels, schickte das Manuskript 1975 zu verschiedenen Verlegern. Es wurde überall abgelehnt.

Mitte der 1970er Jahre gingen viele amerikanische Juden – und ich wette, auch einige der Verleger, die Cyrilly ansprach – auf Abstand zu den Opfern der Konzentrationslager. Holocaust-Studiengänge an Universitäten und Holocaust-Forschungszentren steckten noch in den Kinderschuhen. Es sollte bis 1978 dauern, bis der Begriff »Holocaust« überhaupt in der Öffentlichkeit bekannt wurde: durch die international erfolgreiche Fernsehserie (vierteilige US-Serie von Marvin J. Chomsky mit Meryl Streep in der Hauptrolle, dt. »Holocaust. Die Geschichte der Familie Weiss«). Obwohl das U.S. Holocaust Memorial Museum später das meistbesuchte Museum in Washington werden sollte, eröffnete es erst 1993. Und obwohl die zweite Welle des Feminismus auch in den Vereinigten Staaten an Kraft gewann und jüdische Frauen zu ihren Protagonistinnen zählten, hatte die Bewegung in der jüdischen Gemeinschaft noch nicht viel bewirkt.

Bezüglich Haltung, Sprache und Inhalt war »Franci's War« (dt. »Die Elektrikerin«) seiner Zeit weit voraus. Mit Ausnahme der posthum veröffentlichten Tagebücher der Anne Frank (1947 in den Niederlanden, 1952 erstmals in den USA veröffentlicht) wurde die Holocaust-Literatur in den Vereinigten Staaten von Männern dominiert, insbesondere von Elie Wiesel – damals der Prototyp und Sprecher für Tausende von Opfern, die inzwischen *survivors* (dt. Überlebende) genannt wurden. Nur wenige der männlichen Autobiografen schrieben Wesentliches über das Leben von Frauen im Holocaust. Es war ein Nichtjude, William Styron, der 1979 »Sophies Choice« (dt. 1979, »Sophies Entscheidung«) veröffentlichte; der Roman hatte allerdings eine polnische nichtjüdische Überlebende zum Thema. In Israel wurden Holocaust-Überlebende als »beschädigte Ware« angesehen – vor allem verursacht durch die sensationslüsternen Romane von Yehiel Dinur (der unter dem Pseudonym Ka-Tzetnik, der hebräischen Abkürzung für Konzentrationslagerhäftling, veröffentlichte). Die tschechisch-jüdische Autorin Dita Kraus, die Franci auf fast allen Abschnitten ihres »Roundtrip« im Krieg begleitete, erzählte mir, dass sogar der große israelische Staatsmann David Ben-Gurion gesagt haben soll: »Jeder Mann, der überlebt hat, war ein Kapo, jede Frau, die überlebt hat, eine Prostituierte.«

Franci hat sich in ihrem Text fast ausschließlich auf die Erlebnisse von Frauen fokussiert. Zu der Schilderung ihrer Kriegserlebnisse kommt die Perspektive der stark assimilierten Prager Jüdin und die der stolzen tschechischen Staatsbürgerin hinzu. Weder sie noch ihre Eltern waren religiös. Sie sprach kein Jiddisch. Außerdem schrieb Franci recht offen und gelassen über das Thema Sexualität und Liebe, inklusive Homosexualität und sexueller Tauschhandel. Sie wusste, das dies potenziell schädlich und sogar gefährlich war in den frühen 1970er Jahren, denn sie machte die Namen der Frauen unkenntlich, deren diesbezügliches Verhalten sie beschrieb.

Nicht viele Schriftsteller können die Ablehnung ihres Werkes von der Ablehnung ihrer Person trennen, und Franci war da keine Ausnahme. Dass ihr Text abgelehnt wurde, verletzte sie und bestätigte ihre Vermutung, niemand würde sich für ihre Erlebnisse interessieren. Sie gab mir das Manuskript zur freien Verfügung. Schließlich sei sowieso ich die professionelle Schriftstellerin in der Familie.

Im Jahre 1975 war das Letzte, was ich wollte, das Buch meiner Mutter. Ich hatte ja schon mein ganzes Leben damit verbracht. Es war ihre Geschichte, nicht meine. Ich wollte ihr entkommen, mich nicht in sie hineinbegeben. Obwohl ich damals schon Ende zwanzig war, hatte ich noch nie gegen meine Eltern rebelliert oder mich wirklich von meinem Elternhaus abgenabelt. In dem Versuch, mein Leben von dem ihren zu trennen, war ich gerade dabei, mein eigenes Buch zu schreiben (»Children of the Holocaust. Conversations with Sons and Daughters of Survivors«, 1979). Das Erscheinen meines Buches über die Weitergabe von Geschichte, Trauma und Resilienz von Generation zu Generation bedeutete eine emotional schwierige Situation für uns. Wir sprachen nie explizit darüber, aber ich merkte, dass Franci – obwohl stolz auf das erste Buch ihrer Journalistentochter und auch bereitwillig an dessen Werbemaßnahmen beteiligt – das Gefühl hatte, über ihre eigenen Erfahrungen sei hinweggegangen worden. Sie fing an, über ihre Kriegserlebnisse bei verschiedenen Gelegenheiten vor Ort zu sprechen, aber sie verfolgte das Projekt einer Veröffentlichung ihrer Erinnerungen nicht, und ich tat es auch nicht.

Im Frühjahr 1989 erlitt Franci eine Gehirnblutung, fiel ins Koma und starb, ohne noch einmal mit einem ihrer Kinder sprechen zu können. Die folgenden sieben Jahre widmete ich meiner persönlichen Trauerarbeit, indem ich ihr Leben und das ihrer Vorfahren mütterlicherseits recherchierte. Es entstand ein Buch: »Where She Came From: A Daughter's Search für Her Mother's History« (1997). Ich verfolgte die Spuren von drei Generationen Damenschneiderinnen in Mitteleuropa und bezog mich auf

Francis Manuskript als Quelle für den Teil über den Zweiten Weltkrieg. Nach Fertigstellung des Buches 1997 legte ich Francis Manuskript zusammen mit dem anderen Forschungsmaterial ab und konzentrierte mich auf meine anderen Arbeiten.

Im Laufe der Jahre bin ich oft gebeten worden, beim Verfassen oder Übersetzen von Erinnerungen anderer Holocaust-Überlebender zu helfen, und manchmal, wenn mich das Thema besonders interessierte, habe ich zugesagt. Zusammen mit der Autorin übersetzte ich Heda Margolius Koválys Autobiografie »Under a Cruel Star: A Life in Prague, 1941–1968« aus dem Tschechischen (dt. 1992, »Eine Jüdin in Prag. Unter dem Schatten von Hitler und Stalin«); das Buch wurde zu einem wichtigen Unterrichtsstoff. Ich übersetzte Teile von Vlastá Schönovás Erinnerungen an Terezín »Acting in Terezín« (2011) und arbeitete zusammen mit Paul Ornstein an »Looking Back: Memoir of a Psychoanalyst« (2015). Außerdem schrieb ich Einführungen zu den Büchern zweier Überlebender aus Kanada. Man schickte mir so viele Manuskripte über den Holocaust zur Begutachtung und Rezension, dass ich fast allen absagen musste, um meine eigene Schreibarbeit nicht zu vernachlässigen.

Während der letzten zwanzig Jahre habe ich versucht, mich über die Arbeiten feministisch beeinflusster Wissenschaftler:innen informiert zu halten, die Erlebnisse von Frauen im Zweiten Weltkrieg erforschen.

2017 machte mich ein Freund auf das auf Video festgehaltene Interview aufmerksam, das meine Mutter 1985 den Fortunoff Archives der Yale University gegeben hatte und von dem weder meine Brüder noch ich gewusst hatten. Im Oktober 2017 erhielt meine Familie eine Kopie davon, und wir sahen es zum ersten Mal.[4] Im gleichen Monat berichteten die *New York Times* und

4 »Frances E. [Franci Rabinek Epstein] Holocaust testimony«, Yale University Fortunoff Archive, HVT-577, interviewt von Phyllis O. Ziman Tobin und Esther Mishkin am 4. Mai 1985, veröffentlicht 2018 von David Epstein auf YouTube in drei Teilen: https://www.youtube.com/watch?v=EG6_mFROa6k (Teil 1), https://www.youtube.com/watch?v=4_tfLIi6zlE (Teil 2), https://www.youtube.com/watch?v=5RmIOO12P4g (Teil 3).

der *New Yorker* über Harvey Weinsteins sexuellen Missbrauch von Angestellten und Mitarbeiterinnen, und die internationale #MeToo-Bewegung beherrschte die Schlagzeilen.

Nachdem wir Francis Zeitzeuginneninterview gesehen und es an Freunde geschickt hatten, las ich den Text meiner Mutter noch einmal und erkannte: Der Text war eine wichtige Quelle aus erster Hand. Einige der Menschen, die Franci beschreibt, sind seit den 1970er Jahren berühmt geworden – oder berüchtigt; nicht wenige haben ihren Eintrag bei Wikipedia. Zu ihnen gehört neben Josef Mengele auch Francis gut informierte Zellengenossin im Pankrác-Gefängnis Marianne Golz.

Ich besprach den Plan, Francis Erinnerungen zu publizieren, mit meinen beiden Brüdern. Wir waren uns einig, dass sie die Veröffentlichung ihres Buches an sich gewollt hätte und dass sein Erscheinen zum fünfundsiebzigsten Jahrestag ihrer Befreiung in ihrem Sinne war. Wir beschlossen, dass ich das Manuskript minimal bearbeiten und es dann Verlagen in Europa, Israel, Großbritannien und den USA anbieten solle. Es hätte Franci gefallen, dass es zuerst ein großer slowakischer (Ikar) und ein großer tschechischer (Mladá Fronta) Verlag waren, die die Rechte erwarben.

Nichts in dem Buch meiner Mutter, auch nicht die hetero- oder homosexuellen Bezüge und die Aussagen zu sexuellen Tauschgeschäften, kam überraschend für mich. Ich kannte die Geschichten, hatte viele der Menschen schon getroffen oder war mit einigen von ihnen sehr gut bekannt, z.B. mit Kitty, Margot und Peter. Im Unterschied zu vielen Holocaust-Überlebenden war Franci nie zurückhaltend gewesen, was ihre Erlebnisse anging – eher erzählte sie mir zu früh zu viel. Mein Bruder Tommy weigerte sich, Tschechisch zu lernen oder den Überlebenden zuzuhören, die sich bei uns im Wohnzimmer trafen. Ich entschied mich fürs Zuhören, adaptierte aber Francis Schutzmechanismus der Abspaltung, indem ich die Worte hörte, mich aber weigerte, ihre Bedeutung zu erfassen.

Erst als ich selbst ein Jahrzehnt Psychotherapie hinter mich gebracht und selbst eine Autobiografie verfasst hatte (»The Long Half-Lives of Love and Trauma«, 2017), fühlte ich mich Francis

Text gewachsen. Ich wuchs auf in Ehrfurcht vor meiner brillanten, offenherzigen, pragmatischen Mutter, voller Respekt vor dem, was sie durchgemacht hatte, und beeindruckt von den Lehren, die sie daraus gezogen hatte. Als ehemalige Schülerin zweier Prager Eliteschulen – ein deutsches Gymnasium und ein französisches Lyzeum – hatte Franci die Lager immer als ihre »*Universität*« bezeichnet, wo sie eine einzigartige Unterweisung in menschlichem Verhalten erhalten hatte.

In ihrer »Erklärung« schrieb Franci 1974:

»Eine amerikanische Ärztin, die mit mir über die irreparable Schädigung meines Nervensystems sprach, fragte mich einmal, ob ich die Deutschen hasse.

Das tue ich nicht, vor allem aber, weil ich denke, dass Hass ein Gefühl ist, das ich mir nicht leisten kann, weil es früher oder später dazu führt, dass du dich selbst hasst. Ich mache die nach 1930 Geborenen nicht dafür verantwortlich, was ihre Eltern mir und meiner Familie angetan haben, aber jeder und jede Deutsche, die älter sind, rufen Unbehagen bei mir hervor, so als ob das Blut meiner toten Mithäftlinge noch an ihren Händen klebt.

Die Buchveröffentlichungen von ehemaligen Nazis und die Resonanz, die sie erfahren, machen mich wütend.

Ebenso die mageren Wiedergutmachungszahlungen der derzeitigen politischen Führung an die Opfer, festgelegt von Gerichten, in denen der Angeklagte zum Richter wurde, und verzögert von einer Bürokratie, die Jahre nach Kriegsende Tausende von Fällen unverhandelt lässt, so als ob man auf den Tod der Opfer warte, damit sie keine Ansprüche mehr erheben können. Während die beträchtlichen Entschädigungsleistungen an den Staat Israel von so etwas wie gutem Willen und dem Wunsch nach Wiedergutmachung zeugen, kann die Gesamtleistung deutscher Entschädigungszahlungen nicht mal teilweise den verheerenden materiellen und seelischen Schaden ausgleichen, der den Opfern beigebracht wurde. Sosehr ich mich auch bemühe, es ist mir nicht ersichtlich, wie ich im deutschen Umgang mit diesem Problem Anstand oder auch nur elementare Gerechtigkeit erkennen sollte.

Meine Gefühle ihnen gegenüber lassen sich im besten Falle mit Gleichgültigkeit beschreiben, vermischt mit Mitleid mit meinen deutschen gleichaltrigen Schicksalsgenossen und ihren älteren Verwandten. Wie nur beantwortet ein Vater seinem deutschen Sohn oder seiner deutschen Tochter seine oder ihre Fragen? Kann er einen ehrlichen Bericht über sein Handeln während der Nazizeit abliefern, ohne dass ihm die Schamesröte dabei ins Gesicht steigt? Wo waren die Stimmen der Intellektuellen, der großen Künstler und Menschenfreunde aus der kulturellen Blütezeit der deutschen Vergangenheit? Wie kommt es, dass man kaum einen Deutschen findet, der zugibt, Mitglied der SS oder der NSDAP gewesen zu sein? Hätten die infernalischen Pläne der politischen Führer wirklich umgesetzt werden können ohne die Mitwirkung oder zumindest die stillschweigende Zustimmung der großen Mehrheit der Bevölkerung?

Der Eichmann-Prozess hinterließ bei mir kein Gefühl der Genugtuung oder Rache – genauso wenig wie die Nürnberger Urteile zuvor –, sondern nur den bitteren Nachgeschmack von Sinnlosigkeit. So notwendig sie auch gewesen sein mögen.

Es ist mir völlig gleichgültig, was mit diesem geteilten Land oder seinen zerrissenen Familien in Ost und West geschieht, ich weigere mich, Krokodilstränen über ihr Schicksal zu vergießen.

Ich empfinde es als höchste Ironie der Geschichte, dass es Westdeutschland heute ökonomisch so viel besser geht als dem Land, das so viele Jahre lang alleine die Stellung hielt – England –, und dass Deutschland von allen Seiten als Verbündeter gegen den kommunistischen Ostblock hofiert wird.

All das führt zusammengenommen trotzdem nicht zu Hass – eher zu Neugier und der Frage, ob es tatsächlich so etwas wie ein neues Deutschland gibt. Könnte dieses neue Deutschland einer neuen Massenhysterie – ›Führer befiehl, wir folgen dir‹ – widerstehen, wenn ein neuer Verrückter in einer neuen katastrophalen Wirtschaftskrise auftauchte auf der Suche nach einem Sündenbock?

Meine größte Sorge ist, dass die menschliche Natur die Möglichkeit in sich trägt, dass die Dinge sich wiederholen, in anderer Form, unter anderen Umständen, irgendwo auf der Welt.«

Francis Erinnerungen herauszugeben, stellte uns vor einige Herausforderungen. Meine Brüder und ich vermuten, dass sie wenigstens Teile des Textes bereits vor 1974 handschriftlich verfasst haben muss, aber es fanden sich keinerlei Manuskriptteile unter ihren Papieren, nachdem sie 1989 gestorben war. Ihre Erinnerungen waren auf einer englischen Schreibmaschine getippt, auf sehr dünnem Papier, wie sie es für ihre Korrespondenz ins Ausland benutzte. In ihrem Testament werden die Erinnerungen oder ihre Pläne dafür nicht erwähnt.

Das Typoskript wurde in Francis Handschrift korrigiert, mit darüber getippten X. Es gibt dennoch einige Grammatikfehler, Wortauslassungen, Tippfehler, falsche Schreibweisen (z.B. »Osveczin« statt »Oświęcim«, »Sturmbandführer« statt »Sturmbannführer«), vermischte Sätze und zu lange Absätze. Der Erzählstrang war nicht in Kapitel unterteilt, die Zeichensetzung uneinheitlich. Ich korrigierte und legte eine Kapiteleinteilung fest. Die Seite 2 des Typoskripts fehlte. Ich nutzte die Lücke, um die Familiengeschichte der Rabineks ein paar Seiten nach vorne zu verlagern.

Franci hat einige Schlüsselzitate, Gespräche und Briefe in Anführungszeichen zitiert, andere hingegen ließ sie ohne Satzzeichen; und sie hat sich entschlossen, einen kompletten Liebesbrief zu übersetzen, den sie (auf Italienisch) erhalten hatte!

Hätte ein Verlag den Text in den 1970er Jahren angenommen und mit ihr zusammen an ihm gearbeitet, hätte Franci Gelegenheit gehabt, alles zu prüfen, Fehler zu korrigieren und ihre auktorialen Entscheidungen zu vertreten, genauso wie den von ihr gewählten sardonischen Titel: »Roundtrip«. Aber ihr plötzlicher Tod 1989 im Alter von neunundsechzig Jahren machte das unmöglich und verhinderte auch, dass sie selbst die Entscheidung für die spätere Veröffentlichung ihres Textes im Jahre 2020 treffen konnte.

Während meine Brüder und ich überzeugt sind, dass sie ihre Erinnerungen gerne veröffentlicht sehen wollte, sind wir bei anderen Dingen – wie zum Beispiel dem Autorennamen – weniger sicher. Unsere Mutter verfasste den Text als Frances Epstein, aber wir haben das Gefühl, dass sie im Jahre 2020 lieber als Franci Rabinek Epstein publiziert hätte, auch weil die Stolpersteine, die für sie und ihre Eltern in der Prager Innenstadt verlegt wurden, diesen Namen tragen.

Weil ihr ursprüngliches Vorwort, die »Erklärung«, einiger Korrekturen bedurfte, um aktuell zu sein, habe ich mich entschlossen, aus ihm in meinem Nachwort zu zitieren. Das erschien mir besser, als ihrer Erzählung meine eigene Stimme hinzuzufügen. Ich – und der Erstlektor bei Penguin – haben nur minimale Veränderungen vorgenommen.

Es war relativ einfach, Daten zu überprüfen und zu korrigieren. Namen allerdings stellten eine Herausforderung dar. Franci benutzt die echten Namen ihrer Cousinen Kitty und Vava sowie ihres Cousins Peter, aber für einige andere Personen setzte sie Pseudonyme ein. Ich denke, dass sie das tat, um die Privatsphäre ihrer Mithäftlinge und die ihrer Familien zu schützen. Ich habe alle Pseudonyme im Text bei Erstnennung mit einem Sternchen* gekennzeichnet und überlasse es den Wissenschaftler:innen, sie zu identifizieren. Franci setzte das Pseudonym »Buchwald« für das KZ-Außenlager Neugraben ein, eines von fünfundachtzig Außenlagern des KZ Neuengamme. Es existierte kein Lager mit dem Namen »Buchwald«, und so bleibt offen, warum sie den Namen wählte.

In einem anderen verwirrenden Zusammenhang nennt Franci die Aufseherin in Auschwitz, die ihre Gruppe tschechischer jüdischer Frauen vor dem Weitertransport nach Neuengamme inspizierte, »Ilse Koch«. Ich denke, dass meiner Mutter bewusst war, dass Ilse Koch (bekannt als die »Hexe von Buchenwald«) nicht die Frau war, auf die sie in Auschwitz traf. Franci mag den Namen »Ilse Koch« in einem übertragenen Sinne verstanden haben, oder sie hat ihn mit Irma Grese verwechselt, einer anderen sadistischen NS-Aufseherin in Auschwitz. Ich strich den Namen.

Fünfundvierzig Jahre, nachdem Franci ihre Erinnerungen aufschrieb, war es mir – hauptsächlich mit Hilfe des Internets – möglich, viele Fakten zu überprüfen, die ihr damals nicht zugänglich waren.

Im März 1993 nahm Gunter Buck, ein damals siebenunddreißigjähriger Lehrer aus Hamburg, Kontakt zu mir auf. Buck recherchierte damals zu einem ehemaligen KZ-Außenlager in seiner Nachbarschaft, als ihm ein israelischer Interviewpartner erzählte, dass Franci dort inhaftiert gewesen sei und ihre Tochter über sie geschrieben habe. Ich gestattete Buck, aus meinem Buch »Children of the Holocaust« zu zitieren, und er versorgte mich mit vielen Details aus der Zeit meiner Mutter in Hamburg für den Nachfolgeband »Where She Came From: A Daughter's Search for Her Mother's History«. Er identifizierte »Spieß« – das deutsche Wort für »Feldwebel« – als Wilhelm-Friedrich Kliem. Der 1896 geborene Kliem war Tischlermeister, wurde zur Wehrmacht eingezogen, war dann SS-Wachmann in Auschwitz und danach Kommandant von Neugraben. Er wurde 1946 in Hamburg von einem britischen Kriegsverbrechertribunal wegen Kriegsverbrechen zu fünfzehn Jahren Gefängnis verurteilt.

Alyn Beßmann, Archivarin in der KZ-Gedenkstätte Neuengamme, ließ mir eine Kopie von Francis Häftlingskarte in Neugraben zukommen. Mit dieser Information konnte ich »Buchwald« durch »Neugraben« ersetzen.

2018 schickte Ronnie Golz, der in »Where She Came From« über Francis gemeinsame Zeit mit Marianne Golz im Pankrác-Gefängnis gelesen hatte, Fotos und einen Link zu seiner Website über Marianne (1895–1943). Sie war die erste Frau seines Vaters gewesen.

Bei der Vorbereitung der Veröffentlichung von »Franci's War« (dt. »Die Elektrikerin«) fragte ich auch bei der Facebook-Gruppe Jewish Genealogy Portal an und erhielt Informationen zu Francis Tante Hella (Helena Sachsel, 1883–1944), zu Francis Adoptivkind Gisa in Terezín (Gisela Kauffman, 1932–1944) und zu ihrem Schutzengel beim Roten Kreuz, Colonel Montgomery (Margaret Emmeline Montgomery, 1901–1993). Sie war eine Schwägerin von Fieldmarshall Bernard Montgomery und ist mindestens drei weiteren Holocaust-Überlebenden wärmstens in Erinnerung geblieben.

Meine Brüder und ich haben das große Glück, Original-Familienfotos aus der Vorkriegszeit zu besitzen. Vielen Nachfahren von Holocaust-Überlebenden ist das nicht vergönnt. Den Prager Kundinnen meiner Mutter und Großmutter im Salon Weigert ist es zu verdanken, dass die Fotos die deutsche Besetzung der Tschechoslowakei überstanden haben. Nach der Samtenen Revolution im November 1989 (die Franci nicht mehr miterlebt hat) konnte ich zusätzliche Fotografien und Dokumente aus dem Jüdischen Museum und dem Kunstgewerbemuseum in Prag sowie aus dem Terezín Memorial Ghetto Museum beschaffen. Weil Franci und Kitty 1945 als Dolmetscherinnen für die British Army tätig waren, besaß Franci mehrere Fotos, die die Briten in diesem Sommer gemacht hatten. Ihr Cousin Peter Scott bewahrte Francis Telegramm aus dem Jahr 1945 auf, ebenso ihre nach dem Krieg verfassten Briefe, die er mir 2015 überließ.

Während ich damit beschäftigt war, diese Übersetzung ins Deutsche voranzubringen, haben mich mehrere Menschen gefragt, wie Franci es wohl gefunden hätte, ihre Erinnerungen in Hamburg verlegt zu sehen.

Die einfache Antwort ist: Ich weiß es nicht. Meine Mutter hatte ein kompliziertes Verhältnis zu den Deutschen, zur deutschen Kultur und sogar zur deutschen Sprache. Ihr Vater sprach nur Deutsch – was ihr als Kind und als tschechoslowakischer Bürgerin in der noch jungen Tschechoslowakischen Republik peinlich war. Emil Rabinek besuchte vor dem Aufstieg der Nazis gerne das Deutsche Haus, Zentrum des gesellschaftlichen Lebens für das deutschsprachige Prag; er erkannte Hitler nicht als Bedrohung, und nachdem er an Francis Briefen aus den Sommerferien festgestellt hatte, dass ihre Rechtschreibung im Deutschen fehlerhaft war, nahm er sie im Herbst 1933 aus der Französischen Schule, die sie seit ihrer Kindheit besucht hatte, und steckte sie in ein deutsches Gymnasium. Das führte dazu, dass sie später fließend Deutsch sprach; sie hätte dieses Manuskript vermutlich Korrektur lesen können.

Auch unter vielen ihrer geflüchteten Freunde in New York – Österreichern, Ungarn, Polen – war Deutsch die gemeinsame Sprache. Und Franci war voller Ehrfurcht vor dem, was sie »die deutsche Arbeitsmoral« nannte. Seit meiner Kindheit und bis ich mein Elternhaus verließ, leitete Hanni, eine deutsche Schneiderin, Francis Nähwerkstatt. Mrs. Holtzner, unsere deutsche Reinigungskraft, kümmerte sich um unsere Wohnung. Francis Verhältnis zu beiden Frauen war respektvoll und professionell, wenn auch zurückhaltend. Sie entschloss sich auch, Annemarie bei uns aufzunehmen, eine westdeutsche Studentin, die bei uns wohnte und einige Jahre lang stundenweise unsere Babysitterin war.

Aber Francis Gefühle Deutschland und den Deutschen gegenüber waren, so schrieb sie es, äußerst komplex.

Obwohl man eigentlich nicht mit Gewissheit im Namen der Toten sprechen kann, denke ich, dass Franci sich sehr gefreut hätte, ihre Erinnerungen in einem renommierten Hamburger Verlag zu publizieren, nicht weit entfernt vom Dessauer Ufer und dem Lagerhaus G, wo sie vor fünfundsiebzig Jahren Naziherrschaft und Zwangsarbeit überlebt hatte.

***

Dank

Viele Freund:innen, Familienmitglieder und Kolleg:innen waren an der Veröffentlichung von »Franci's War« (dt. »Die Elektrikerin«) beteiligt. Für frühe und enthusiastische Unterstützung bin ich vor allem den folgenden Wissenschaftler:innen dankbar: Dr. Michael Berenbaum, Dr. Atina Grossmann und Dr. Betsy Anthony in den USA; Dr. Zoë Waxman in Großbritannien; Dr. Kateřina Čapková und Dr. Arno Pařik in der Tschechischen Republik; Gunter Buck und Alyn Beßmann (KZ-Gedenkstätte Neuengamme in Hamburg) in Deutschland.

Elisabeth Benjamin, Jean Hearst, Susan Kahn, Irena Klepfisz, Susan Hecker Ray, Rochelle Rubinstein, Sandy Fong-Ging, Joelle und Leon Gunther, Ilse Browner und Tom Manoff waren in einem frühen Stadium eine wertvolle Unterstützung. Francis Lagerschwester Dita Kraus, die denselben Weg wie Franci von Terezín bis nach Celle ging, hat ihre eigenen Erinnerungen verfasst und war so freundlich, die Fakten in diesem Buch gegenzulesen.

Für Hilfe beim Faktencheck danke ich auch meinen Brüdern Tom und David Epstein, unserem Cousin Karel Ehrlich und den findigen Mitgliedern der Facebook-Gruppe Jewish Genealogy Portal, allen voran Kaye Prince Hollenberg und Doron Leitner, der Francis »Adoptivkind« Gisa Kauffman in Terezín identifizierte.

Ich danke meinen kreativen und unermüdlichen Agentinnen Kristin Olson in Prag, die die tschechische und die slowakische Verlagswelt auf »Franci's War« aufmerksam machte, und Carolyn

Savarese in Boston, die es Penguin in den USA und Michael Joseph in Großbritannien empfahl.

Mein Mann, Patrick Mehr, hat seine Schwiegermutter verehrt; er begleitete jeden Schritt ihrer Erinnerungen auf dem Weg zur Veröffentlichung. Nie zweifelte er an ihrer Bedeutung. Meine Autorenkollegin Helen Fremont war eine ebenso wertvolle Stütze.

Schließlich danke ich dem freundlichen und professionellen Team bei Penguin, das den Prozess der Veröffentlichung zu einem Vergnügen machte: Kathryn Court, Victoria Savanh, Bennett Petrone, Bel Banta, Kate Hudkins und den vielen anderen, die ich persönlich zwar nicht kennenlernte, die diesem Buch aber ans Licht der Welt verhalfen.

Ich möchte Dr. Robert Galitz vom Dölling und Galitz Verlag für die Publikation von »Franci's War« auf Deutsch danken und dafür, dass er mich zur Vorstellung der vorliegenden Ausgabe nach Hamburg eingeladen hat. Da ich noch nie in Hamburg war und auch das Lagerhaus am Dessauer Ufer noch nie gesehen habe, ist dies ist von besonderer Bedeutung für mich. Die Zusammenarbeit mit Sabine Niemann war eine Freude und gleichzeitig eine Lektion in akribischer Übersetzungsarbeit und Faktenkontrolle. Ich danke ihr für ihre Professionalität, ihr Engagement und ihren Enthusiasmus, mit dem sie sich für dieses Buch eingesetzt hat, und für all die detaillierten Fragen und Vorschläge.

Helen Epstein
Lexington/Massachusetts, Juni 2022

*

Für wertvolle Hinweise sowie tatkräftige Unterstützung bei der Realisierung dieser deutschen Ausgabe geht mein herzlicher Dank an die unermüdliche Ursula Richenberger, Ida Kaufmann und Silja Behnken sowie an die beeindruckend kompetente Alyn Beßmann von der KZ-Gedenkstätte Neuengamme. Helen Epstein danke ich für ihre geduldige Auskunftsbereitschaft und inspirierende Energie.

Sabine Niemann
Hamburg, August 2022

Zeittafel

28. OKTOBER 1918	Ausrufung der Tschechoslowakischen Republik
26. FEBRUAR 1920	Franci wird als Tochter von Josefa und Emil Rabinek in Prag geboren. Die Mutter führt einen Haute-Couture-Salon in Prag.
MÄRZ 1938	Franci übernimmt den Salon ihrer Mutter.
30. SEPTEMBER 1938	Das Münchner Abkommen ermöglicht Deutschland die Annexion des tschechischen Sudetenlands.
15. MÄRZ 1939	Deutsche Truppen besetzen Prag. Unter der Bezeichnung »Protektorat Böhmen und Mähren« wird ein Großteil der tschechischen Gebiete dem Deutschen Reich angeschlossen.
JUNI 1939	Franci Rabinek und ihre Eltern werden von der Gestapo verhaftet und zwei Wochen lang im Pankrác-Gefängnis in Prag interniert.
1. SEPTEMBER 1939	Deutschland marschiert in Polen ein. Beginn des Zweiten Weltkriegs
APRIL – JUNI 1940	Deutschland besetzt Dänemark, Holland, Belgien und Frankreich.

AUGUST 1940	Franci heiratet Josef (Joe) Solar.
JUNI 1941	Deutschland marschiert in die Sowjetunion ein.
SEPTEMBER 1941	Im Deutschen Reich tritt die Kennzeichnungspflicht für Jüdinnen und Juden mit einem gelben Stern in Kraft. Reinhard Heydrich, der Leiter des Reichssicherheitshauptamtes, wird Stellvertretender Reichsprotektor in Böhmen und Mähren.
16. OKTOBER 1941	Erste Deportationen von tschechischen Juden und Jüdinnen in das Ghetto Litzmannstadt in Łódź, Polen
24. NOVEMBER 1941	Erste Deportation männlicher tschechischer Juden nach Terezín (Theresienstadt), sie sollen die Garnisonsstadt in ein Ghetto umwandeln. Im Dezember wird auch Kurt Epstein in dieses Ghetto deportiert.
27. MAI 1942	Tschechische und slowakische Widerstandskämpfer verüben ein tödliches Attentat auf den Stellvertretenden Reichsprotektor Heydrich.
10. JUNI 1942	Hitler ordnet Racheakte für das Attentat an: In Lidice und Ležáhky werden 1.300 Tschechen und Tschechinnen ermordet.
AUGUST 1942	Joe Solar wird in das Ghetto Theresienstadt deportiert.
SEPTEMBER 1942	Franci Solarová und ihre Eltern Josefa und Emil Rabinek werden nach Theresienstadt deportiert. Die Eltern werden noch im selben Monat im Vernichtungslager Malyj Trostenez im heutigen Belarus erschossen.

JULI 1943	Die British Army und die US Army fliegen Luftangriffe auf Hamburg (»Operation Gomorrha«).
6. SEPTEMBER 1943	5.007 Juden und Jüdinnen werden von Terezín in das KZ Auschwitz-Birkenau deportiert. Sie werden registriert, tätowiert und dort im »Theresienstädter Familienlager« inhaftiert.
DEZEMBER 1943	Francis Cousine und Freundin Kitty wird in das KZ Auschwitz-Birkenau deportiert.
MÄRZ 1944	Joe Solar wird im Ghetto Theresienstadt verhaftet und dort in der Kleinen Festung interniert.
8./9. MÄRZ 1944	Mehr als 3.700 Häftlinge des »Theresienstädter Familienlagers« werden in den Gaskammern des KZ Auschwitz-Birkenau ermordet.
MAI 1944	Franci wird in das KZ Auschwitz-Birkenau deportiert; durch den Transport soll die Überbelegung des Ghettos Theresienstadt vor einem Besuch des Internationalen Roten Kreuzes vermindert werden.
ANFANG JULI 1944	Franci und Kitty werden mit einer Gruppe von rund 1.000 tschechischen und ungarischen Jüdinnen zur Zwangsarbeit in das Außenlager Hamburg-Veddel des KZ Neuengamme deportiert. Es ist im Lagerhaus G am Dessauer Ufer eingerichtet.
13. SEPTEMBER 1944	Francis Gruppe wird in das Außenlager Hamburg-Neugraben verlegt, wo sie als Elektrikerin arbeiten muss.
27. JANUAR 1945	Das KZ Auschwitz wird von der Roten Armee befreit.

8. FEBRUAR 1945	Das KZ-Außenlager Hamburg-Neugraben wird aufgelöst, die Häftlinge kommen in das KZ-Außenlager Hamburg-Tiefstack.
20. MÄRZ 1945	Das KZ-Außenlager Tiefstack wird bei alliierten Luftangriffen auf Hamburg von einer Bombe getroffen.
7. APRIL 1945	Francis Gruppe wird in das KZ Bergen-Belsen verlegt.
15. APRIL 1945	Die British Army befreit das KZ Bergen-Belsen. Franci erkrankt an Typhus.
ca. 22. APRIL 1945	Franci wird in ein Krankenhaus nach Celle verlegt.
8. MAI 1945	Deutschland kapituliert bedingungslos vor den Alliierten.
9. MAI 1945	Die Rote Armee marschiert in Prag ein.
AUGUST 1945	Franci und Kitty kehren nach Prag zurück.
FRÜHJAHR 1946	Franci eröffnet einen neuen Haute-Couture-Salon in Prag.
21. DEZEMBER 1946	Franci heiratet Kurt Epstein.
27. NOVEMBER 1947	Tochter Helen kommt zur Welt.
25. FEBRUAR 1948	Einsetzung einer kommunistischen Regierung in der Tschechoslowakei
21. JULI 1948	Franci, Kurt und Helen Epstein emigrieren in die USA, wo sie als Haute-Couture-Designerin tätig wird.
APRIL 1951	Sohn Tom kommt zur Welt.
AUGUST 1960	Sohn David kommt zur Welt.

1974 Franci wird als Holocaust-Überlebende erstmals von ihrer Tochter Helen Epstein interviewt; das für ein großes Oral-History-Projekt entstehende Interview wird in der New York Public Library archiviert. Im selben Jahr stellt sie die Aufzeichnung ihrer Lebenserinnerungen fertig.

4. MAI 1985 Franci gibt den Fortunoff Archives der Yale University ein Video-Interview.

24. APRIL 1989 Franci Epstein stirbt in New York an einem Hirnaneurysma.

Bibliografische Information der Deutschen Nationalbibliothek
Die Deutsche Nationalbibliothek verzeichnet diese Publikation
in der Deutschen Nationalbibliografie; detaillierte bibliografische
Daten sind im Internet über http://dnb.dnb.de abrufbar.

Impressum
Die Originalausgabe erschien 2020 unter dem Titel
»Franci's War. A Woman's Story of Survival«
bei Penguin Books, New York

E-Mail: dugverlag@icloud.com
www.dugverlag.de
Schwanthalerstraße 79, 80336 München, Tel. 089 / 23 23 09 66
Friedensallee 26, 22765 Hamburg, Tel. 040 / 389 35 15
Gestaltungskonzept: Annalena Weber, Hamburg
Umschlagabbildungen vorne: Franci Rabinek Epstein in New York, 1955
(© Courtesy Helen Epstein); das ehemalige KZ Auschwitz, aktuelle Aufnahme
(© amanda rose / Alamy Stock Foto); hinten: Häftlingskarte für die Überstellung
in das KZ Neuengamme, 1944 (© Bundesarchiv Berlin, NS 3 / 1577); Franci (links)
nach ihrer Befreiung, 1945 (© Courtesy Helen Epstein); ehemaliges Außenlager
des KZ Neuengamme Dessauer Ufer, 2022 (© Fotografie Dorfmüller Klier)
Schrift: DIN Pro, Sabon LT Pro
Papier: 90 g Salzer EOS
Druck: optimal media GmbH, Röbel / Müritz
ISBN 978-3-86218-162-9
1. Auflage 2022